Nussgipfel und Alpenglück

Das Buch

Hals über Kopf verlässt die Floristin Andrea Dernbach ihren Freund in New York und beschließt, in Europa einen Neuanfang zu machen. Sie landet in dem Familien-Chalet ihrer Freundin Christiane im Engadin. Was für eine Idylle hier auf dem Land. Aber nichts da: In dem Anwesen ist noch jemand zu Hause. Der neue Nachbar Julian Steinhäuser geht Andrea gehörig auf den Geist – dabei sieht er so unverschämt gut aus. Dann taucht auch noch der Architekt Norbert Zauner auf und macht Andrea voller Charme den Hof. Sie wollte sich doch nie mehr verlieben, und jetzt sind da zwei Männer. Warum hat ihre Freundin ihr von der attraktiven Gesellschaft hier im Hochtal nichts erzählt? Hat Christiane das etwa alles eingefädelt? Ein amüsantes Missverständnis folgt auf das nächste, und Andreas Erholung ist bald endgültig dahin …

Die Autorin

Johanna Nellon lebt mit ihrem Mann im schönen Rheinland. Sie ist gern auf Reisen und liebt die Schweiz und die Alpen über alles.

Von Johanna Nellon sind in unserem Hause bereits erschienen:

Ein Sommer am Chiemsee
Liebesleuchten am Bodensee
Marillenglück und Gummistiefel

Johanna Nellon

Nussgipfel und Alpenglück

Roman

List Taschenbuch

Besuchen Sie uns im Internet:
www.list-taschenbuch.de

MIX
Papier aus verantwortungsvollen Quellen
FSC® C083411
FSC
www.fsc.org

Originalausgabe im List Taschenbuch
List ist ein Verlag der Ullstein Buchverlage GmbH, Berlin.
1. Auflage Mai 2015

Umschlaggestaltung: bürosüd° GmbH, München
Titelabbildung: bürosüd° GmbH, München
Satz: LVD GmbH, Berlin
Gesetzt aus der Janson
Papier: Pamo Super von Arctic Paper Mochenwangen GmbH
Druck und Bindearbeiten: CPI books GmbH
Printed in Germany
ISBN 978-3-548-61284-3

1

Andrea stand an einem der breiten Fenster des Lofts und sah hinunter auf Manhattan. Immer mehr Lichter gingen in den Hochhäusern und auf den Straßen an und mischten sich mit den Leuchtreklamen, die ununterbrochen ihr grelles Licht in den Straßenschluchten verströmten.

Wenn Andrea sich auf die Zehenspitzen stellte und scharf nach links schaute, konnte sie den Hudson River erkennen – zumindest ein paar Meter des Flusses, der sich träge durch die Millionenmetropole schlängelte.

Andrea sah hinauf zum wolkenverhangenen Himmel. Nicht ein Stern war zu sehen. Im Grunde sah man in New York nie einen schönen Sternenhimmel, denn die Lichter der Stadt waren greller als die hellen, kleinen Tupfen am nachtdunklen Firmament. Früher, als Kind, hatte sie zusammen mit ihrem Großvater oft zu den Sternen hochgeschaut. Der Großvater kannte alle Sternbilder und hatte sie ihr gezeigt.

Erste Regentropfen zerplatzten auf den Scheiben und zogen eine dünne, feuchte Spur bis hinunter zu dem rotbraunen Vorsprung aus Ziegelsteinen, der das Loft von den acht unteren Etagen abtrennte.

»Mairegen bringt Segen«, murmelte Andrea den Spruch vor sich hin, den schon ihre Großmutter immer gesagt hatte. »Nur merk ich gar nichts von irgendeinem Segen.« Sie wandte sich seufzend ab und ging hinüber zur Küchenzeile.

Hier lagen noch die zartgelben Lilien, die sie aus dem Blumenladen mitgebracht hatte, in dem sie arbeitete.

Mechanisch begann sie die rostroten Staubblätter abzuschneiden. Wenn man mit den Staubgefäßen in Berührung kam, gab es hässliche Flecken, die sich nur schwer entfernen ließen. Vor drei Wochen hatte sich Markus sein weißes Hemd an einer Lilienblüte verdorben. An seinen fast hysterischen Tobsuchtsanfall erinnerte sich Andrea heute noch.

»Hör endlich auf, den halben Blumenladen hierher zu schleppen«, hatte er geschrien und die Blumen mitsamt der alten Kristallvase, einem Erbstück von Andreas Großmutter, zu Boden geschleudert. »Ich hasse dieses Gemüse. Und den alten Krempel, den du immer wieder irgendwo hier aufstellst, erst recht. Hast du denn gar keinen Sinn für modernes Design? Himmel noch mal, wir leben hier doch nicht auf einem verschlafenen Dorf!«

Andrea biss sich auf die Lippen, als sie an die unschöne Szene dachte. Wieder einmal sah sie sich in dem weitläufigen Loft um, in dem nur wenige, aber erlesene moderne Möbel standen. Alles hatte Markus ausgesucht. Und alles war teuer und von irgendwelchen gerade angesagten Designern entworfen worden. Markus legte großen Wert auf Statussymbole. Seit anderthalb Jahren arbeitete er als Broker bei einer amerikanischen Bank. Er war höchst erfolgreich, und das wollte er gern auch zeigen.

»Ich kann's mir leisten« war einer seiner Lieblingssprüche, die Andrea hassen gelernt hatte. »Schließlich hab ich hier im Big Apple einen supergeilen Job, und der wird fürstlich bezahlt.«

Sein Job, sein Loft, sein Sportwagen, seine Freunde, genauso oberflächlich und auf Äußerlichkeiten bedacht wie er selber. Alles muss hip und total angesagt sein, dachte Andrea bitter. Schön und teuer, das ist wichtig. Aber unsere Wohnung ist kein bisschen gemütlich! Kalte Pracht – nichts weiter!

Sie arrangierte noch ein paar gelbe Rosen zu den Lilien. Wenigstens ein paar Blumen musste sie um sich haben, um sich halbwegs wohl zu fühlen.

Tu ich das überhaupt noch in Marcs Nähe?, fragte sie sich zum wiederholten Mal. Von der großen Liebe, die sie daheim in Köln für ihn empfunden hatte, war nicht mehr sehr viel übrig. Verschlungen von dem Moloch New York, von Marcs Job, von seinen Kumpels, mit denen er seine Freizeit viel lieber verbrachte als mit ihr.

Am verrücktesten fand sie es, dass er darauf bestand, nur noch Marc genannt zu werden, sogar von ihr. Kosenamen waren total out, er fand es lächerlich, wenn sie ihn daran erinnerte, dass er sie früher gern ›Feechen‹ genannt hatte. Jetzt war sie entweder Andrea oder ›Darling‹ und ›Sweetheart‹. Austauschbar und stereotyp.

Ein leiser Pfeifton ertönte – der Nudelauflauf war fertig!

Andrea sah auf die Uhr, eigentlich müsste Markus – o sorry, Marc natürlich – gleich kommen. Es war Freitagabend, da schlossen Börse und Banken pünktlich. Doch es kam vor, dass er noch mit ein paar Kollegen in eine Bar ging. Oder in das neue Fitnessstudio, das sich im 72. Stock eines neu erbauten Hochhauses befand und das – laut Marc – einfach alles an Fitnessgeräten bot, was man sich nur wünschen konnte. »Dazu gibt's Sauna, Jacuzzi und eine Massageabteilung samt Bräunungsstudio. Tom und Edward sind da schon Stammgäste.«

»Und du bald auch, nehm ich mal an.« Sie hatte den bitteren Ton in der Stimme nicht unterdrücken können, als er ihr von dem neuen »In-Treff« erzählte.

»Ja, ich auch. Es gehört einfach dazu, fit zu sein – und auch so auszusehen. Im Business zählt nur, wer gut aussieht und up to date ist. Tom hat sich sogar das Fett am Bauch absaugen lassen, weil's gut für sein Image ist. Wäre gut, wenn du auch mal anfingst, was für dich zu tun.« Bei diesen Worten hatte er sie angesehen, als sei sie mindestens fünfzig und vollkommen aus dem Leim gegangen. Dabei besaß Andrea eine fast perfekte Figur. Nur ihr Busen war ein bisschen zu klein, fand sie zumindest. Aber das hatte Marc bislang nicht gestört.

Bisher hat er dich ja auch noch mindestens so sehr geliebt wie seinen Job, ging es ihr durch den Kopf. Inzwischen bist du allerdings nur noch ein Sexobjekt für ihn. Willig, immer da, wenn ihm danach ist, sanft und anschmiegsam, dankbar für jedes nette Wort, jede noch so kleine Zärtlichkeit.

Ihre Augen begannen zu brennen, und Tränen rannen Andrea über die Wangen, die nur leicht von der ersten Sonne getönt waren.

Wo war die große Liebe geblieben? Wo die Zärtlichkeit, die Leidenschaft? Wo das große Gefühl, das vor drei Jahren, als sie den verheirateten Markus Weinburg kennenlernte, alle Bedenken und Zweifel überlagert hatte? Nie hatte sie sich mit einem verheirateten Mann einlassen wollen, das hatte sie sich immer geschworen. Doch als sie Markus begegnete, lösten sich alle Vorsätze in Rauch auf. Hilflos wirkte er, als er in dem Blumengeschäft, in dem sie arbeitete, einen Geburtstagsstrauß für seine Frau orderte.

»Rote Rosen?«, fragte Andrea und wies auf eine hohe Vase mit wunderschönen Baccararosen.

»Nein. Keine Rosen.« Er schüttelte den Kopf. »Irgendwas Buntes, Fröhliches.« Ein kleines Lächeln erschien auf seinem Gesicht. »Was würde Ihnen denn gefallen?«

Andrea zögerte und wies dann auf Lilien und hellgelbe Rosen. »Das sind meine Lieblingsblumen.«

»Dann hätte ich gern einen solchen Strauß.«

Während sie fünf Lilien und sieben großköpfige Rosen band, ließ der Kunde sie nicht aus den Augen. Er verfolgte jede ihrer Bewegungen, und seine Augen begannen zu leuchten.

Andrea spürte seinen Blick und musste sich bemühen, das Zittern ihrer Finger zu verbergen. Gut sah der Mann aus! Das dunkelblonde Haar passte zu den graublauen Augen und dem gebräunten Gesicht. Der dunkelblaue Anzug saß perfekt und verriet den erstklassigen Schneider. Auch die dezent gestreifte Krawatte zum weißen Hemd war geschmackvoll ausgewählt. Er war schlank, und seine Hände mit den langen, schmalen Fingern wirkten ausgesprochen gepflegt.

»Ist's so recht?« Sie hielt den gebundenen Strauß in die Höhe.

»Sehr gut. Danke.« Wieder ein tiefer Blick. »Und jetzt hätte ich doch noch gern ein Dutzend rote Rosen.«

Für eine Sekunde runzelte Andrea die Stirn, kam aber dem Wunsch kommentarlos nach.

»Soll ich die Sträuße in Folie wickeln?«

»Nur die roten Rosen.« Mit drei großen Schritten umrundete er den Verkaufstresen, nahm den Lilienstrauß und legte ihn ihr in den Arm. »Die sind für Sie.«

So begann ihre Beziehung.

Schon am nächsten Tag kam Markus wieder. Er kaufte wieder Rosen und Lilien, und auch diesen Strauß schenkte er ihr. Auch am über- und übernächsten Tag. So lange, bis sie ihm Einhalt gebot und einwilligte, mit ihm auszugehen.

»Ich kann ja daheim bald einen Blumenladen aufmachen«, sagte sie und lachte ihn an. »Hören Sie auf damit.«

»Nur, wenn Sie heute mit mir essen gehen.«

Was blieb ihr anderes übrig, als einzuwilligen? Er war charmant und zeigte ihr mit jedem Blick, wie sehr sie ihm gefiel und wie sehr er sie begehrte.

»Ich will keine Beziehung zu einem verheirateten Mann. Das schafft nur Probleme.« Wie oft hatte sie das gesagt! Aber bei Markus vergaß sie ihre Vorsätze. Sie glaubte ihm, dass seine Ehe unglücklich war und er sich nur der Kinder wegen nicht scheiden ließ. Es war die klassische Ausrede, die bestimmt schon viele tausend Männer benutzt hatten. Und ebenso viele Frauen waren wohl darauf hereingefallen!

Fünfzehn Monate lang trafen sie sich heimlich, und Andrea genoss die Stunden, die erfüllt waren von Liebe und Zärtlichkeit.

Dann, an einem nasskalten Herbsttag, erklärte Markus strahlend: »Endlich hab ich's geschafft!« Er hob Andrea hoch und wirbelte sie übermütig durch die Luft. »Wir gehen nach New York! Na, was sagst du?«

Zunächst sagte sie gar nichts. Die Neuigkeit nahm ihr ebenso den Atem wie Markus' leidenschaftliche Küsse. Schließlich schob er sie ein Stück von sich und sah sie stirnrunzelnd an. »Nun sag doch endlich was!«

»Ich … ich gratuliere dir.« Ihre Stimme war kaum zu verstehen.

»Das ist alles?« Eine kleine Ader an seiner Schläfe schwoll an, die eben noch so zärtlich dreinblickenden Augen verengten sich zu schmalen Schlitzen. »Ich hatte mehr von dir erwartet.«

Andrea biss sich auf die Lippen. »'tschuldige. Aber ich bin total perplex. Wann gehst du denn nach New York?«

»In einem Monat. Drüben wird alles für mich bereitgestellt: Büro und Wohnung. Ich hab mich übrigens nicht für ein großes Apartment, sondern für ein Loft entschieden.

Das ist zwar teurer, aber die Investition wird sich lohnen, glaub mir.« Er zog sie wieder an sich. »Du musst mitkommen, Kleines. Ohne dich bin ich doch nur noch ein halber Mensch. Ich brauche dich. Ich liebe dich.«

Wie hätte sie da noch lange widerstehen können?

Aber sie machte ihm klar, dass sie nicht einfach alles stehen und liegen lassen konnte. Sie hatte ja auch einen Job, eine Wohnung, Verpflichtungen.

»Na und?« Für Markus waren das keine Probleme. »Du kündigst alles und wir fangen noch mal ganz von vorn an. Nur wir zwei.«

Seine Familie war ihm offenbar nicht wichtig. Die Kinder mussten zur Schule. Lucca, der elfjährige Sohn, hatte gerade aufs Gymnasium gewechselt, die siebenjährige Emma besuchte die zweite Klasse einer Waldorfschule.

»Lilo und die Kinder bleiben in Köln, so ist's abgemacht.« Wieder ein langer Kuss. »Mach dir um meinen Anhang keine Gedanken, die kommen gut klar. Lilo ist ein Gewohnheitstier. Träge und langweilig. Sie mag einfach keine Veränderungen, ist total unflexibel. Ihr ist nur wichtig, dass sie im Haus wohnen bleiben kann. Sie braucht den Kaffeeklatsch mit der Nachbarin und ihre Nähkurse im Kirchenclübchen. Ätzend, so ein Leben. Aber jeder, wie er mag.« Noch ein Kuss. »Du bist da anders, und gerade deshalb liebe ich dich so sehr.«

Seinen Überredungskünsten hatte sie nicht mehr viel entgegensetzen können. Und so folgte sie ihm drei Monate später nach New York.

Markus hatte sich schon eingelebt in der Großstadt. Er wollte nun Marc genannt werden, sprach nur noch Englisch und hatte sich schon einen kleinen Freundeskreis aufgebaut.

Andrea blieb außen vor. Nur selten nahm Marc sie mit, wenn er sich mit den Kollegen traf. Er erklärte, dass sie von dem Fachchinesisch, das er und seine Kumpels auch in der Freizeit sprechen würden, ja doch nichts verstünde.

»Richtig ausspannen tun wir sowieso nicht, irgendwie sind wir immer präsent und bereit, einen neuen Deal abzuschließen. Deshalb ist es auch ganz wichtig für mich, dass ich mich mit den anderen austauschen kann, die sind ja schon länger hier und kennen sich aus.«

Zum Glück fand sie rasch einen guten Job in einem exklusiven Blumenladen auf der Fifth Avenue. Schräg gegenüber lag ein bekanntes Luxushotel, vier Häuser weiter war der berühmte Flagstore von Tiffany & Co. Ihre Chefin war deutschstämmig und schätzte sowohl Andreas Pünktlichkeit als auch ihr Können.

Eines Tages, Andrea brachte die Tischdekoration für eine große Hochzeit ins Hotel, lernte sie Ellen Kaspars kennen, die an der Rezeption arbeitete und aus Düsseldorf stammte. Die quirlige Rothaarige wurde bald ihre Freundin, der einzige Mensch, dem sie anvertraute, wie wenig glücklich sie in New York war.

Ellen und Marc mochten sich nicht, das stellte sich rasch heraus, und so trafen sich die beiden Frauen stets allein. Zwei Mal hatte Ellen der Freundin geraten, sich wieder von Marc zu trennen. »Das ist doch keine Liebe, die euch verbindet«, hatte sie gesagt. »Du bist sein Heimchen am Herd, machst es ihm gemütlich, hältst die Wohnung in Schuss und kochst für den Herrn und Meister. Und was gibt er dir? Liebe?« Sie hatte den Kopf so heftig geschüttelt, dass die roten Locken wippten. »Das ist keine Liebe.« Kurz hatte sie Andrea an sich gezogen. »Werd wach, Andrea! Der Typ nutzt dich nur aus, der braucht dich für sein Ego, mehr nicht. Wahrscheinlich geht er irgendwann zurück nach Deutschland zu Frau und Kindern.«

»Das stimmt so nicht. Marc liebt mich. Und seine Ehe existiert nur noch auf dem Papier, da bin ich sicher. Und ich will nicht, dass du schlecht von ihm sprichst.« Sie hatte beleidigt reagiert, und da beide ihre Freundschaft nicht gefährden wollten, blieb das Thema Marc ab diesem Zeitpunkt tabu.

Doch insgeheim wusste Andrea, dass es stimmte: Marc war lange nicht mehr so liebevoll wie noch vor einem Jahr. Er arbeitete hart und wollte daheim nur noch entspannen. Und dazu gehörte, dass Andrea dafür sorgte, dass im privaten Bereich alles reibungslos lief. Und dass sie mit ihm schlief, wann immer ihm danach war.

Anfangs hatte sie seine Leidenschaft, die ihn ganz spontan überwältigte, als wunderbar empfunden, doch aus dem Liebesspiel war inzwischen nur noch ein kurzer, heftiger Akt geworden, der einzig dazu diente, Marcs Bedürfnisse zu befriedigen.

Seit einiger Zeit ließ er sich auch gern irgendwelche perversen Spielchen einfallen, auf die sie nun gar nicht stand, die ihn aber total erregten.

Ich will heim, dachte Andrea nicht zum ersten Mal.

Ich will zurück nach Köln.

Ich will mein altes, ruhiges Leben zurück.

Die Kruste auf dem Nudelauflauf war zu braun geraten, sie hatte die Auflaufform zu spät aus dem Ofen gezogen. Leichter Brandgeruch waberte durch den großen Raum.

Hoffentlich ging der Rauchmelder nicht an!

Andrea öffnete zwei der hohen Kippfenster und hoffte, dass die grauen Schwaden rasch abziehen würden.

Ein melodischer Klingelton ließ sie zusammenzucken. Am

Telefon, das gleich neben der Eingangstür auf einem elipsenförmigen Acryltisch stand, blinkte ein Lämpchen auf.

Nein, sie hatte absolut keinen Bock drauf, Marc beim Telefonieren ins Gesicht zu sehen! Das Bildschirmtelefon oder das Skypen waren auch so neumodische Dinge, die Andrea hasste.

Jetzt summte ihr Handy. »Ja, hallo?«

»Darling, ich bin's. Warum gehst du nicht ans Telefon?«

»Keine Lust.«

»Du bist … na, ist jetzt auch egal. Ich komme noch nicht heim, wollte ich nur sagen. Wir gehen noch in den Fitnessclub. Es wird sicher später, Edward hat zu einer Massagerunde eingeladen.«

»Viel Spaß.« Sie ahnte, wie diese Massagerunden aussahen! Mit Wellness hatte es sicher nicht viel zu tun. Als er vor drei Wochen ziemlich betrunken von einem dieser ›Männerabende‹ heimgekommen war, hatte Marc mehr erzählt, als er es im nüchternen Zustand getan hätte. Er hatte von der scharfen Candy gesprochen und davon, dass es im Club keine Tabus gab.

»Und du? Was hast du mir zu bieten, ha?« Er hatte sie an sich gezogen und brutal geküsst. Dann hatte er mit ihr schlafen wollen, wie immer, wenn er etwas getrunken hatte.

Als Andrea ihn abwehren wollte, hatte er sie zum ersten Mal geschlagen. Dann beinahe vergewaltigt. Davon hatte er am nächsten Morgen nichts mehr gewusst. Oder nichts mehr wissen wollen.

»Sweety, sei nett, es kommt nicht mehr vor, dass ich mit den Jungs so versacke«, hatte er nur gesagt und sie flüchtig geküsst, ehe er zum Joggen gegangen war.

Und heute? Heute war er schon wieder mit den »Jungs« unterwegs. Oder in einem Bordell.

Egal. Es störte sie nicht mehr. Es tat nicht mehr weh. Im Gegenteil, sie war froh, allein zu sein, ihn nicht sehen, ihn nicht in der Nähe haben zu müssen.

Und gerade das schockierte sie total!

Denn als Fazit blieb: Ich liebe ihn nicht mehr!

* * *

»Beim nächsten Mal tauschen wir. Ich will Candy auch mal vögeln.« Edward Kleeman schlug Marc auf die Schulter. »Die kleine Biggy hatte ich jetzt schon dreimal.«

»Wir können ja würfeln.« Marc lachte lautstark. »Oder wir wechseln uns ab. Ein flotter Vierer ist ja auch nicht zu verachten.«

»Hey, Boys, noch etwas Champagner?« Candy, deren samtbraune Haut nur von einem pinkfarbenen Slip bedeckt war, schwenkte eine Flasche durch die Luft. »Dazu vielleicht was hiervon? Ich sag euch, das ist ein supergeiles Zeug.« Zusätzlich zur Flasche hielt sie ein Tütchen mit kleinen lilafarbenen Pillen hoch.

Edward zögerte, er gönnte sich hin und wieder einen solchen Kick.

Marc allerdings wehrte gleich ab. »Keine Drogen, das weißt du doch.« Er schob das Mädchen von sich. »Ich gehe. Hab genug für heute.«

»Spielverderber!« Edward zog sich eines der leicht bekleideten Mädchen auf den Schoß und tastete nach ihren Brüsten.

Marc grinste anzüglich. »Wer sagt das denn? Ich weiß, wo ich noch weitermachen kann. Für mich ist die Nacht noch lange nicht zu Ende.«

»Noch ein Glas!« Candy köpfte die Champagnerflasche

mit einer geschickten Bewegung und goss ein. Dass sie dabei in jedes Glas eine der kleinen Pillen fallen ließ, bemerkten die Männer nicht.

Marc trank sein Glas in einem Zug leer. »Bis bald mal wieder, Darling.« Er umarmte Candy und küsste sie lange und leidenschaftlich. »Du warst gut heute.«

Candy antwortete mit einem sinnlichen Lachen.

Als Marc den Club verließ, fühlte er sich leicht und beschwingt. So ein langer, entspannter Abend tat ihm einfach gut. Der hemmungslose Sex stärkte sein Selbstbewusstsein noch mehr, und er konnte es kaum erwarten, nach Hause zu kommen und mit Andrea ins Bett zu gehen. Sie war so ungemein spießig, sprach immerzu von Liebe, verlangte Zärtlichkeit und Rücksichtnahme.

Nicht mit mir, dachte Marc, und er spürte, dass seine Erregung zunahm, noch während das Taxi durch die Nacht fuhr. Ich werde dir zeigen, wie aufregend Sex sein kann. Und welch wunderbare Praktiken es gibt, die du noch nicht kennst. Aber du wirst sie heute Nacht kennenlernen – ob du willst oder nicht!

Andrea lag auf dem hellen Ledersofa, als er heimkam. Schlaftrunken richtete sie sich auf und schlug die nussbraune Kaschmirdecke mit den hellen Fransen zur Seite.

»Du bist spät.«

»Na und?« Er lachte. »Ich komme lieber spät als nie. Wirst es gleich sehen.« Er versuchte sie zu küssen, doch Andrea wehrte ihn ab und drehte sich um.

»Du hast getrunken.«

»Na und? Was ist gegen einen Absacker im Kreis von Freunden einzuwenden? Es kann nicht jeder so ein langweiliges Leben führen wie du.« Er zog sie hoch und presste seine Lippen auf ihren Mund, während seine Hände sich unter ihre dünne Baumwollbluse schoben. »Aber heute zeig ich dir, wie aufregend Sex sein kann.«

»Nein!« Andrea bog den Kopf zur Seite. »Ich will nicht.«

Er lachte nur, warf sie zurück auf die Couch und riss ihr mit einer brutalen Bewegung die Bluse auf, so dass die kleinen Perlmuttknöpfe über den Boden rollten.

Andrea versuchte, sich zu wehren, sie wollte ihn zur Vernunft bringen oder ihn von sich stoßen, doch Marc war ihr körperlich weit überlegen. Er schien wie von Sinnen, reagierte weder auf Bitten noch auf Andreas unterdrückte Schreie, die er mit einer Hand zum Verstummen bringen wollte. Als ihm das nicht gelang, schlug er hart zu.

Dann nahm er sie. Rücksichtslos und brutal. Als sie nach ihm zu schlagen versuchte, band er ihr mit seiner Krawatte die Hände auf dem Rücken zusammen.

Eine Stunde lang litt Andrea Höllenqualen. Sie war ihm wehrlos ausgeliefert, musste es ertragen, dass er sie schlug, auch ihre Füße fesselte und sie immer wieder vergewaltigte. Tränen rannen ihr übers Gesicht, doch das schien Marc nicht zu beeindrucken. Wie von Sinnen schien er zu sein, und Andrea atmete auf, als er endlich von ihr abließ, die Fesseln löste und nach nebenan ins Schlafzimmer ging. Halb angezogen ließ er sich dort aufs Bett fallen und schlief sofort ein.

Andrea wartete eine Weile, um sicher zu sein, dass er in komaähnlichen Schlaf gefallen war, dann duschte sie ausgiebig, packte das Nötigste und verließ die Wohnung. Erst im letzten Moment, sie stand schon vor dem Aufzug, fiel ihr ein, dass sie unbedingt ihre Papiere einstecken musste.

Noch einmal sah sie zurück. Ihr Blick streifte die elegante Einrichtung, wanderte zur breiten Fensterfront, durch die sie auch jetzt die unzähligen bunten Leuchtreklamen erkennen konnte. Schließlich blieb er an der hellen Couch haften, und wieder stiegen ihr Tränen in die Augen.

Mit einem Ruck drehte sie sich um und ging. Sie zitterte, doch die Kälte kam von innen. Zum Glück fand sie rasch ein Taxi, das sie zu Ellens Wohnung brachte. Die Freundin hatte zum Glück in dieser Woche Frühdienst, sie war also aller Wahrscheinlichkeit nach daheim.

Ellen fragte nicht viel, sie sah Andrea nur an, zog sie in die Arme und streichelte ihr behutsam über die zuckenden Schultern.

»Er ist ein Schwein, das hab ich mir gleich gedacht. Komm, ruh dich aus. Alles Weitere bereden wir morgen.«

2

»Nach Junkersdorf, bitte.« Andrea schloss die Augen, als das Taxi anfuhr und den Flughafenbereich verließ. Sie war erschöpft und hatte das Gefühl, die letzten zwei Tage wie in einem Film erlebt zu haben. Einem Horrorfilm.

Natürlich hatte Marc sie gleich bei Ellen gesucht. Wie ein Irrer hatte er vor der Wohnung der Freundin getobt. Dann hatte er sich aufs Bitten verlegt und geschworen, Andrea zu lieben, sich zu ändern, nicht mehr ohne sie auszugehen.

Doch sie hatte sich nicht umstimmen lassen.

»Du kannst dir deine Worte sparen. Ich verlasse dich. Endgültig. Schick meine Sachen an Ellens Adresse. Und jetzt geh, sonst rufen wir die Polizei.«

Die Warnung wirkte – er hörte auf, gegen die Tür zu hämmern, und ging, fluchend und wüste Beschimpfungen ausstoßend. Sie hörte nichts mehr von ihm, bis sie im Flieger nach Deutschland saß. Dank einer leichten Beruhigungstablette verschlief sie den größten Teil des Flugs.

Erst als die große Maschine den Landeanflug auf den Airport Köln-Bonn begann, stieß sie der ältere Herr, der neben ihr saß, behutsam an. »Wach werden, junge Frau. Gleich landen wir.«

»Danke.« Sie blinzelte verschlafen, doch als das Flugzeug aufsetzte und sie heimischen Boden unter den Füßen hatte, war sie hellwach.

Und als sie erst die Domtürme von weitem erblickte, schlug ihr Herz rascher.

Zu Hause! Sie war wieder zu Hause!

In diesem Moment wurde ihr erneut bewusst, dass es ihr wirkliches Zuhause nicht mehr gab. Die Wohnung war schon lange wieder vermietet, und sie würde wohl die ersten Tage in einer Pension verbringen müssen.

Aber zunächst würde sie ihre Schulfreundin Christiane treffen!

Noch vom Flughafen in New York aus hatte sie Christiane angerufen und ihr gesagt, dass sie auf dem Weg zurück nach Hause sei.

»Komm auf jeden Fall erst mal zu mir«, hatte die Freundin gesagt. »Dann reden wir – und ich schwöre, dass ich dich wieder aufrichten kann, Drehwürmchen.«

Drehwürmchen ... so hatte Christiane sie als Kind oft genannt, weil Andrea so quirlig war und in der Schule nie stillsitzen konnte. Das hatte sich zum Glück geändert, doch der Spitzname war ihr geblieben.

»Ich ... ich freu mich, dich wiederzusehen.«

»Und ich mich erst! Komm auf jeden Fall gleich vom Flughafen aus zu mir. Ich kann dich leider nicht abholen, muss noch so vieles erledigen. Aber das erzähle ich dir, wenn du da bist.«

Andrea traten Tränen in die Augen, als sie an die Freundin dachte. Sie hatten sich nicht oft geschrieben, nur die obligatorischen Karten zu Weihnachten und zu den Geburtstagen. Aber als sie Christiane anrief und ihr erzählte, dass sie Markus verlassen hatte, war die alte Vertrautheit sofort wieder zu spüren gewesen, sogar über die vielen tausend Kilometer hinweg.

Das Taxi hielt vor der angegebenen Adresse, und noch ehe

Andrea ihr Gepäck in Empfang genommen hatte, stürmte Christiane aus der weiß gestrichenen Jugendstilvilla. Das lange blonde Haar war im Nacken zu einem Pferdeschwanz gebunden, der jetzt aufgeregt wippte.

»Endlich! Ich warte seit einer Stunde auf dich!« Sie umarmte die Freundin und winkte mit einer Hand dem Fahrer zu. »Bringen Sie bitte alles ins Haus.«

Der Mann nickte. Christiane hatte etwas Bestimmendes an sich, so war es schon immer gewesen. Es gab kaum jemanden, der sich ihr widersetzen konnte.

Sie steckte dem Fahrer einen Schein zu. »Stimmt so. Danke.«

»Aber ...«

Andreas Protest erstickte Christiane in einer weiteren Umarmung. »Lass dich erst mal richtig drücken. Und dann sieh mich an.« Sie schob die Freundin ein Stück von sich. »Schlanker bist du als früher. Beneidenswert. Nur diese Schatten unter den Augen ... also, die wollte ich nicht haben. Aber die vergehen bald wieder, das schwör ich dir.«

Sie redete ununterbrochen. So wie früher, dachte Andrea, und ein warmes Gefühl stieg in ihr auf, als sie der Freundin in den großen Wohnraum folgte. Alles hier war noch so wie vor zehn Jahren. Die breite taubenblaue Ledercouch, der blau-rot-beige gemusterte Perserteppich mit dem runden Medaillon in der Mitte, der breite Kamin an der Stirnseite des Raums, auf dem in Silberrahmen eine ganze Bildergalerie stand.

Als Kind war sie oft hier gewesen, Christianes Eltern waren großzügig und hatten nichts dagegen, dass die Freunde ihrer Tochter bei ihnen ein und aus gingen.

Andrea, die in einer engen Mietwohnung aufgewachsen war, hatte sich hier immer sehr wohl gefühlt – und so war es jetzt auch wieder. Gemütlich war das weitläufige Zimmer, das im Westen in einen Wintergarten überging. Damals, als Christianes Mutter noch gelebt hatte, war der Wintergarten ein blühendes Paradies gewesen. Die Hausherrin züchtete Orchideen und Kamelien. Doch viel zu früh starb sie an einer tückischen Krebserkrankung. Die Mädchen waren damals gerade vierzehn gewesen.

Die Kamelien wurden verschenkt, die Orchideen blühten zwar noch, aber nicht mehr in ihrer einstigen Pracht. Dafür herrschten Grünpflanzen vor, die pflegeleichter waren. Christiane hatte nicht allzu viel übrig für das Gemüse, wie sie es insgeheim nannte.

Ihr Vater, ein bekannter Hotelier, der vier Häuser in ganz Deutschland besaß, verwöhnte seine Tochter nach Strich und Faden, und auch Andrea hatte er ins Herz geschlossen. Er mochte Christianes beste Freundin, die inzwischen ruhig und besonnen geworden war und seinem Gefühl nach einen guten Einfluss auf Christiane ausübte.

Die beiden Freundinnen waren unzertrennlich gewesen. So lange, bis Christiane zum Kunststudium nach Basel ging. Auch Andrea begann gleich nach dem Abitur zu studieren, sie entschied sich für Volkswirtschaft. Doch nach zwei Semestern verunglückten ihre Eltern bei einem Autounfall tödlich, und sie war gezwungen, ihren Lebensunterhalt allein zu bestreiten. Eine Großtante von ihr besaß einen Blumenladen, und hier begann Andrea ihre Ausbildung zur Floristin. Sie hatte ebenso großes Talent wie einen guten Geschmack, und rasch sprach sich das herum. Der Laden florierte und wurde an eine große Kette verkauft. Mit dem Erlös hatte sich Tante Anna in einem Seniorenstift einkaufen können, und Andrea blieb als Geschäftsführerin im Laden.

Sie war zufrieden mit ihrem Leben.

Bis zu dem Tag, an dem Markus ins Geschäft kam.

»Dieser Markus ... ich hab ihn nie leiden können, das weißt du.« Christiane zog die Freundin neben sich auf die Couch. »Ich hab immer geahnt, dass er dich unglücklich machen wird.«

»Du hast ihn doch nur zweimal gesehen!«

»Das hat mir auch gereicht.« Christiane winkte ab. »Aber der Typ ist ja jetzt Vergangenheit. Hier kannst du dich erst mal ausruhen.«

»Ich bin so froh, dass ich für ein paar Tage bei dir bleiben kann. Gleich morgen suche ich mir eine kleine Wohnung, zum Glück hab ich ja ganz gut verdient und komme zunächst mal über die Runden.«

»Gemach, gemach. Du bist mal wieder viel zu schnell in allem, Drehwürmchen. Ich hab da eine viel bessere Idee.« Christiane stand auf. »Aber erst mal essen wir was. Frau Schneider hat was Leckeres für uns vorbereitet.«

»Frau Schneider ... sie ist immer noch bei euch?« Andrea folgte der Freundin in die gemütliche Wohnküche, die auf der entgegengesetzten Seite der breiten Diele lag.

»Klar doch. Ohne sie wären wir aufgeschmissen.« Christiane lachte. »Sie sagt immer, sie hätte bei uns lebenslänglich. Sie passt auf Paps auf, als wären die zwei ein altes Ehepaar.« Sie kicherte. »Er hat Diabetes und Gicht, der arme Paps, und Frau Schneider achtet penibel darauf, dass er seine Diät einhält. Und natürlich nicht zu dick wird.«

»Der Arme!«

»Du sagst es!« Christiane kicherte. »Aber ich weiß, dass er sich hin und wieder im Hotelrestaurant schadlos hält.« Sie zuckte mit den Schultern. »Kann ich aber verstehen. Allzu viel Freude im Leben hat er ja doch nicht mehr. Und mit mir hat er's auch nicht leicht, der arme Paps.«

»Wieso nicht?«

Christiane schob sich eines der delikaten Lachshäppchen in den Mund. »Ich will einfach nicht heiraten! Und schon gar nicht den Mann, den er für mich ausgeguckt hat, der gute Paps.«

»Und der wäre?«

»Natürlich ein Hotelier!« Christiane schüttelte sich. »Das kommt überhaupt nicht infrage. Ich mag damit nichts zu tun haben. Das muss mein alter Herr endlich einsehen.« Sie zwinkerte Andrea zu. »Ich hab ganz andere Ambitionen. Aber davon erzähl ich dir später. Du willst dich jetzt sicher ausruhen, oder?«

Andrea nickte.

»Das Gästezimmer ist fertig. Paps ist gerade zu einer Messe in Paris, hinterher trifft er sich noch mit einem alten Freund in der Provence. Wir sind also ungestört.« Sie stand auf und zog Andrea hoch. »Komm mit, ich zeig dir dein Zimmer. Dann muss ich noch mal kurz weg.«

Als sie schon auf der Treppe hinauf in den ersten Stock waren, blieb sie noch einmal stehen. »Ach ja … du, ich muss auch übermorgen weg. Davon aber später.« Sie öffnete eine Tür. »Hier, das Gästezimmer. Gleich dahinter ist ein kleines Bad. Richte dich in Ruhe ein und schlaf ein bisschen. Bis heute Abend!« Sie gab Andrea einen flüchtigen Kuss auf die Wange. »Tschau, Drehwürmchen. Ich bin riesig froh, dass du da bist!«

* * *

Etwas Feuchtes, Kaltes berührte Andrea am Arm. Sie blinzelte und zuckte zusammen. Neben ihrem Bett stand ein großes schwarzes Ungeheuer, das gerade Anstalten machte, ihr seine Zunge quer übers Gesicht zu ziehen.

»Aus, Benny!« Christianes Stimme klang ungewöhnlich scharf. »Du sollst das nicht tun! So weckt man doch keinen Gast!«

Mit einem Ruck setzte sich Andrea im Bett auf. »Was ist das denn?«

»Ein Hund. Sieht man doch, oder?« Christiane ließ sich auf der Bettkante nieder. »Er heißt Benny, ist ein Berner Sennenhund und gehört meinem Freund Bernd.« Sie zog den Hund an seinem Halsband vom Bett fort. »Sitz!«

Der Hund gehorchte, aber er ließ keinen Blick von Andrea.

»Benny ist ganz brav, du musst keine Angst haben.«

»Hab ich auch nicht. Ich mag Hunde, wie du weißt. Nur … auf diese Weise geweckt zu werden ist nicht gerade üblich.«

Christiane grinste. »Könntest du dich eventuell daran gewöhnen?«

»Woran?«

»Na, dass Benny dich morgens weckt.« Christianes Gesicht war undurchdringlich, nur das kleine Grübchen in ihrer linken Wange verriet, wie amüsiert sie insgeheim war.

»Ich kenne dich«, murmelte Andrea. »Du führst irgendwas im Schilde. Wenn du so aussiehst …«

»Wie kommst du nur darauf?« Jetzt konnte sich Christiane nicht länger beherrschen und prustete laut los. »Es ist wie früher«, lachte sie. »Man kann dir nichts vormachen. Du durchschaust mich sofort.«

»Und ich weiß es immer schon im Voraus, wenn du irgendwas Verrücktes planst. Das hab ich dir schon früher immer angesehen. Außerdem hast du mich schon zweimal vertröstet und erklärt, du würdest mir später sagen, was los ist. Also – rede. Was hast du für eine Dummheit gemacht?« Andrea war jetzt hellwach.

Christiane schüttelte den Kopf. »Es ist keine Dummheit. Es ist Liebe. Die ganz große Liebe.«

»Auweia.« Andrea schwang die Beine aus dem Bett. »Beichte.«

Christiane streichelte über Bennys seidige Hundeohren. »Ich hab ihn in einem Fitnessclub kennengelernt. Er heißt Bernd, ist sechsunddreißig, hat schwarze Locken und sieht aus wie …« Ein verliebter Seufzer unterbrach die Erklärung. »… wie ein italienischer Gott«, schloss sie dann.

»Dich hat's ja richtig erwischt.«

»Total. Und Bernd auch. Wir haben uns gesehen, und es hat gleich gefunkt. Seit genau elf Wochen und drei Tagen sind wir zusammen. Und wir wollen es bleiben – für immer.«

»Ihr wollt heiraten?«

Christiane schüttelte den Kopf. »Nein, noch nicht. Wir wollen erst mal verreisen. Und uns dabei besser kennenlernen. Im Moment sehen wir uns ja nur stundenweise. Oder höchstens mal für ein Wochenende.« Sie verzog leicht den Mund. »Paps soll ja noch nichts davon mitbekommen, weißt du.«

»Aha.«

»Genau. Aha. Wir wollen auf die Seychellen, und da kann Benny natürlich nicht mit.«

»Natürlich nicht.« Andrea sah dem Hund in die dunklen Augen. Benny war ein sehr schönes Tier. Mit hellem Brustfell, einer perfekten Gesichtszeichnung und der typischen weißen Schwanzspitze. Die war jetzt deutlich zu sehen, da er langsam aufstand und schwanzwedelnd auf sie zu kam.

»Er mag dich! Hab ich doch gleich gewusst. Der Hund ist wahnsinnig schlau, er erkennt sofort, ob er einen guten oder schlechten Menschen vor sich hat.«

»Da bin ich aber froh!«

»Sei nicht ironisch! Das passt nicht zu dir.«

»Und was passt? Muss ich auch bei dir die stille, angepasste Andrea sein, die alles mit sich machen lässt?«

»Aber nein!« Christiane zog die Freundin an sich. Sie war einen halben Kopf größer als Andrea, sportlich schlank mit beneidenswert langen, perfekt geformten Beinen. Als Strumpfmodel könnte sie sicher gutes Geld verdienen. »Du sollst Ferien machen. In der Schweiz. Mit Benny zusammen.«

»Das macht Sinn. Ein Schweizer Sennenhund gehört in die Schweiz.«

»Andrea! Hör auf, so zu reden.« Jetzt griff Christiane nach den Händen der Freundin und drückte sie fest. »Du musst mir helfen«, bat sie, und ihr Blick hätte jedem Dackel zur Ehre gereicht. »Wir möchten so gern auf die Seychellen. Aber die Hundepension, in der wir Benny unterbringen wollten, ist schon ausgebucht. Wir haben schon überlegt, ob er so lange ins Tierheim gehen könnte, aber …«

»Ins Tierheim? Sag mal, spinnst du?«

»Natürlich wäre das nur der allerletzte Ausweg gewesen. Wir hätten natürlich auch für seinen Aufenthalt dort gezahlt. Aber als du anriefst, hab ich gleich dran gedacht, dass du dich vielleicht um ihn kümmern könntest.«

»Egoistin.« Das klang schon sehr, sehr versöhnlich.

»Die bin ich, das geb ich zu.« Christiane grinste. »Aber ich bin auch oft sehr, sehr nett. Und deshalb …« Sie stand auf und stellte sich vor dem Bett in Positur. »Deshalb biete ich dir einen Deal an: Du machst vier Wochen Ferien in der Schweiz, genauer gesagt im Engadin. Zusammen mit Benny. Er ist wirklich sehr pflegeleicht und gehorcht aufs Wort. Meistens wenigstens.«

»Und du? Was machst du in der Zeit?«

»Ich fliege mit Bernd auf die Seychellen. Wenn wir eine Weile Tag und Nacht zusammen sind, wird sich ja rausstellen, ob wir auf Dauer miteinander auskommen, oder nicht?«

Auch Andrea stand auf. »Was sagt denn dein Vater dazu? Er hatte doch immer gehofft, du würdest mal einen Mann aus der Hotelbranche heiraten, wo du selbst schon nicht in sein Unternehmen eingestiegen bist.«

»Ja, ja, ich weiß. Und er hält es mir auch bei jeder passenden oder unpassenden Gelegenheit vor. Aber das ist nun mal gar nichts für mich. Ich mag Kunst, ich will malen, bildhauern, zwischendurch ein paar tolle Reisen machen ... mit Bernd wäre das alles möglich.«

»Muss er denn nicht arbeiten?«

»Klar doch! Er besitzt fünf Fitnessclubs. Zwei in Köln und die anderen in der weiteren Umgebung. Er ist ein ziemlich erfolgreicher Unternehmer.«

»Gratuliere.«

»Danke. Aber noch sind wir nicht fest zusammen. Wir brauchen diese gemeinsame Zeit.« Ihr Blick hatte wieder dieses Dackelhafte, dem niemand widerstehen konnte.

»Es ist doch sicher schwierig, ein Hotelzimmer zu kriegen – mit dem Hund.«

»Überhaupt nicht. Du musst auch nicht ins Hotel. Paps hat voriges Jahr ein Chalet gekauft. Es liegt in Pontresina, das ist ganz nah bei Sankt Moritz. Da könnt ihr wohnen. Ich bin sicher, dass es dir gefallen wird. Und Benny wird sich mit dir zusammen total wohl fühlen.«

»Hat er überhaupt Papiere?«

»Es ist alles da, was er braucht. Und das Haus ist auch komplett eingerichtet. Es wird gerade renoviert. Und einen Anbau kriegt es auch noch.« Sie biss sich auf die Lippen. »Ich soll dort eigentlich die Handwerker beaufsichtigen. Ich hab's Paps versprochen. Aber da kannte ich Bernd ja noch nicht so gut und ...«

»Sprich nicht weiter! Ich ahne, was jetzt kommt.« Andrea stand auf, streichelte kurz über Bennys Kopf und erklärte: »Du bist meine beste, einzige Freundin, Christiane. Aber du bist auch komplett durchgeknallt und unmöglich!«

* * *

Der Jetlag war vorbei. Andrea hatte sich ausgeruht, Frau Schneider begrüßt und am zweiten Abend Bernd Geisner kennengelernt, der ein wirklich sympathischer Typ war – und sie hatte mittlerweile innige Freundschaft mit Benny geschlossen.

Der Berner Sennenhund wich kaum mehr von ihrer Seite, was Bernd begeistert zur Kenntnis nahm.

»Du bist unsere Rettung, Andrea«, strahlte er und legte dabei verliebt den Arm um Christiane. »Wir haben uns so auf den ersten gemeinsamen Urlaub gefreut, aber zumindest ich wäre mit schlechtem Gewissen geflogen, wenn ich Benny nicht in guten Händen gewusst hätte.«

»In jedem Drama steckt eben auch was Gutes«, erklärte Christiane strahlend.

»Dann bin ich ja mal gespannt, was für mich Gutes aus dem ganzen Chaos entsteht.« Andrea verzog leicht den Mund. »Im Moment weiß ich nicht mal, wo ich demnächst wohnen werde.«

»Für die nächsten vier Wochen in der schönen Schweiz.« Christiane löste sich von Bernd. »Du wirst begeistert sein! Und du kannst dich dort von dem ganzen Drama, das du in New York erlebt hast, erholen. Das Haus ist schon komplett eingerichtet, nur der Anbau ist noch nicht fertig. Und der

Garten natürlich auch noch nicht. Aber das ist ja nicht wichtig.« Sie zögerte, dann fuhr sie leiser fort: »Ich muss nur zusehen, dass Paps in ein paar Wochen da wohnen kann. Er will sich in der Gegend ein paar Hotels ansehen und sich eventuell in einem der besten Häuser von Pontresina einkaufen.« Sie zuckte lässig mit den Schultern. »Er kann's einfach nicht lassen, hofft wohl immer noch, dass ich mal den richtigen Mann finde.« Ihr Blick ging zu Bernd und wurde weich und zärtlich. »Aber den hab ich gefunden, ganz sicher.«

Andrea beneidete die Freundin um diese junge Liebe. So wie Christiane hatte sie auch empfunden, als sie sich in Markus verliebt hatte.

Beim Gedanken an Marc wollten Tränen in ihr aufsteigen, doch sie unterdrückte sie im letzten Moment. Dieses Kapitel ihres Lebens war endgültig abgeschlossen. Die Gefühle waren erkaltet. Die Liebe vorbei.

Am Mittag hatte Marc sie angerufen. In New York war es noch früh am Morgen, und dementsprechend schlecht war seine Stimmung.

»Was fällt dir ein?«, hatte er ins Telefon gefaucht, ohne sich Zeit für einen Gruß zu nehmen. »Läufst bei Nacht und Nebel davon, du blöde Gans, und lässt mich mit deinen ganzen Klamotten zurück. Glaub bloß nicht, dass ich dir auch nur einen Koffer packe. Der Krempel kommt auf den Müll, das schwör ich dir.«

»Wage es ja nicht!« Andrea war froh, dass Marc nicht sehen konnte, dass sie bei seinen Worten zu zittern begann. »Meine Sachen holt Ellen ab, das ist so abgesprochen.«

»Ellen! Diese kaltschnäuzige Emanze! Hat sie dich aufgehetzt, die blöde Kuh? Die steckt wohl hinter deinem albernen Auszug, was?«

»Nein. Das hast du dir allein zuzuschreiben.« Sie hatte

sich fest auf die Lippen gebissen, um nicht aufzuschreien. »Lass mich einfach in Ruhe, Markus, und leb dort drüben das Leben, das dir gefällt. Vielleicht lässt du ja sogar irgendwann deine Familie nachkommen und …«

»Lass Lilo und die Kinder da raus!«, hatte er geschrien. »Die gehen dich gar nichts an.«

»Das stimmt. Der Gedanke an die drei hat mich lange belastet, aber das ist jetzt vorbei. Vielleicht kannst du ja mit Lilo noch mal neu anfangen. Mich interessiert das alles nicht mehr. Und auch du interessierst mich nicht mehr. Also ruf nicht mehr an, Markus, es ist zwecklos.« Damit hatte sie aufgelegt. Ganz bewusst hatte sie ihn wieder Markus genannt. Es würde ihn ärgern, und diese winzig kleine Rache musste einfach sein.

Sie stellte sich auch jetzt wieder sein verblüfftes beziehungsweise verkniffenes Gesicht vor. Widerspruch konnte Marc Weinburg nicht vertragen, schon gar nicht von ihr.

Auf die große Entfernung war es ihr nicht schwergefallen, kühl und souverän zu reagieren. Aber als das Gespräch zu Ende war, heulte sie dann doch noch eine Runde, so lange, bis Christiane energisch befahl: »Schluss jetzt! Das Kapitel Markus ist zu Ende! Du fängst heute ein neues Leben an.«

Die gute, optimistische Christiane! Sie hatte es immer leicht gehabt, kannte keine Geldsorgen, konnte tun und lassen, was sie wollte. Na ja, wenn man davon absah, dass sie eigentlich einen Mann heiraten sollte, der zum Hotelkonzern Altmann passte!

»Du, wenn du willst, kannst du nach deinem Aufenthalt in der Schweiz in einem meiner Studios anfangen«, sagte Bernd und unterbrach ihre trüben Gedanken. »Irgendwo ist immer ein Job frei. Und fürs Erste wäre das doch ganz okay, oder?«

Andrea nickte. »Danke, das wäre wirklich toll. Zumindest so lange, bis ich als Floristin was Neues gefunden habe.«

»Eine Wohnung finden wir sicher auch bald«, warf Christiane ein. »Und wenn nicht – hier ist immer ein Zimmer für dich frei.«

»Ihr seid so lieb zu mir!«

»Quatsch!« Christiane schüttelte den Kopf. »Das ist doch ganz normal unter Freunden. Du hilfst uns ja auch!«

Andrea erwiderte nichts darauf. Beim Gedanken an den Trip in die Schweiz, der ihr morgen schon bevorstand, wurde ihr ein bisschen mulmig zumute. Christiane wollte, dass sie mit ihrem Cabrio fuhr, einem schnittigen roten Gefährt, das sie voriges Jahr von ihrem Vater zum Geburtstag bekommen hatte.

»Ich bin ewig nicht mehr Auto gefahren. Und dann gleich so eine Rakete. Ich weiß nicht, ob ich das packe.«

»Klar doch. Der Wagen lenkt sich fast von allein. Und mit dem Navi kommst du bestimmt klar. Das ist total simpel. Du schaffst das schon!«

»Wenn du meinst.« Was blieb ihr auch anderes übrig, als Christianes Optimismus zu teilen? Sie sollte einige Sachen fürs Haus mitnehmen, für sich persönlich brauchte sie auch einige Dinge, vor allem Bergschuhe und zwei warme Jacken, und auch Benny musste sowohl seinen Fressnapf als auch seine geliebte braune Hundedecke mit dem Pfotenmotiv eingepackt bekommen.

Wenn das nur gut geht, dachte Andrea später beim Einschlafen und sah zur hellen Zimmerdecke hinauf.

Aber sie hatte es geschafft, sich endgültig von Markus zu lösen. Da würde sie es auch schaffen, ein paar eidgenössische Handwerker zu beaufsichtigen und sich um einen großen Hund zu kümmern!

3

Wie eine Fata Morgana tauchten sie aus dem morgendlichen Frühnebel auf – die Schweizer Alpen! Noch war die Bergkette nicht mehr als hohe, gezackte Schemen, doch Andrea kam aus dem Staunen nicht heraus.

»Sieh mal, Benny, deine Heimat!« Sie bemerkte, dass der Hund aufrecht auf dem Rücksitz saß und das Gesicht in den Fahrtwind reckte. An seinem Hals prangt ein neues dunkelrotes Halsband mit weißen Kreuzen, ein Abschiedsgeschenk von Christiane.

»Damit ihr beiden stilecht reist«, hatte sie gemeint und der Freundin ein rotes Nickituch mit aufgedruckten Edelweiß geschenkt.

Andrea und Benny waren seit gestern Vormittag unterwegs. Mit dem Cabrio kam Andrea gut zurecht, allerdings musste das Verdeck während der Fahrt über die Autobahn natürlich geschlossen bleiben.

In der Nähe von Basel übernachtete sie in einem ansprechend aussehenden Gasthof. Sie war so lange Fahrten nicht gewöhnt und wollte die Strecke deshalb in Etappen aufteilen. Und auch für den Hund war es angenehmer, nicht allzu lange stillsitzen zu müssen.

Benny gefiel es, über die schon bunten Frühlingswiesen zu toben, die sich gleich hinter ihrem Quartier erstreckten. Der freundliche Wirt hatte versprochen, nach dem

Spaziergang einen Kalbsknochen für den Hund bereitzuhalten.

»Das wird Benny freuen.«

»Benny heißt der Riesenkerl?« Der Wirt hatte sie kopfschüttelnd angesehen. »Das ist ein ausgewachsener Ben, meinen Sie nicht?«

»Der Mann hatte recht«, sagte Andrea jetzt und lenkte den Wagen in eine Parkbucht am Straßenrand, da der Hund ihr durch ein Winseln angezeigt hatte, dass er dringend musste. »Du bist für mich ab jetzt der Ben.«

Ein zustimmendes Bellen versicherte ihr, dass das Tier einverstanden war. Kaum hielt der Wagen, sprang Ben mit einem Satz heraus und suchte sich einen Baum am entgegengesetzten Ende des Parkplatzes, auf dem zum Glück nur noch ein Wagen stand.

»Komm jetzt. Wir müssen weiter!« Auffordernd hielt ihm Andrea die Wagentür auf.

Ben zögerte, bellte, dann folgte er aber doch und sprang auf die Decke, die auf den Rücksitzen ausgebreitet lag.

»Wenn alles klappt, sind wir am Nachmittag am Ziel.«

Andrea sah kurz auf das Navigationsgerät. In Kürze würden sie den Walensee erreichen, der sich fünfzehn Kilometer lang neben der Fahrbahn erstreckte, wie ihr die Karte verriet. Gestern Abend hatte sie sich anhand eines Reiseführers, der in der Gaststube auslag und den sie sich kaufte, ein bisschen ortskundig gemacht. So wusste sie nun, dass dieser See der kälteste der Schweiz war, da er tief in einem von hohen Bergrücken eingebetteten Tal lag.

Nach nur vier Kilometern Fahrt auf der gut ausgebauten Autostraße lag die hellgrün in der Frühsonne schimmernde Wasserfläche vor ihr. Andrea war beeindruckt von den schroffen Felswänden, die an der Nordseite des Sees etwa eintausend Meter hoch und fast senkrecht am Uferrand aufragten.

Aber auch auf der Seite, an der die Autobahn gebaut worden war, erhoben sich gewaltige Bergmassive, und Andrea bedauerte, dass sie keine längere Pause einlegen konnte, um die Landschaft eingehender zu genießen.

In Chur hielt sie nur kurz und aß ein Sandwich, das sie mit Ben teilen musste – wer hätte seinem Blick denn auch widerstehen können? Danach ging sie zehn Minuten mit ihm spazieren, ehe sie in Richtung Sankt Moritz weiterfuhr.

Vielleicht konnte sie sich Chur, die älteste Stadt der Schweiz, auf der Rückfahrt ansehen. Jetzt galt es, noch vor Einbruch der Dämmerung in Pontresina anzukommen.

Eine Zeitlang verliefen gleich neben der Straße auch die Gleise der Rhätischen Bahn, und Andrea sah fasziniert zu, wie sich der rote Zug in weiten Kurven die Berge hocharbeitete, oft fuhr er dabei über steinerne Viadukte, die sich über tiefe Bergtäler spannten.

»Das sieht ja toll aus!«, staunte Andrea und fuhr scharf rechts ran, als sie kurz vor der Ortschaft Filisur ein besonders hohes Viadukt erblickte, das sie schon auf Fotos gesehen hatte. Im Reiseführer las sie rasch nach – es war das Langwasserviadukt, das Wahrzeichen der Rhätischen Bahn.

Wie auf Bestellung fuhr ein Zug über das Viadukt, und Andrea machte mit ihrem Handy ein Foto. »Dann weiß ich später, was ich alles mit dir erlebt habe«, wandte sie sich an Ben. »Ich denke, jetzt könnten wir auch wieder mit offenem Verdeck fahren, die Gegend hier ist zu schön, die sollten wir genießen.«

Ein kurzes Bellen sollte wohl Bens Zustimmung ausdrücken. Zumindest dachte sich Andrea das – bis der Hund mit einem Satz aus dem Wagen hechtete.

»Ben! Ben, komm zurück!« Andrea stieg aus und sah sich verzweifelt um. »Tu mir das nicht an«, murmelte sie und machte ein paar Schritte auf einen schmalen Weg zu, der sich neben der Straße entlangschlängelte.

Ein kurzes Hupen ließ sie zusammenzucken.

»Ben …« Sie drehte sich um, doch von dem Hund war nichts zu entdecken. Aber hinter ihrem roten Cabrio hatte ein schwarzer Sportwagen angehalten, aus dem jetzt ein schlanker blonder Mann stieg.

»Kann ich helfen?« Er schob sich die Sonnenbrille aufs Haar.

»Leider nicht. Mir ist gerade der Hund entwischt. Wie verrückt ist er davongerannt.« Sie wies in Richtung der ersten Häuser des Ortes. »Wenn ihm nur nichts passiert!«

»Ist es ein Rüde?«

»Ja.« Andrea nickte.

»Dann kann ich mir denken, wo wir ihn finden.« Der Mann lächelte. »Mein Bruder hat eine läufige Hündin, er wohnt gleich in dem ersten alten Bauernhaus dort drüben.« Er wies auf ein altes, aber mit viel Geschmack restauriertes Gebäude, dessen unterer Teil aus exakt behauenen Bruchsteinen bestand, während die beiden oberen Stockwerke weiß gekalkt waren. Rund um die beiden Etagen zogen sich hölzerne Balkone, an denen üppig blühende Geranien in geschnitzten Kästen hingen. »Kommen Sie mit, ich bin sicher, dass sich der Ausreißer dort finden lässt.«

Andrea zögerte, aber es schien wirklich die einzige Erklärung für Bens Verhalten zu sein.

»Ich heiße übrigens Norbert Zauner«, erklärte der Mann und machte die ersten Schritte in Richtung des Bauernhauses. »Das da ist mein Elternhaus.«

»Sie wohnen auch hier?« Irgendwie, fand Andrea, passte

der Mann nicht in diese Gegend. So, wie auch sein schwarzer Sportwagen nicht gerade das Gefährt eines Bauern war.

»Um Himmels willen, nein!« Norbert Zauner zog sich die schwarze Lederjacke aus und hängte sie sich über die Schultern. »Ich lebe in Sankt Moritz, besuche nur einmal im Monat meine Familie. Die Landwirtschaft ist das Metier meines Bruders. Ich hab damit gar nichts zu tun.«

»Aha.« Andrea ging zum Wagen und ließ das Verdeck wieder hochfahren. »Das ist sicherer«, meinte sie.

»So rasch wird hier bestimmt nichts aus dem Wagen gestohlen.«

Leichte Röte stieg in Andreas Wangen. »So hab ich das nicht gemeint«, sagte sie schnell. »Ich dachte eher daran, dass Ben mir nicht noch mal entwischen soll, wenn ich ihn wieder einfangen kann.« Sie hob die Leine ein wenig an. »Er hat überhaupt nicht auf meine Rufe reagiert«, fügte sie besorgt hinzu.

»Sie hängen wohl sehr an ihm? Was ist es denn für eine Rasse?«

»Ben ist ein Berner Sennenhund. Aber er gehört nicht mir, sondern einem Bekannten. Ich passe nur für eine Weile auf ihn auf. Umso schlimmer ist es, dass er jetzt abgehauen ist.«

»Das erklärt natürlich, warum er nicht gut folgt.« Norbert Zauner lachte und zeigte dabei perfekt weiße Zähne.

»Bis jetzt ging's eigentlich ganz gut mit uns beiden …«

»Aber mit der Lotti können Sie nicht mithalten.« Wieder lachte er, leise jetzt und ein bisschen kehlig. »Sehen Sie nur …« Er wies auf den schmalen Grünstreifen vor dem Haus. Dort lagen, einträchtig nebeneinander, zwei Berner Sennenhunde.

»Ben! Kommst du wohl her!«

»Ich glaube nicht, dass er folgen wird.« Der blonde Mann

ging zur Haustür und rief etwas hinein, das Andrea nicht verstand. Gleich darauf erschien ein Mann in alten Jeans und kariertem Hemd. Er hatte das gleiche blonde Haar wie sein Bruder, war allerdings größer und breitschultriger.

»Oje, das sieht nach der ganz großen Liebe aus«, meinte er. »Hoffentlich ist der Rüde kastriert. Noch mal sollte unsere Lotti nicht werfen.«

»Er ist kastriert«, versicherte Andrea.

»Ein Glück.« Der Mann griff in seine Hosentasche. Sofort sprang die Hündin auf. »Na komm, es gibt deinen Lieblingskeks.« Er lachte. »Sie ist wie du früher«, sagte er, an seinen Bruder gewandt. »Keiner Leckerei abgeneigt. Da vergisst sie sogar ihren Liebhaber.« Dann wandte er sich an Andrea. »Wir gehen rein, dann können Sie Ihren Hund besser wieder einfangen. Grüezi.« Er hob winkend die Hand, seinen Bruder sah er nur kurz an. »Wir telefonieren morgen, Norbert, vergiss es nicht. Die Mutter wartet auf das Geld.« Noch ehe sein Bruder antworten konnte, verschwand der Bauer im Haus, gefolgt von Lotti, die Ben keines Blickes mehr würdigte.

»So sind sie, die Frauen.« Norbert Zauner grinste. »Unberechenbar und egoistisch. Und höchst kompliziert.«

»Sie kennen sich offensichtlich aus.« Andrea versuchte Ben an seinem Halsband hochzuziehen, was ihr nur mit Mühe gelang. »Und Sie sind sich wohl sicher, dass Männer die reinsten Engel sind.« Andrea blickte kurz zu Norbert Zauner hoch.

»Stimmt. Es gibt nur wenige Ausnahmen … ähm … bei den Frauen und ihren Eigenschaften, meinte ich natürlich.«

Andrea ersparte sich eine Antwort und konzentrierte sich ganz darauf, Ben ins Auto zu locken, was ihr letztendlich nur gelang, weil sie die Dose mit Trockenfutter, das sie eingepackt hatte, hervorholte und ihm auffordernd unter die Nase hielt.

»Das zum Thema ›Männer sind pflegeleicht‹«, sagte Andrea und schlug rasch die Tür zu, als Ben es sich wieder auf der Rückbank bequem gemacht hatte. »So, das wäre geschafft. Danke für Ihre Hilfe.«

»Gern geschehen.« Norbert Zauner streckte ihr die Hand hin. »Wohin wollen Sie eigentlich?«

»Nach Pontresina.«

»Wundervoll! Dann sehen wir uns vielleicht wieder! Ich hab dort im Moment beruflich zu tun.« Er hielt Andreas Hand länger fest als notwendig. »Ich würde mich jedenfalls sehr freuen.«

»Mal sehen.« Sie entzog ihm die Finger. »Danke nochmals.« Demonstrativ sah sie auf die Uhr. »Ich muss dann weiter.«

»Ich auch.« Er hielt ihr die Autotür auf. »Auf Wiedersehen.« Die letzten beiden Wörter betonte er besonders.

Andrea startete den Wagen, winkte ihrem Helfer einen Gruß zu und fädelte sich wieder in den Straßenverkehr ein. Gut sah er aus, dieser Norbert Zauner, zugegeben. Ein kleines bisschen erinnerte er sie an Markus. Genauso smart und selbstbewusst gab sich ihr Exfreund auch stets, wenn junge Frauen in seiner Nähe waren.

Der Vergleich war nicht dazu angetan, ihr Interesse an dieser Zufallsbekanntschaft zu steigern.

Außerdem lag ihr im Moment nichts ferner als ein Flirt!

Nach einigen Minuten sah sie den schwarzen Sportwagen im Rückspiegel. Sie drosselte das Tempo, damit Norbert Zauner sie überholen konnte. Doch er blieb hinter ihr, bis sie den Julierpass erreichten.

Andrea lenkte das Cabrio langsam in die ersten Kurven.

Ihr graute vor der Passstraße, die sich auf über 2000 Meter hochschraubte. Es schien ihr kaum vorstellbar, dass schon die Römer an dieser Stelle die Alpen überquert hatten. Man hatte Säulenfragmente, die zu einem römischen Heiligtum gehört hatten, auf der Passhöhe gefunden. Sie waren an der Straße aufgestellt – steinerne Zeugen längst vergangener großer Leistungen und Strapazen.

»Bleib nur ja ruhig liegen, Ben«, sagte Andrea nach hinten gewandt. »Ich hab jetzt keinen Nerv, auf dich aufzupassen.«

Ben reagierte erst gar nicht auf diese Worte, er lag, den großen Kopf auf den Pfoten, auf der Rückbank und döste vor sich hin. Das kurze amouröse Abenteuer in Filisur hatte ihn erschöpft.

Lautes Hupen ließ Andrea zusammenzucken. Winkend fuhr Norbert Zauner an ihr vorbei, es war ihm wohl auf Dauer doch zu öde geworden, hinter ihr herzuzuckeln. Mit aufheulendem Motor lenkte er den Wagen in eine besonders enge Haarnadelkurve.

Andrea winkte kurz zurück, obwohl er das schon nicht mehr sehen konnte, dann konzentrierte sie sich auf die nächsten Kurven, die vor ihr lagen, und atmete erleichtert auf, als sie vor sich das Julier-Hospiz entdeckte. Auf dem Parkplatz hielt sie an und genoss den Ausblick auf die beeindruckende Felslandschaft.

»Das dort drüben ist der Piz Julier«, sagte ein älterer Herr neben ihr. »Es ist die höchste Erhebung weit und bereit.« Er lächelte Andrea freundlich an. »Ich halte hier immer an, wenn wir ins Engadin fahren. Man hat einen fantastischen Blick von hier aus.«

»Das stimmt.« Andrea erwiderte sein Lächeln. »Sie kennen dann sicher etliche der Berge.«

»Ja. Und deshalb rate ich Ihnen, nach zwei, drei Kilometern noch einmal anzuhalten. Es gibt da auch einen schönen Rastplatz. Sie können von dort aus die schneebedeckten Berge der Berninagruppe sehen.«

»Danke. Das mache ich sicher.«

»Wissen Sie auch, dass hier oben die Europäische Wasserscheide zwischen den Einzugsgebieten von Rhein und Donau ist?«

»Nein, das wusste ich nicht.«

Eine schlanke grauhaarige Dame kam auf sie zu. »Otto, hör auf zu dozieren.« Sie lächelte Andrea zu. »Mein Mann kann nur schwer verbergen, dass er mal Geographie- und Geschichtslehrer war.«

»Ich hab gern zugehört.« Andrea nickte den beiden zu. »Jetzt muss ich aber weiter, sonst komme ich zu spät. Einen schönen Urlaub wünsche ich Ihnen.«

»Danke, Ihnen auch.«

Na, ob das ein erholsamer Urlaub wird, muss sich noch zeigen, dachte Andrea, als sie die nächsten Kurven in Richtung Silvaplana nahm.

Von hier aus bis nach Sankt Moritz war es nicht weit, und auch die wenigen Kilometer von dem mondänen Ferienzentrum bis nach Pontresina schaffte sie gut.

Von Westen her zogen bereits die ersten dunklen Abendschatten auf, als sie ihr Ziel vor sich sah.

* * *

Das Chalet lag an einem Südhang, und die Sonne, die sich anschickte, in den nächsten Minuten hinter den Bergen zu versinken, tauchte das weiß gestrichene Gebäude in rotgoldenes Licht. Der Vorgarten, den der gepflasterte Weg durchquerte, wirkte leicht verwildert, und links neben der Auffahrt lag noch Baumaterial. Ein kleiner Haufen heller Bruchsteine war neben den zwei großen Garagen aufgeschichtet.

Dennoch war Andrea auf Anhieb begeistert. »Ich denke, hier kann man es aushalten«, sagte sie zu sich, lenkte den Wagen vor die Garagen, die durch einen überdachten Laubengang mit dem Chalet verbunden waren, und zog den Zündschlüssel ab. »Komm, Ben, gehen wir erst mal ins Haus und schauen uns um.«

Doch Ben dachte nicht daran. Kaum war die Wagentür offen, sprang er hinaus und rannte quer durchs Gebüsch hinters Haus: Was sich dieses Frauchen nur dachte! Er hatte jetzt lange genug stillgehalten, er musste sich austoben und die neue Umgebung eingehend erkunden!

Andrea ließ ihn laufen und holte ihre Reisetasche aus dem Wagen. Den Koffer und Bens Utensilien würde sie später ausladen. Erst einmal wollte sie sich das Chalet ansehen.

Die zweiflügelige Eichentür war mit wunderschönen Schnitzereien verziert – und unverschlossen! Andrea runzelte die Stirn und betrat zögernd das fremde Haus. Es roch nach frischer Farbe und Terpentin. Ein leerer Eimer, neben dem ein Wischmopp lehnte, stand links neben der Tür, daneben eine mit dem letzten Schutt des Innenausbaus gefüllte blaue Mülltüte. Das war aber auch alles, was noch auf Handwerker hindeutete.

»Hallo! Ist jemand da?«, rief Andrea und ging nur zögernd weiter. Vielleicht hatte einer der Handwerker einen Schlüssel und hielt sich noch irgendwo im Haus auf. Doch draußen stand kein Auto, und auch Baulärm war nirgends zu vernehmen. Im Übrigen war es hier am Eingang sehr sauber, das Haus wirkte nicht so, als würde in seinem Innern noch gearbeitet.

Andrea runzelte die Stirn. Was hatte Christiane ihr da erzählt? Ihr Vater wollte doch anbauen lassen, und auch der Garten sollte von einer Firma neu angelegt werden. Aber weder sah sie Maurer, Zimmerleute noch Gärtner.

Im ersten Impuls wollte sie zum Handy greifen und die Freundin anrufen, doch dann fiel ihr ein, dass Christiane ja bereits auf dem Flug auf die Seychellen sein musste.

Keine Panik, alles wird sich aufklären, sprach sich Andrea Mut zu und stieß die Tür weiter auf.

Langsam durchquerte sie die geräumige Diele, von der vier Türen abzweigten, die alle verschlossen waren. Ihre Schritte klackten leise auf den Steinfliesen, und auch die erste Tür, die Andrea öffnete, gab ein quietschendes Geräusch von sich.

Sie stand in der großen, geräumigen Küche, in deren Mitte ein alter Bauerntisch aus polierter Eiche stand. Die Küchenzeilen rechts und links waren allerdings modern und offensichtlich sehr funktionell ausgestattet. Vier Holzstühle mit moosgrünen Sitzkissen umstanden den Tisch, auf dem ein Steinkrug mit roten Tulpen stand, daneben eine Obstschale mit Bananen, Äpfeln und Erdbeeren. Ein Fensterflügel war offen, und die weißen Gardinen bauschten sich im Wind.

Andrea runzelte die Stirn. Christiane hatte ihr nicht gesagt, dass es hier eine Haushälterin gab oder irgendjemanden, der regelmäßig nach dem Rechten sah.

»Hallo, ist jemand hier?«, rief sie noch einmal und überlegte, ob sie in einer der Schubladen nach einem Messer suchen sollte. Vielleicht hatte sich ein Einbrecher eingeschlichen und sie musste sich verteidigen …

Wieder kam keine Antwort. Doch von draußen klang Bens aufgeregtes Bellen, dann eine dunkle Männerstimme.

Andrea hastete zurück zur Tür, umrundete das Haus,

rannte über eine viel zu hohe Wiese – und sah sich einem großen, braungebrannten Fremden gegenüber, den Ben laut bellend umkreiste.

»Rufen Sie mal diesen Wildfang zurück! Man versteht ja sein eigenes Wort nicht bei der Kläfferei!«

»Ben hat jedes Recht dazu, Sie anzukläffen. Was tun Sie hier auf einem fremden Grundstück?«

»Die Frage könnte ich gleich an Sie zurückgeben. Was machen Sie hier?« Er ging ein paar Schritte auf Andrea zu, und Ben, dieser Verräter, unternahm nichts, um sie zu beschützen.

»Komm her, Ben. Fuß!« All ihre Autorität, die angesichts der Angst, die sie empfand, ziemlich gering ausfiel, legte sie in ihre Stimme.

O Wunder – Ben gehorchte und kam schwanzwedelnd zu ihr, setzte sich neben sie und sah den Mann, der noch vier, fünf Meter von Andrea entfernt war, interessiert an.

»Na also, geht doch!« Der fremde Typ grinste. Ein freches, unverschämtes Grinsen, fand Andrea. Doch sie kam nicht umhin, festzustellen, dass sich winzige Fältchen um seine Augen bildeten und sich in seiner linken Wange ein Grübchen zeigte. Eine Strähne seines zerzausten dunklen Haars fiel ihm in die Stirn und verlieh ihm ein leicht verwegenes Aussehen.

»Ich werde für einige Wochen hier wohnen«, erklärte Andrea knapp.

»Das wüsste ich aber!«

»Wie bitte?« Sie machte einen Schritt auf ihn zu. Unverschämt war er, dieser verflixt gut aussehende Typ, aber Angst musste sie wohl nicht vor ihm haben.

»Sie haben mich ganz gut verstanden. Sie werden sich hier nicht einnisten. Nicht mal für einen Tag.«

»Und ob ich das werde!«

»Nein!«

»Doch. Ich bin hier mit Einverständnis des Besitzers.«

»Nein, ganz bestimmt nicht. Das war, meine Beste, eine Lüge zu viel. Ich kenne den Besitzer des Chalets zufällig sehr gut und weiß genau, dass er es niemandem vermietet hat.«

Andrea blieb vor Empörung für eine Sekunde die Luft weg. »Was erdreisten Sie sich eigentlich, Sie … Sie …«

»Ja? Sprechen Sie sich nur aus!« Jetzt warf der attraktive Fremde mit einer aparten Bewegung das dunkle Haar in den Nacken.

»Sie Eindringling!« Andrea sah sich nach ihrer Handtasche um, in der sich das Handy befand. Leider lag die noch im Wagen.

»Und? Suchen Sie den Autoschlüssel, damit Sie gleich wieder abdampfen können? Mir soll's recht sein, das erspart es mir, die Polizei zu rufen.«

Während er das sagte, taxierte er die junge Frau unauffällig. Hübsch. Sehr hübsch sogar. Die braunen Augen blitzten vor Zorn, was sie noch schöner machte. Die Figur war perfekt, das sah er genau, denn sie trug zu einer hellblauen Jeans ein grünes T-Shirt mit dreiviertellangen Ärmeln. Auf der Brust war ein kleines springendes Reh eingestickt.

»Ich bin eine Freundin von Christiane Altmann«, sagte sie. »Christiane hat mich gebeten, aufs Haus aufzupassen und die Handwerker zu beaufsichtigen, während sie in Urlaub ist. Sie sehen, im Gegensatz zu Ihnen hab ich alles Recht der Welt, im Chalet zu wohnen.«

»Ach nein!« Jetzt wirkte der Typ echt verblüfft.

»Na, was sagen Sie jetzt?«

»Ich … ich wusste davon nichts. Tut mir leid.« Er machte

zwei Schritte auf Andrea zu, was Ben zu einem leisen, warnenden Knurren veranlasste.

Guter Hund, dachte Andrea und tätschelte kurz Bens Kopf.

»Und jetzt?« Der Typ sah sie fragend an.

»Was – und jetzt?« Andrea zuckte kurz mit den Schultern. »Sie verziehen sich auf der Stelle, und ich richte mich im Haus ein.«

»Sorry, aber das geht so nicht.«

»Und wieso nicht?«

»Weil ich … weil …«

»Ja?«

»Himmel noch mal, sehen Sie mich nicht so an, als wäre ich ein Krimineller! Das alles hier ist ein dummes Missverständnis, nichts weiter.«

»Ach ja? Und wieso das?«

»Weil … weil mich Herr Altmann beauftragt hat, die Handwerker zu beaufsichtigen und mit dem Gartenarchitekten zu verhandeln.«

»Sie lügen!«

»Absolut nicht. Wenn Sie wollen, können Sie ihn ja anrufen.« Er griff in die hintere Hosentasche und zog ein schmales Mobiltelefon heraus.

Schon war Andrea versucht, dieser Aufforderung nachzukommen, als ihr einfiel, dass sie damit Christiane verraten würde. Der Schwindel würde auffallen – und die Freundin mit Recht sauer auf sie sein.

»Na? Was ist?«

Jetzt hatte der Typ doch glatt Oberwasser bekommen! Andrea dachte angestrengt nach, biss sich auf die Unterlippe und drehte dabei eine der dunklen Locken um die Finger – eine Angewohnheit, die Marc gehasst hatte – so, wie er in den letzten Monaten vieles an ihr gehasst hatte. Jedenfalls hatte sie seine bissigen kritischen Bemerkungen fürchten gelernt. Beim Gedanken an ihren Ex wurden ihre Gesichtszüge hart.

»Ich schlage vor, dass ich erst mal meinen Wagen auslade. Und Ben braucht dringend frisches Wasser und was zu fressen.« Auch ihre Stimme klang schroffer als beabsichtigt.

Das schien ihr Gegenüber allerdings nicht zu stören. »Gute Idee. Ich helfe Ihnen.« Ohne auf Zustimmung zu warten, ging er mit ihr zum Wagen und lud alles aus. Er war kräftig, und aus den Augenwinkeln heraus registrierte Andrea das Spiel seiner Muskeln.

»Wo schlafen Sie eigentlich?«, wollte sie wissen, als sie in der geräumigen Diele standen. »Haben Sie eine Unterkunft hier im Ort gefunden?«

»Ja. Und zwar in der Gästewohnung über den beiden Garagen. Im Haus waren ja bis vor zwei Tagen noch die Anstreicher.«

»Da in den Gästezimmern sollte ich doch …« Sie brach ab. »Na, dann ziehen Sie eben aus und suchen sich was anderes.«

»Wie bitte? Ich glaube, Ihnen geht's nicht gut! Ich hab hier einen Job zu erledigen!«

»Ich auch.«

Er zögerte, senkte den Kopf, dann gestand er etwas leiser: »Ich brauche das Geld, sorry. Deshalb kann ich nicht umziehen.« Es zuckte um seine Mundwinkel, und er sah Andrea nicht an.

»Und ich werde nicht mit Ihnen unter einem Dach wohnen!«

»Müssen wir ja nicht. Ich bleibe über den Garagen, Sie hier im Haus. Inzwischen ist der Farbgeruch ja fast schon verflogen. Zur Not können Sie sich ja einschließen und die Fensterläden verrammeln, falls Sie Angst vor mir haben.«

»Ich Angst? Vor Ihnen?« Andrea sah ihn empört an. »Sie sollten sich eher vor Ben fürchten.«

»Wirklich?« Er ging in die Hocke und streckte die Hand nach dem Hund aus. »Komm her, mein Junge.«

Und Ben, dieser Verräter, folgte aufs Wort und ließ sich wohlig streicheln!

»Also, als Wachhund ist er nicht gerade geeignet, denke ich.« Der Typ stand wieder auf, und sein Grinsen war einfach impertinent, als er Andrea die Hand hinstreckte. »Ich bin übrigens Julian Steinhäuser. Nicht vorbestraft, nicht gemeingefährlich, nur – etwas klamm im Moment.«

Für ein, zwei Herzschläge lang zögerte Andrea, dann erwiderte sie den kräftigen Händedruck. »Und ich bin Andrea Dernbach.«

»Angenehm. Und weiter?«

»Wie? Weiter?«

»Sind Sie auch gerade nicht gut bei Kasse? Oder soll der Aufenthalt hier für Sie ein Urlaub werden?«

»Das wird sich noch rausstellen.«

4

Goldenes Licht strahlte von einem postkartenblauen Himmel, der am Horizont mit dem kristallklaren Wasser des Indischen Ozeans verschmolz. Palmen wiegten sich in der leichten Brise, die vom Meer herüberwehte, und vom Garten drang der Duft von Hibiskus und Rosen ins Zimmer.

Die weißen Vorhänge vor der Terrassentür des weitläufigen Bungalows bauschten sich im Wind, und das Meer rauschte sein ewiges monotones Lied.

»Das ist das Paradies«, murmelte Christiane und blinzelte verschlafen in die Morgensonne.

»Und du bist meine Eva.«

Ein zustimmendes kleines Lachen war die einzige Antwort.

»Meine Eva, die dein Adam sofort vernaschen wird.« Bernd Geisner lachte verliebt, schlang die Arme um Christiane und küsste sie.

Innig erwiderte Christiane den Kuss, der sie ganz wach machte und schon nach wenigen Augenblicken ihre Leidenschaft weckte.

Seit drei Tagen waren die beiden Verliebten auf Mahé, der Hauptinsel der Seychellen. Sie logierten in einem wunderschönen Hotel direkt am Meer. Zwanzig Bungalows standen, eingebettet in einen parkähnlichen Garten, auf kleinen Anhöhen, damit die Touristen immerzu aufs Meer hinaussehen konnten. Vor der mit weißen Marmorfliesen ausgelegten Terrasse waren ovale Blumenbeete angelegt, in denen Kakteen und exotische Blumen und Sträucher in verschwenderischer Fülle wuchsen.

Je vier Bungalows teilten sich einen Swimmingpool, dessen türkisfarbenes Wasser mit dem tiefblauen Himmel wetteiferte. Liegen mit hellgelben Polstern standen ebenso bereit wie eine große Snack- und Poolbar in der Mitte der Anlage.

Christiane und Bernd hatten die ersten beiden Ferientage hindurch nur gefaulenzt, hatten im 26 Grad warmen Meer gebadet, im weißen Sand gelegen und sich am Abend unter einem wundervollen Sternenhimmel geliebt.

»Und, bereust du es immer noch, mit mir hierher geflogen zu sein?« Bernd Geisner hauchte kleine Küsse auf Christianes Gesicht.

»Nein, absolut nicht mehr. Es ist einfach traumhaft schön hier.« Sie sah ihm lächelnd ins sonnengebräunte Gesicht. Bernd war ein dunkler Typ, schon nach wenigen Tagen in der Sonne bekam seine Haut einen kupferfarbenen Ton. Das schwarze Haar hing ihm jetzt leicht verstrubbelt ins Gesicht, und die dunklen Augen waren noch verhangen von der Leidenschaft, mit der er seine schöne Freundin eben geliebt hatte.

»Nur darf ich nicht an Paps denken – und an das Theater, das er machen wird, wenn er erfährt, dass ich nicht in der Schweiz bin.«

»Dann denk einfach nicht dran. Nur das Jetzt zählt.«

»Du hast recht.« Sie küsste ihn und schwang dann die schlanken Beine aus dem Bett.

Heute stand ein erster Ausflug nach Victoria, der Hauptstadt des Inselreiches, auf dem Programm. Allerdings wollten sie erst am späten Vormittag losfahren.

»Gehen wir schwimmen?« Bernd hielt Christiane am

Arm fest und küsste sie rasch noch einmal. »Eventuell bis zu der kleinen Bucht und dort ...«

»Du bist unersättlich«, lachte Christiane, löste sich von ihm und stand endgültig auf. »Ich brauch jetzt erst mal ein gutes Frühstück.«

»Einverstanden.« Auch Bernd erhob sich und ging ins Bad.

Gestern hatten sie, die beide sehr gute Schwimmer waren, etwas abseits von der weiten Bucht, in der die Hotelanlage stand, eine kleine, abgeschiedene sandige Uferstelle entdeckt, die menschenleer war. Nur zwei vom Wind zerzauste Palmen standen hier im Schutz von hohen Felsen, und bei starker Brandung schlugen die Wellen bis hinauf zu den holzigen Stämmen.

Fast eine Stunde lang waren sie an diesem verschwiegenen Ort geblieben. Schnell trocknete die Sonne ihre Körper, der weiße Sand, feinkörnig und warm, war wie ein Bett, in dem sie sich leidenschaftlich liebten. Kleine Wellen, schaumgekrönt, schlugen ans Ufer, und in der Ferne zogen zwei Kreuzfahrtschiffe vorüber, schnittige weiße Riesen, die sicher in einer Stunde im Hafen von Victoria anlegen würden. Über ihnen, am azurblauen Himmel, kreisten ein paar Vögel, die wohl ihre Bruthöhlen in den Felsen hatten.

Das Frühstück war exzellent, und Christiane meinte: »Wenn ich immer so viel esse, passt mir am Ende des Urlaubs der Bikini nicht mehr.«

»Dann müssen wir immer zu unserer Bucht schwimmen, da brauchst du ihn nicht.« Bernd nahm ihre Hand und küsste verliebt jeden einzelnen Finger. »Ich will dich«, murmelte er. »Am liebsten jetzt und hier.«

»Nur das nicht!« Christiane lachte. »Ein bisschen Vorfreude schadet nicht.«

Eng umschlungen gingen sie zu ihrem Bungalow zurück.

Sie waren noch nicht umgezogen, als sich Christianes Mobiltelefon meldete.

»Oje, das ist Andrea«, murmelte sie nach einem kurzen Blick aufs Display. »Hoffentlich ist nichts passiert.«

»Hallo, Süße, alles klar?«, fragte sie betont heiter.

»Nichts ist klar.« Andreas Stimme klang gehetzt. »Da ist noch jemand im Haus, der hier auf alles aufpassen soll.«

»Das kann nicht sein. Paps hat mich gebeten, nach dem Rechten zu sehen. Wer soll das denn sein?«

Andrea zögerte, dann berichtete sie wahrheitsgemäß: »Ein ziemlich gutaussehender Typ, dunkelhaarig, schlank, etwa fünfunddreißig. Er sagte, dein Vater hätte ihn engagiert.«

»Mein Vater. Aha.« Christiane dachte angestrengt nach. »Kommst du mit ihm klar?«

»Ja …«

»Dann ist's gut. Ich würde Paps nur ungern anrufen und ihn fragen, was er sich dabei gedacht hat. Wahrscheinlich geht er mal wieder auf Nummer sicher. Du kennst ihn doch, so ist er nun mal. Mach dir keine Gedanken darüber, es wird schon alles seine Ordnung haben. Ich kann Paps jedenfalls nicht fragen, was das alles soll.«

»Ich weiß, dann fliegt dein schöner Plan auf.«

»Richtig. Du, Süße, hältst du durch? Ich wäre dir sehr, sehr dankbar!« Christiane seufzte. »Es ist einfach himmlisch hier. Und Bernd … er ist es. Der ideale Mann für mich.«

»Dann genieß die Zeit. Ich … ich werd mir diesen Typen schon irgendwie auf Abstand halten können. Hoff ich zumindest. Wenn nicht …«

»Danke.« Es knackte in der Leitung, und noch ehe Andrea weiterreden konnte, war die Verbindung unterbrochen.

»Puh, das war knapp.« Christiane legte das Mobiltelefon in ihre Tasche zurück.

»Was ist denn los?«

»Es ist noch jemand im Chalet. Vielleicht ein Mitarbeiter des Architekten.« Sie zuckte mit den Schultern. »Weiß der Kuckuck, wen mein Vater da noch engagiert hat. Und was er damit bezweckte, mir nichts davon zu sagen. Irgendeinen verrückten Plan hat er sich bestimmt wieder ausgedacht. Aber diese Suppe versalze ich ihm. Er manipuliert mich nie wieder.«

»Und deine Freundin?«

»Ach, Andrea wird schon irgendwie zurechtkommen. Wir lassen uns hier nicht noch mal stören.« Sie holte das Handy wieder aus der Tasche und schaltete es kurz entschlossen aus.

* * *

»O sole mio, o sole mio, sta 'nfronte a te, o sole, o sole mio ...« Die laute Tenorstimme durchdrang mühelos das Rauschen der Dusche.

Andrea blinzelte. Dann versuchte sie das haarige Ungetüm, das es sich neben ihr auf dem Bett bequem gemacht hatte und ihr jetzt eine Pfote quer übers Gesicht legte, auf die Seite zu schieben.

»Raus aus dem Bett, Ben!«, schimpfte sie. »Du weißt genau, dass du das nicht darfst.«

Langsam, wie im Zeitlupentempo, erhob sich der Hund und verließ den bequemen Schlafplatz. Dann setzte er sich aufrecht vor die Tür und begann unterdrückt zu jaulen.

»Du hast vollkommen recht«, sagte Andrea. »Der Gesang erinnert an Katzenmusik.«

Sie zog sich in Ermangelung eines Morgenmantels eine

lange Strickjacke über das Sleepshirt und ging hinaus auf den Flur.

Aus dem Bad erklang jetzt eine Puccini-Arie: »E lucevan le stelle.«

»Jetzt schmettert der Kerl auch noch Opernarien. Das ist kaum zu ertragen. Außerdem leuchten jetzt keine Sterne mehr. Und … der Typ hat hier gar nichts verloren.« Mit entschlossenen Schritten ging sie auf das Bad zu, hielt aber im letzten Moment inne und schüttelte den Kopf. »Lieber nicht«, murmelte sie.

Sie wollte sich nicht vorstellen, wie Julian Steinhäuser unter der Dusche stand. Der Gesang hörte auf, und das Duschgeräusch brach ab.

Andrea hämmerte gegen die Tür. »Was treiben Sie da? Das ist nicht abgesprochen! Bleiben Sie gefälligst in Ihren Zimmern.«

Mit einem Ruck wurde die Tür geöffnet. Julian stand, nur ein sonnengelbes Handtuch lose um die Hüften gebunden, vor ihr. Im dunklen Haar glänzten Wassertropfen, und auch der Oberkörper, der tatsächlich perfekt war, wie sie nicht umhinkonnte festzustellen, war offensichtlich nur flüchtig abgetrocknet worden.

Andrea musste sich bemühen, den Blick von dem braunen Oberkörper auf sein Gesicht zu lenken.

»Und? Zufrieden mit der Musterung?« Julian grinste anzüglich. »Ich kann Ihnen gern noch mehr zeigen.«

»Wagen Sie es ja nicht!« Andrea trat einen Schritt zurück.

Er lachte. »Sie stehen doch hier vor der Tür und haben wie wild geklopft. Ich dachte schon, Sie wollten reinkommen und mit mir zusammen duschen.«

Andrea wurde rot. »Das fehlte noch! Sie sind …«

»Ein Mann. Und Sie eine Frau. Eine sehr hübsche sogar.

Besonders dann, wenn Sie wütend sind.« Er lehnte sich an den Türrahmen und sah ihr tief in die Augen. »Also, warum machen Sie so einen Lärm?«

»Das wagen Sie wirklich zu fragen?«, fauchte ihn Andrea an. »Sie sind einfach hier eingedrungen! Können Sie nicht in Ihren Zimmern über der Garage bleiben?«

»Könnte ich. Würde ich auch – wenn die Zimmer über ein Bad und eine Küche verfügten. Da das aber nicht der Fall ist, müssen wir zwei uns wohl oder übel diese beiden Bereiche teilen.« Er grinste. »Außerdem darf ich daran erinnern, dass ich als Erster hier war – und somit die älteren Rechte besitze. Von Ihnen weiß ich nicht einmal, ob Sie überhaupt befugt sind, hier zu wohnen. Schließlich kenne ich nur Ihre Story, von den Altmanns gibt es keine Bestätigung dafür, oder?«

»Nein. Aber haben Sie eine? Vielleicht sogar einen Anstellungsvertrag?«

Schweigen.

Andrea triumphierte. »Na also! Hab ich's mir doch gedacht.«

»Schöne Frauen sollten nicht so viel denken, das macht alt.«

»So eine blöde Plattitüde!« Sie drehte sich um. »Beeilen Sie sich endlich, ich will auch ins Bad.« Sie sprach weiter, ohne sich umzudrehen. »Nachher werde ich zusehen, dass ich Schlüssel für die Türen bekomme.«

»Meinetwegen muss das nicht sein. Aber falls Sie Angst haben, dass ich nachts zu Ihnen komme, kann ich Sie beruhigen: Ich hab's nicht nötig, schlafende Frauen zu überfallen.«

Andrea stockte. »So hab ich das nicht gemeint. Ich denke nur, dass … dass …«

»Sie denken zu viel, Andrea. Vertrauen Sie mir einfach.

Ich bin nicht halb so schlimm, wie Sie offenbar glauben. Zum Beweis werde ich Sie gleich mit einem Frühstück überraschen. Sobald ich fertig bin, radle ich zum Bäcker. Was ist genehm? Frische Brötchen, Croissants, eventuell schon Nussgipfel? Die sind beim hiesigen Bäcker einfach gigantisch gut.«

»Ein Croissant reicht vollkommen, danke. Ich werde gleich zum Supermarkt fahren und mir was zu essen kaufen.« Das fehlte noch, dass sie sich von ihm aushalten ließ!

»Na gut.« Er schloss die Tür, öffnete sie aber gleich noch einmal. »Fünf Minuten, dann bin ich fertig!«

Langsam ging Andrea in ihr Zimmer zurück. Schwanzwedelnd und leise jaulend sprang Ben an ihr hoch.

»Du musst raus, ich weiß.« Andrea zögerte, doch dann ließ sie ihn zur Hintertür hinaus. »Lauf nur ja nicht weit weg«, mahnte sie. »Ich kann dich in meinem Aufzug nicht suchen gehen.«

Ben schien jedes Wort zu verstehen. Er raste hinüber zu den drei Blautannen, die am Ende des Gartens standen, und hob sein Bein daran. Dann kehrte er in langen Sätzen zu Andrea zurück.

»Braver Kerl«, lobte sie.

»Meinen Sie mich?« Grinsend stand Julian in der Diele, jetzt in einer hellblauen Jeans und einem dunkelblauen Polohemd.

»Sie sollten sich nicht immer gleich angesprochen fühlen.«

»Schade. Und ich hatte schon gehofft, Sie hätten endlich erkannt, dass ich ein höchst angenehmer Hausgenosse sein kann.«

»Das wird sich noch rausstellen«, gab sie knapp zurück und verschwand im geräumigen Schlafzimmer, das wohl der Hausherr für sich eingerichtet hatte. Eigentlich widerstrebte es Andrea, hier zu schlafen, denn Christianes Vater hatte einige persönliche Dinge hier stehen. So zum Beispiel eine Kommode, auf der Bilder von Christianes Mutter und zwei Kinderfotos von Christiane und ihrem Vater standen. Es gab aber auch ein Bild, das Herrn Altmann in Begleitung von drei Männern in Bergsteigerkluft zeigte. Sie posierten vor einem gewaltigen Bergmassiv mit einer breiten Gletscherzunge. Auf einem weiteren Foto stand Herr Altmann neben Gunter Sachs vor dem Hotel Palace in Sankt Moritz.

Andrea wäre lieber in das zweite Schlafzimmer gegangen, das wohl für Christiane oder Gäste vorgesehen war, doch hier gab es nur eine schmale Couch und einen Sessel. Das übrige Mobiliar fehlte. Es sah so aus, als sollte dieser Raum neu eingerichtet werden. Das war bestimmt auch ein Grund dafür, dass dieser Julian drüben über den Garagen schlief und nicht hier im Chalet, obwohl es sicher lästig war, zum Duschen herüberkommen zu müssen.

Als Andrea mit der Morgentoilette fertig war, zog schon intensiver Kaffeeduft durchs Haus. Julian musste einen Superspurt zum Bäcker hingelegt haben!

»Es ist leider heute ziemlich windig, sonst hätte ich auf der Terrasse gedeckt. Von da aus hat man einen herrlichen Ausblick auf einen Teil des Ortes und die dahinter aufragenden Berge.« Er schenkte ihr Kaffee ein und wies auf einen Korb, in dem sich diverse Semmeln, Croissants und Brot befanden. Außerdem gab es Butter, Marmelade, einen Käseteller und hauchzarten, verführerisch duftenden Schinken. »Mehr hatte ich leider nicht«, sagte Julian. »Greifen Sie zu.«

»Danke.« Andrea nahm auf der Eckebank in der geräumigen Küche Platz. Ben, der Verräter, ließ sich neben Julian nieder und schaute unverwandt zu ihm hoch.

»Er mag mich.« Julian tätschelte Bens Flanke.

»Bilden Sie sich keine Schwachheiten ein. Er ist nur scharf auf ein frisches Brötchen und den Schinken.«

Bei dem Wort »Brötchen« stellte Ben die Ohren auf und bellte auffordernd.

»Darf er eins haben?«

Andrea zuckte mit den Schultern. »Ich denke schon.« Sie griff nach einem duftenden Croissant und nach der Butter. »Es ist nicht mein Hund. Ich passe nur für die vier Wochen, die wir hier in der Schweiz sind, auf ihn auf.«

»Was Sie nicht sagen!« Julian beugte sich interessiert vor. »Und wem gehört er?«

»Einem Bekannten.«

»Aha.«

»Er musste verreisen und konnte Ben nicht mitnehmen. Also bin ich eingesprungen.«

»Nur mit dem Hundesitten?« Julian konnte seine Neugier nicht verbergen.

Andrea sah ihn stirnrunzelnd an. »Ich weiß wirklich nicht, was Sie das interessiert.« Sie nahm einen Schluck Kaffee. »Kann ich bitte noch eine Tasse haben? Morgens brauche ich mindestens drei Tassen, um wach zu werden.«

»So geht's mir auch.« Julian grinste. »Das ist unsere erste Gemeinsamkeit.«

Andrea zog es vor, darauf nicht zu reagieren.

Nach dem Frühstück ging sie mit Ben in den Ort. Sie wollte ein paar Dinge einkaufen und sich gleichzeitig ein bisschen umsehen.

Pontresina lag an der Straße, die zum Berninapass führte. Durch den Ort schlängelte sich ein kleiner Fluss, und irgendwann auf ihrem Spaziergang las Andrea auf einem Panoramabild, dass es sich hierbei um den Flazbach handelte, auch Berninabach genannt.

Sie bestaunte das gewaltige Bergpanorama und erkannte den Piz Rosatsch und den Piz Chalchagn.

»Sie müssen sich die Berge nicht von hier unten anschauen, wenn Sie mögen, fahren wir mal zusammen ins Rosegtal, da sind Sie den Dreitausendern viel näher.«

Andrea drehte sich um. »Ach, Sie sind das!« Überrascht sah sie Norbert Zauner an, der zwei Schritte hinter ihr stand und sich jetzt mit einer knappen Bewegung das helle Haar aus der Stirn strich.

»Ja. Und ich freu mich, Sie gleich am ersten Tag Ihres Aufenthalts hier zu treffen. Wo logieren Sie?«

»Drüben in einem der Chalets.« Andrea wies vage zu dem Sonnenhang, ohne das Haus näher zu bezeichnen.

»Dort hab ich eine große Baustelle.« Norbert Zauner sah auf die Uhr. »Deshalb muss ich mich leider gleich wieder von Ihnen verabschieden. Aber es würde mich freuen, wenn ich Sie heute Abend zum Essen einladen dürfte. Drüben, im Hotel Walther, isst man ganz hervorragend.«

Er wies auf ein helles Gebäude, das wie ein Schlösschen wirkte. Es stand ein wenig erhöht und war mit seinem viereckigen Turm weithin sichtbar. »Das Haus ist im Stil der Belle Époque gebaut, ein architektonisches Schmuckstück, in das ich immer wieder gern einkehre, wenn ich hier bin. Ich würde es Ihnen gern zeigen, es lohnt sich wirklich.«

»Mal sehen.« Andrea nahm Ben fester an die Leine. »Ich muss mich erst mal ein bisschen einleben hier.«

»Dabei helfe ich gern.« So leicht ließ sich Norbert Zauner nicht abwimmeln. »Bitte, geben Sie mir Ihre Telefonnummer, damit ich Sie anrufen kann.« Ein charmantes Lächeln folgte. »Ich gestehe, dass ich Sie sehr, sehr gern wiedersehen möchte.«

Andrea zögerte, dann gab sie ihm ihre Handynummer. »Ich muss jetzt aber weiter«, sagte sie. »Bis dann.«

»Ich muss auch rüber ins Bürgermeisteramt. Einen schönen Tag wünsche ich! Und – ich melde mich. Bald!« Er hob kurz die Hand, dann ging er eilig davon.

Andrea blieb noch ein paar Augenblicke vor der Panoramatafel stehen, dann sah sie dem Mann diskret nach. Heute trug er eine helle Hose, dazu ein weißes Hemd und ein blaues Leinenjackett. Er war groß und schlank, und das helle Haar glänzte in der Sonne.

Ein attraktiver Typ, dachte Andrea, und sicher ist es ganz angenehm, wenn er mir die Umgebung zeigt und mal mit mir ausgeht. Er soll sich nur nicht zu viel versprechen. Nichts liegt mir ferner als ein Ferienflirt. Von Männern hab ich fürs Erste genug!

Komisch nur, dass sie im nächsten Moment an Julian Steinhäuser denken musste – und sich ihr Herzschlag leicht beschleunigte. Das kam aber sicherlich daher, dass der ungehobelte Kerl sie allein durch seine Anwesenheit im Haus zur Weißglut trieb!

* * *

»Alle Achtung!« Julian Steinhäuser sah von oben auf sie herab. »Noch keine vierundzwanzig Stunden da, und schon haben Sie den ersten Verehrer! Und dazu noch so einen smarten Typen! Gratuliere!«

»Sie haben mich beobachtet!« Vorwurfsvoll sah Andrea zu dem Mann hoch, der mit nacktem Oberkörper auf dem Garagendach stand, einen Zollstock in der Hand und ein freches Grinsen im Gesicht.

»Bilden Sie sich keine Schwachheiten ein! Ich kam ganz zufällig vorbei. Aber das haben Sie ja nicht bemerkt, Sie waren ganz auf den schönen Norbert konzentriert.« Wieder dieses impertinente Grinsen, das Andrea auf die Palme treiben konnte.

»Meinen Sie nicht, dass es Ihnen nicht zusteht, über Menschen zu reden, die – im Gegensatz zu Ihnen – ordentlich arbeiten und gepflegt aussehen?«

Er stemmte die Hände in die Hüften und sah sie herausfordernd an. »Sehe ich vielleicht nicht gepflegt aus?«

Andrea antwortete nicht. Das fehlte noch, dass sie eingestand, dass er perfekt gebaut war und sie durchaus beeindruckt von seinem gebräunten, athletischen Body war. Sie ging ins Haus und verräumte ihre Einkäufe. Im Kühlschrank sortierte sie die Dinge, die Julian gehörten, ins obere Fach, die eigenen Sachen legte sie ganz nach unten.

»So weit komm's noch, dass ich ihn mit versorge«, murmelte sie vor sich hin und blies sich eine Haarlocke aus der Stirn.

Ben, der dicht neben ihr saß, sah sie herausfordernd an. Er hatte genau gesehen, dass sie eine Dose mit Hundekeksen gekauft hatte, da war es nur recht und billig, dass er sofort ein paar davon bekam!

»Du bist verfressen«, konstatierte Andrea, die seine Blicke inzwischen deuten konnte. Aber sie ging dann doch zum Schrank und fütterte Ben, der nach der Leckerei gleich wieder hinaus in den Garten ging und sich so positionierte, dass er den Mann auf dem Dach genau beobachten konnte. Dabei wedelte er begeistert mit seinem buschigen Schwanz.

»Verräter«, murmelte Andrea und ging auch hinaus. Doch sie setzte sich auf den Balkon, der den südlichen und westlichen Teil des Hauses umgab. Hier standen zwei Liegestühle mit weichen, grau-weiß gestreiften Polstern. Die hatte wohl Julian schon hierhin gelegt.

Er soll es nicht wagen, herzukommen und sich auch sonnen zu wollen, dachte Andrea und sah hinüber zu den Bergen, auf denen noch Schnee vom letzten Winter im Sonnenlicht glitzerte.

Eine Weile blätterte sie im Reiseführer, den sie sich gekauft hatte, und studierte die Karte der Region. Es gab einiges zu entdecken in der Gegend. Nicht nur Sankt Moritz barg Reize, auch die Umgebung, die Berge und Täler waren es wert, erkundet zu werden. Vor allem das Rosegtal erschien ihr reizvoll, aber auch die Seen, die zwischen Sankt Moritz und dem Malojapass lagen. Sicher war es erfrischend, in einem dieser Seen zu schwimmen. Im Sommer war ihr Wasser warm genug, im Winter allerdings froren die Seen zu, hatte sie gelesen, dann konnte man über die Eisfläche spazieren gehen oder Ski fahren.

Andrea konnte sich gut vorstellen, dass auch diese Jahreszeit hier ihren Reiz besaß. Obwohl es noch nicht mal richtig Sommer war, herrschten schon angenehme Temperaturen, und im Garten blühten Krokusse und Tulpen in einem kleinen, abseits gelegenen Beet, das von der Umgestaltung verschont geblieben war.

Die Sonne kletterte gegen Mittag noch höher und blendete sie beim Lesen, daher schloss Andrea die Augen. Von einer Sekunde zur anderen war sie eingeschlafen.

Eine ganze Weile später kräuselte sie die Nase, schnupperte und sog den Duft von Kaffee und frischem Gebäck ein. Langsam öffnete sie die Augen. Die Sonne war weitergewandert, sie stand jetzt hinter einem hohen Berg, dessen schneebedeckter Gipfel silbern leuchtete. Es war ein reizvoller Kontrast – dort der ewige Schnee auf den Drei- und Viertausendern, und hier unten im Tal grünte und blühte es in beinahe verschwenderischer Pracht.

Das lag vor allem daran, dass die vielen Hotels ihre Eingänge und Gärten herausgeputzt hatten, um ihr Haus so für die Gäste noch einladender zu gestalten. Aber auch in den Privatgärten blühten Flieder, Tulpen und Narzissen um die Wette.

Andrea dachte daran, dass diese Blumen daheim in Köln schon verblüht waren, doch hier oben, in knapp zweitausend Metern Höhe, begann der Frühling später. Aber er war wunderschön! Vor allem, wenn man es sich so gut gehen lassen konnte wie sie im Moment.

Ich glaube, hier kann ich zur Ruhe kommen, all das, was Markus mir angetan hat, verarbeiten – und vielleicht sogar vergessen, wie sehr er mich verletzt hat.

»Hallo, Schlafmütze. Der Kaffee wird kalt. Und Ben lässt den Apfelstrudel und die Nussgipfel nicht aus den Augen.«

»Ach so, ja …« Neben ihr im Liegestuhl lag Julian, zu seinen Füßen der Berner Sennenhund, der begehrlich auf den kleinen Falttisch blickte, den Julian zwischen den Stühlen aufgestellt hatte. Darauf standen Kaffeetassen, ein Teller mit Gebäck und eine kleine rote Rose in einer Limonadenflasche.

»Ich hab keine Vase gefunden«, sagte Julian. »Dabei wollte ich beweisen, wie stilvoll ich mich benehmen kann.«

»Mit einer Rose. Aha.«

»Warum nicht? Zumindest sind wir beide schon ein Stück weiter als Sie und dieser Möchtegerncasanova.«

»Wen meinen Sie?« Andrea sah ihn stirnrunzelnd an.

»Tun Sie doch nicht so! Ich hab genau gesehen, wie dieser … dieser Zauner Sie angebaggert hat!«

»Mich baggert keiner an. Ich bin doch kein Teenager mehr! Außerdem geht es Sie gar nichts an, mit wem ich mich unterhalte. Kümmern Sie sich um Ihre Arbeit hier.« Andrea schielte auf die Kuchenstücke. Sie hatte Hunger, und der Kaffee duftete verlockend. »Sind das die berühmten Nussgipfel?« Sie wies auf das Gebäck.

»Genau.« Er legte ihr ein Stück auf den Teller und schenkte Kaffee ein.

Andrea nahm einen ersten Bissen. »Hm, wirklich sehr lecker.«

»Stimmt. Und ich bin sicher, dass Sie friedfertiger werden, wenn Sie auch noch ein Stück vom Apfelstrudel probieren.«

Diese Bemerkung trug ihm einen bösen Blick aus ihren dunklen Märchenaugen ein. »Bin ich vielleicht nicht friedfertig?«, fauchte Andrea.

Er grinste, und wieder bildete sich das kleine Grübchen in seiner Wange. »Ich zumindest hab noch nichts davon bemerkt. – Noch Kaffee?«

»Gern.«

»Aber was nicht ist, kann ja noch werden«, fuhr Julian Steinhäuser unbekümmert fort. Er selbst trank auch noch einen Schluck Kaffee, dann stand er auf. »Ich muss noch mal in die Gärtnerei. Kann ich Ihren Wagen haben?«

»Wie bitte?«

»Meine Güte, ich red doch kein Chinesisch! Ich hätte gern die Wagenschlüssel zu Ihrem Cabrio.«

»Auf keinen Fall!« Vehement schüttelte Andrea den Kopf. »Der Wagen gehört mir nicht, schon allein deshalb kann ich ihn nicht verleihen.«

»Ach nein?« Wieder dieses kleine, teuflische Grinsen, das Andrea so auf die Palme brachte! »Und ich hab schon gehofft, in Ihnen mal eine reiche Frau kennengelernt zu haben. So ein Goldfischchen käme mir gerade recht.«

»Das kann ich mir lebhaft vorstellen. Und es passt zu Ihnen, dass Sie auch noch offen zugeben, ein Mitgiftjäger zu sein. Aber da muss ich Sie enttäuschen – ich muss mir mein Geld auch selbst verdienen.«

»Indem Sie anderer Leute Hunde durch die Gegend kutschieren und fremde Häuser hüten.«

»Richtig.«

»Na, das ist ja dann die zweite Gemeinsamkeit zwischen uns!« Er ging zur Terrassentür. »Wir sehen uns am Abend! Kochen Sie uns was? Ich liebe Pasta. Gern mit Lachswürfeln oder Trüffeln.«

»So weit kommt's noch!«

»Einen Versuch war's wert.« Damit ging er.

So ein unverschämter Kerl! Andrea trank noch eine Tasse Kaffee, dabei sah sie zu, wie Julian das altersschwache Fahrrad wieder aus der Garage holte und davonradelte. Verflixt, sogar auf dem rostigen Drahtesel machte er eine gute Figur!

Der Schlaf in der Sonne hatte sie irgendwie milde gestimmt, sie beschloss, sich mit den Gegebenheiten zu arrangieren. Das Haus war wunderschön, und die drei Zimmer, die sie bewohnen konnte, schon recht gemütlich eingerichtet. Zudem befand sie sich auf einem herrlichen Flecken Erde, das Wetter war traumhaft, und sie hatte das Gefühl, von New York Lichtjahre weit entfernt zu sein.

Nicht mal der Gedanke an Markus schmerzte mehr so stark, dass sie weinen musste. Er war, wenn man es richtig betrachtete, ein armer Wicht, den man bemitleiden musste. Schließlich definierte er sich nur über Äußerlichkeiten. Er brauchte Designerklamotten, eine teure Uhr, ein Loft – und das auch nur, weil es gerade angesagt war, so zu wohnen. Er musste mit Freunden in einen Club gehen, Fitness bis zur Erschöpfung treiben und ansonsten versuchen, so viel Geld als irgend möglich zu scheffeln.

Dabei war das alles andere als das echte Leben! Wahres Glück und innere Zufriedenheit sahen anders aus!

Flüchtig dachte sie daran, wie glücklich sie gewesen war, als Markus sie zum ersten Mal geküsst hatte. Und förmlich auf Wolke sieben hatte sie geschwebt, nachdem sie die erste Nacht miteinander verbracht hatten. Von einem langen gemeinsamen Leben hatten sie geträumt, von einer Zukunft voller Harmonie, Zärtlichkeit und Liebe.

Sie zumindest hatte seinen Worten geglaubt, die er ihr nach dem Liebesakt ins Ohr geraunt hatte. Sogar Kinder hatte er mit ihr haben wollen. Und wenn Andrea zu bedenken gab, dass er doch schon zwei Kinder hatte, winkte er nur ab.

»Lucca und Emma seh ich nur noch selten«, sagte er. »Die sind ganz auf ihre Mutter fixiert. Ich bin sicher, dass Lilo sie gegen mich aufhetzt.«

»Das glaub ich nicht!«

»Ich schon. Sonst wären sie anhänglicher.« Er hatte dabei nur mit den Schultern gezuckt.

Jetzt erst wurde ihr bewusst, wie wenig liebevoll er von seinen Kindern gesprochen hatte. Und sie war überzeugt, dass er sich nicht wirklich um die beiden bemüht hatte.

»So kann man sich in einem Menschen täuschen«, murmelte Andrea leise vor sich hin und stand auf. »Aber das Kapitel ist abgeschlossen. Endgültig.«

Es war ein gutes Gefühl, und sie summte leise vor sich hin, als sie die Terrasse verließ.

5

»Hey, Konstantin. Ist alles klar bei euch?«

»Alles bestens. Und bei dir? Die Hochsaison ist in vollem Gang, wir sind zum Glück ausgebucht. Ihr doch sicher auch. Zumindest im Münchner Haus.«

»Freut mich für euch. Ich bin allerdings nicht im Hotel in München, sondern in Pontresina.«

»Und was machst du da? Ihr habt doch ein Haus in Sankt Moritz! Wollt ihr noch ein Hotel dazukaufen?« Konstantin Kramer lachte leise. »Dein Vater kriegt den Hals nicht voll.«

»Stimmt. Aber er hatte einen ganz anderen Plan. Doch der klappt nicht.« Julian lehnte sich auf der Bank, die am Ufer des kleinen Flusses stand, zurück und blinzelte in die tief stehende Sonne. »Du, ich hab eine Frau kennengelernt … zum Niederknien.«

»Wieder mal.« Der Freund am anderen Ende der Leitung seufzte tief auf. »Julian, werd erwachsen! Du bist schon überreif und solltest endlich mal dran denken, eine Familie zu gründen. Doris und ich …«

»Deine Doris ist ein einmaliges Prachtexemplar. So was gibt's nicht noch mal.«

»Stimmt. Aber du hast ja wohl mal wieder eine Eroberung gemacht, die auch nicht zu verachten ist. Beichte es deinem alten Kumpel.« Leises Lachen folgte.

»Da gibt es nichts zu beichten. Sie soll das Chalet vom alten Altmann hüten – aber eigentlich hatte ich Christiane erwartet.«

Konstantin Kramer stieß hörbar die Luft aus. »Jetzt ahne ich, was los ist!«

»Noch ist nichts los. Aber ich weiß, dass dieses Mädchen, das sich im Chalet eingenistet hat, meine Traumfrau ist. Und deshalb ...« Er zögerte, dann sagte er: »Wenn Marietta bei euch anrufen und nach mir fragen sollte: Du hast keine Ahnung, wo ich bin. Klar?«

»Sie war schon hier. Höchstpersönlich und der Hingucker von ganz Garmisch.«

»Oh nein!«

»Doch. Sie kam auf einer weißen Harley, in einem knallroten, hautengen Lederdress und hat zwei Tage und zwei Nächte hier logiert. Du kannst dir denken, was los war. Meine männlichen Gäste kriegten Stielaugen, und die Damenwelt war aufgeregt wie ein Hühnerstall, vor dem der Fuchs lauert.«

»Und?« Julian kickte ein paar kleine Steinchen weg.

»Und – was? Ich hab ihr versichert, dass ich dich seit drei Monaten nicht mehr gesehen und seit Wochen nicht mehr gesprochen habe. Was nicht mal eine Lüge war. Vor vier Stunden ist sie wieder abgefahren. Wohin, weiß ich nicht. Aber ich vermute, dass sie dich in Nizza suchen wird. Schließlich hast du dort auch ein Domizil, und das weiß die schöne Marietta, ich hab mich ganz bewusst verplappert.« Er lachte leise. »Doris hat daraufhin ein Telefonat mit angehört, in dem sie sich nach Flugzeiten an die Côte d'Azur erkundigt hat.«

»Das ist ausgezeichnet!«

»Wieso das?«

»Weil ich mit Sicherheit nicht nach Nizza fliegen werde.

Danke, Konstantin, dass du sie auf eine falsche Fährte gesetzt hast! Sie ist wirklich penetrant, mir so nachzustellen. Wann kapiert sie endlich, dass es aus ist zwischen uns? Sie war ein netter Flirt, mehr nicht.«

»Das sieht sie anders, glaub mir. Und seit sie weiß, wie reich ihr seid, will sie dich einfach nicht mehr von der Angel lassen. Was man ja verstehen kann. Fotomodelle gibt's wie Sand am Meer, hübsche Mädchen erst recht. Aber einen Hotelerben deiner Güte, das ist schon ein Sechser im Lotto!«

»Du bist unmöglich«, lachte Julian.

»Ich bin nur ehrlich, das weißt du.«

»Du hast ja recht. Danke nochmals für die Fehlinfo, der Marietta wohl aufgesessen ist.«

»Gern geschehen.«

»Du, Konstantin, ruf mich an, wenn du noch was von ihr hören solltest, ja?«

»Mach ich. Und du melde dich nicht nur, wenn's bei dir brennt.«

»Sorry, ich weiß, ich bin unmöglich. Aber ich gelobe Besserung.«

»Dein Wort in Gottes Gehörgang. Und jetzt muss ich Schluss machen, ich werde in der Küche gebraucht. Unsereiner hat ja Pflichten.«

»Hab ich auch, du Ignorant! Ich muss die Dynastie retten. Und ich sag dir: Ich bin gerade dabei!«

»Es ist dir ernst?«

»Ich denke schon.« Julians Gesicht wurde weich. »Sie ist genau so, wie ich mir meine zukünftige Frau vorgestellt habe.«

»Dann mach ihr einen Antrag. Schnell.«

»Schnell ist gut. Ich kenne sie ja erst seit ein paar Stunden!« Ein kleines, zärtliches Lachen folgte.

»Julian! Du bist irre!«

»Nein, mein Alter, ganz im Gegenteil: Ich bin verliebt. Total verliebt!«

* * *

In den folgenden drei Tagen sahen sich Andrea und Julian nur zum Frühstück und am Nachmittag. Andrea kochte Kaffee und deckte den Tisch, während Julian frisches Gebäck holte. Relativ friedlich genossen sie die erste Mahlzeit des Tages, dann verabschiedete sich Andrea.

»Ich möchte wissen, was Sie die ganze Zeit über treiben«, sagte Julian am vierten Morgen. Er war übel gelaunt, denn der Weisheitszahn, den er sich schon vor einem halben Jahr hätte ziehen lassen sollen, quälte ihn seit der Nacht wieder.

»Ich schau mich um«, sagte Andrea und griff nach dem zweiten Brötchen, das sie sich genüsslich mit Tannenhonig bestrich. »Mögen Sie eigentlich nicht frühstücken heute?« Kurz sah sie auf – und verzog leicht den Mund. »Auweia, das sieht nach Zahnschmerzen aus. Du hast eine ganz dicke Backe, du armer Kerl.«

Spontan duzte sie ihn – und zuckte im nächsten Moment zusammen.

»Der Weisheitszahn macht wieder mal Probleme.« Julian griff sich an die linke Wange. »Nett, dass du Mitleid hast.«

»Mitleid?« Andrea zuckte mit den Schultern. »Ich denke, du solltest schnell was unternehmen. Soll ich bei einem Zahnarzt im Ort anrufen?«

»Danke, nicht nötig.« Er stand auf. »Erst mal hol ich uns eine Flasche Sekt, wir müssen auf Du und Du trinken.«

»Das holen wir nach«, bestimmte Andrea energisch. »Du gehst erst mal zum Doktor.« Sie legte den Kopf schief. »Oder hast du Schiss?«

»Unsinn!«

»Das klingt nicht gerade überzeugend.« Sie stand auf. »Ich seh mal im Telefonbuch nach.«

Schon fünf Minuten später kam sie zurück, setzte sich nicht mal hin, sondern trank ihren Kaffee im Stehen aus. »Du kannst sofort in die Praxis kommen, ich hab einen Termin für dich ausgemacht. Als Notfallpatient wirst du zwischengeschoben.«

Julian wurde blass unter seiner sonnengebräunten Haut. Er biss sich auf die Lippen, sagte aber nichts.

»Los, komm, ich fahr dich auch.«

»Zu gütig.« Er seufzte auf. »Ich muss zugeben, dass ich eine leichte Zahnarztphobie hab. Als Kind hatte ich oft Nervenentzündung an den Zähnen, und unser alter Dentist war ziemlich grob. Das hat Spuren hinterlassen.«

»Tut mir leid. Dennoch muss dein Zahn behandelt werden.«

»Ich weiß.« Er ging zur Terrassentür, blieb kurz stehen und sah Andrea mit einem Blick an, der einen Stein hätte erweichen können. »Fährst du heute wieder weg? Mittlerweile musst du doch die Umgebung schon ganz gut kennen.«

»Nein, nein, ich bleibe hier und zieh mir das Schwesternhäubchen auf«, gab sie lächelnd zurück.

»Danke.«

»Mach ich gern.« Ein kleines, aufmunterndes Lächeln folgte.

Julian seufzte auf. »Also dann … lass uns fahren. Dieses Pochen ist wirklich kaum noch zu ertragen. Ich hab das Gefühl, dass mein Kopf gleich platzt.« Er legte die Hand an die geschwollene Backe. »Hoffentlich kann der Zahnarzt was.«

»Warum sollte er seinen Beruf nicht können?«, erwiderte

Andrea. »Wir sind hier in der Schweiz, nicht im Urwald von Amazonien.«

Die Praxis befand sich in einem typischen Engadiner Haus mit wuchtigen Steinmauern, tiefen Fensterfluchten, und die Wände an den Seiten waren bemalt. Andrea hatte nachgelesen, dass man diese Verzierung Sgraffito-Technik nannte. Sie stammte ursprünglich aus Italien und war der kostbarste Schmuck dieser alten Häuser.

Andrea hielt auf dem kleinen Platz vor dem Haus. Ein Brunnen stand hier, mit Blumen geschmückt, und spendete frisches Wasser.

»Los, raus mit dir, ich kann hier nicht parken.«

»Ja, ja, ich geh ja schon.« Nur zögernd schwang Julian die langen Beine aus dem Wagen.

»Bis dann. Ich warte auf dich im Chalet.«

Er gab keine Antwort, sondern ging mit gesenktem Kopf auf das schöne alte Gebäude zu.

»Wie ein Lamm, das zur Schlachtbank geführt wird«, murmelte Andrea und sah ihm grinsend nach.

Als sie sich wieder in den Verkehr einfädelte, hätte sie fast den Mann übersehen, der hinter einem Bus hervorkam und sich im letzten Moment mit einem Sprung zur Seite retten konnte.

Andrea zuckte zusammen, beim harten Bremsen hatte sie den Motor abgewürgt.

»Nicht so stürmisch!« Norbert Zauner machte zwei Schritte auf das Cabrio zu und stützte sich auf die Motorhaube. Lächelnd sah er Andrea an, die immer noch geschockt hinter dem Lenkrad saß. »Es war allein meine Schuld, machen Sie sich keine Gedanken, es ist gar nichts passiert.«

»Zum Glück.«

»Kommen Sie, wir fahren ein Stück bis zum Café dort an

der Kreuzung, dahinter gibt's Parkmöglichkeiten. Auf den Schreck hin sollten Sie einen guten Cappuccino trinken.«

Andrea sah sich einen flüchtigen Moment nach Julian um. Er stand zwei Schritte vom Hauseingang entfernt und sah mit verkniffener Miene zu ihnen herüber. Als er ihren Blick bemerkte, drehte er sich um und betrat das Haus.

»Na, was ist? Haben Sie eine halbe Stunde Zeit?«, fragte Norbert Zauner. »Ich würde mich freuen.«

Andrea nickte, und schon ging er um den Wagen und setzte sich neben sie.

»Das nenne ich ein glückliches Zusammentreffen! Ich hatte schon nicht mehr gehofft, dass wir uns sehen, bevor ich in drei Tagen geschäftlich nach Luzern muss.«

Andrea spürte seinen intensiven Blick und musste alle Selbstbeherrschung aufbieten, um den Wagen sicher die nächsten dreihundert Meter bis zum Parkplatz zu lenken. Dieser Mann hatte etwas an sich, dem sie sich nicht entziehen konnte. Er wirkte souverän, charmant, und es war nicht zu übersehen, dass er sehr an ihr interessiert war.

Und dennoch war da etwas an ihm, das sie irritierte.

War es der leicht stechende Blick? Oder dieses oft so selbstsichere Lächeln, das auch jetzt wieder über sein Gesicht glitt, als er ihr aus dem Wagen half und sie zum Café führte? Dabei legte er seinen Arm locker um ihre Schultern.

Irgendwie erinnerte er sie in seinem Benehmen an Markus, und das waren nicht gerade positive Voraussetzungen für eine nähere Bekanntschaft.

Bei der Bedienung, die ihn kannte, bestellte er zwei Cappuccino. »Und etwas Gebäck, Lori, bitte.«

Die ältere Frau mit den kurzen dunklen Haaren nickte nur. »Kommt sofort, Herr Zauner.«

Er nickte, dann nahm er Andreas Hand. »Es freut mich

wirklich sehr, dass wir uns heute getroffen haben. Das erspart mir die Suche nach dem Chalet, in dem Sie wohnen.« Er hob ihre Hand und küsste sie. Dabei ließ er seine Lippen länger auf ihrem Handrücken ruhen, als es schicklich war. »Muss ich wirklich noch mal betonen, dass ich Sie sehr, sehr nett finde, Andrea? Ich möchte Sie gern näher kennenlernen.«

Vorsichtig entzog sie ihm ihre Finger. »Das können Sie ja jetzt«, lächelte sie.

»Jetzt haben wir viel zu wenig Zeit«, erwiderte er und nickte der Bedienung dankend zu, die den Cappuccino servierte. »Machen Sie mir die Freude und gehen heute Abend mit mir aus? In Sankt Moritz hat ein neues Restaurant direkt am See eröffnet, es wird Ihnen gefallen.«

»Meinen Sie?«

Er lachte. »Bestimmt. Ich hab das Haus entworfen, und ein alter Freund von mir ist für die Inneneinrichtung verantwortlich. Obwohl es sich um ein sehr modernes Gebäude handelt, passt es ganz hervorragend in die Landschaft. Und die Gäste haben es auch schon gut angenommen. Es ist nicht einfach, einen Platz auf der Seeterrasse zu ergattern.«

»Ja dann.« Andrea trank einen Schluck.

»Das heißt also ja?«

»Ja. Einverstanden.«

Er schob ihr die Schale mit dem duftenden Gebäck hin. »Das müssen Sie probieren. Der Josef Birkler ist ein Meister seines Fachs. Wenn ich meine Mutter besuche, muss ich ihr immer eine Tüte von diesem Gebäck mitbringen.«

Andrea fand es sympathisch, dass er so familienbezogen war und sich um seine Leute kümmerte. Bestimmt arbeitete er viel, war oft unterwegs – und doch ließ er seine alte Mutter nicht im Stich.

»Wo genau kann ich Sie nachher abholen?«, fragte Norbert Zauner und trank seinen Cappuccino aus.

Sie nannte ihm die Adresse.

»So ein Zufall! Genau da arbeite ich nächste Woche!«, log Norbert Zauner. Ein kurzer, forschender Blick streifte Andrea. »Was haben Sie mit dem Hotelier Altmann zu tun?«

Sie zögerte. »Wir kennen uns seit vielen Jahren. Es ist … es ist eigentlich ein Zufall, dass ich hier bin und mich ein wenig um alles kümmern soll«, erwiderte sie schließlich.

»Ach ja …« Skeptisch sah er sie an.

»Ja.« Andrea war nicht bereit, mehr zu erklären. Es ging ihn nichts an, dass sie eine Freundin von Christiane war und an deren Stelle hier logierte.

»Es tut mir leid, aber ich bin ein wenig in Zeitdruck.« Der Mann stand auf. »Ich freue mich auf heute Abend. Gegen acht komme ich Sie abholen, einverstanden?«

Andrea nickte. »Das ist mir recht.«

Zurück im Chalet, durchstöberte sie ihre nicht gerade üppige Garderobe. Viel Auswahl hatte sie nicht, und im Grunde war nichts davon gut genug für einen Abend in einem Luxusrestaurant. Sie warf eine schwarze Hose, eine Seidenbluse mit Tigerdruck und ein rotes, enges Leinenkleid aufs Bett. Dem folgten weiße Jeans und ein lachsfarbenes Twinset, dessen Vorderteil mit Seidenblenden verziert war.

»Das ist alles nichts«, murmelte sie dabei. »Ich muss mir was Gescheites zum Anziehen kaufen.«

* * *

»Wow! Da hat aber jemand zugeschlagen.« Julian lag auf einer der Liegen auf der Terrasse und richtete sich langsam auf. Seine Stimme klang leicht verwaschen, was daran lag, dass ihm der Zahnarzt einen Weisheitszahn gezogen hatte. Noch war die Betäubung nicht ganz abgeklungen.

»Ich war in Sankt Moritz und hab was eingekauft.« Andrea hob zwei Tüten hoch. »Und – wie geht's dir?«

»Ganz gut.« Julian erhob sich. »Warst du allein unterwegs?«

»Wieso fragst du?«

»Ich dachte nur.« Er biss sich auf die Lippen. »Dieser Typ hat dich nicht begleitet?«

»Wen meinst du?«

»Tu doch nicht so! Du weißt genau, dass ich diesen Möchtegernplayboy Zauner meine! Wie der dich anbaggert ... ätzend.«

Andrea lachte. »Finde ich nicht. Außerdem geht es dich gar nichts an.«

»Ach nein?« Mit zwei großen Schritten war er bei ihr, riss ihr die Tüten aus der Hand und zog sie an sich. »Und ob es mich was angeht«, murmelte er dicht an ihren Lippen.

Andrea hielt den Atem an, als er sie küsste. Es war ein kurzer Kuss, der noch ein bisschen nach Zahnarzt schmeckte. Und doch ... ihre Knie wurden weich, für einen kurzen Moment erwiderte sie den Kuss, schmiegte sich an Julian – und stieß ihn gleich darauf von sich.

»Sag mal, spinnst du? Was soll das?« Ihre Nasenflügel bebten vor Erregung. Sie sah so verführerisch aus, dass Julian sich beherrschen musste, um sie nicht gleich noch mal zu küssen.

Andrea bückte sich nach ihren Tüten. »Ich bin heute Abend nicht da. Wenn du also was brauchst, Medikamente oder so ...«

»Ich hab alles.« Seine Stimme klang heiser. »Gehst du tatsächlich mit diesem Zauner aus?«

»Es geht dich zwar überhaupt nichts an, aber wenn du es unbedingt wissen willst: Ja, ich gehe mit ihm aus.« Sie drehte sich auf dem Absatz um. »Er hat mich zum Essen eingeladen.«

»Ach nee!« Seine Stimme klang hohl und kalt. »Dann viel Spaß.«

»Danke. Werde ich sicher haben.«

Sie war schon fast im großen Wohnraum, als er ihr nachkam. Mit einem Ruck zog er sie an sich. Wie Schraubstöcke waren seine Finger um ihre Schultern. Sein Atem ging hastig, der breite Brustkorb hob und senkte sich bei den heftigen Atemstößen. »Damit du merkst, mit wem du dich heute Abend abgibst – und was dir entgeht«, murmelte er, und dann küsste er sie, dass sie mit Sicherheit die Balance verloren hätte, wenn er sie nicht so fest gehalten hätte.

Heiß war ihr, glühend heiß. Und das ganze große Wohnzimmer schien sich um sie zu drehen. Erst recht, als Julians Finger sie am Haaransatz zu streicheln begannen. Verflixt noch mal, woher wusste er, dass das eine ihrer erogensten Zonen war? Markus hatte sie oft so gestreichelt am Anfang ihrer Liebe. Sie hatte es genossen, so, wie sie jede Minute ihres heimlichen Zusammenseins genossen hatte. Sogar die ersten Wochen in New York waren noch voller Glück und Leidenschaft gewesen. Umso grausamer, schmerzhafter war das Erwachen geworden!

»Deine Haut ist so weich. Und du riechst so gut.« Julians Lippen glitten über ihre Wange, näherten sich wieder ihrem Mund.

»Loslassen!« Endlich gab er ihre Lippen frei! »Lass mich sofort los, du … du … Mistkerl!« Sie versuchte gegen die breite Brust zu trommeln, doch er hielt sie lachend an den ausgestreckten Armen auf Abstand. Obwohl sie es nicht wollte, musste sie feststellen, dass er aufregend gut aussah. Sonnengebräunt, mit dieser breiten, haarlosen Brust, an die sie sich geschmiegt hätte, wenn … wenn … ja, wenn nicht alles so kompliziert wäre und wenn ihre Beziehung mit Markus nicht ein solch katastrophales Ende genommen hätte.

»Du bist so süß, wenn du erregt bist«, sagte Julian in diesem Augenblick. »Und ich hoffe, dass mein Kuss dran schuld ist.«

Andrea schüttelte den Kopf. »Irrtum! Ich bin wütend, scheißwütend. Lass mich sofort los!«

Er nahm die linke Hand von ihrem Oberarm, hielt sie aber mit der rechten weiter fest.

»Sag mal, bist du glücklich geschieden, dass du dich so anstellst? Oder hast du gerade eine verkorkste Beziehung hinter dir? Was ist denn dabei, wenn man eine schöne Frau küsst? Bisher hat sich noch nie jemand beschwert. Und ich wollte dir ja auch nur …«

»Halt den Mund, Julian! Halt einfach den Mund!« Tränen standen plötzlich in ihren Augen, und sie machte sich mit einem heftigen Ruck von ihm los. Erst als gut zehn Meter Abstand zwischen ihnen waren, sagte sie: »Ich war erst vor kurzem mit einem genauso arroganten, selbstgefälligen Typen wie dir zusammen. Und das reicht mir – endgültig!«

6

Am späten Nachmittag zogen von Westen her Wolken auf. Die Bergspitzen verschwanden hinter grauem Dunst, und der Wind, der vom Berninapass herunterwehte, war ungewöhnlich kalt.

Julian hatte sich in seine beiden Zimmer über der Garage zurückgezogen, und Andrea sah keine Veranlassung, sich um ihn zu kümmern. Wenn er sie küssen konnte, ging es ihm sicher nicht so schlecht.

Hätte der Zahnarzt ihm doch nur ein paar Minuten lang auf dem Nerv herumgebohrt, dachte sie, das wäre meine Rache.

Aber es ging Julian offensichtlich gut, sie hörte Musik aus den Zimmern über der Garage. *In the Mood* von Glenn Miller. Andrea spürte, dass ihr das Blut in einer heißen Welle zum Herzen strömte. Das war ihr absolutes Lieblingslied! Schon als Kind hatte sie es gern gehört, denn ihr Großvater war ein großer Glenn-Miller-Fan gewesen und hatte oft seine Platten gespielt.

Wieder kam ein bisschen Melancholie in ihr auf, als sie an ihre behütete Kindheit denken musste. Sie war oft bei ihren Großeltern gewesen. Die Großmutter hatte in einer Schneiderei gearbeitet, der Großvater war pensionierter Beamter. Sie hatte ihn besonders geliebt, denn er war humorvoll gewesen und außerdem ein großer Musik- und Theaterliebhaber.

Nie würde sie ihren ersten Opernbesuch vergessen. Der Großvater hatte sie in *La Bohème* mitgenommen, und Andrea hatte bei Mimis Tod heiße Tränen vergossen.

Auch in New York hatte sie diese Puccini-Oper einmal gesehen. Markus hatte Karten geschenkt bekommen. Sie hatte sich sehr auf diesen Abend gefreut, sich sogar ein neues schwarzes Abendkleid gekauft. Doch Markus gefiel das Kleid nicht. Bieder und altmodisch hatte er es genannt und sie in der Pause auf zwei junge Frauen aufmerksam gemacht, die in glitzernden, tief dekolletierten Paillettenkleidern auf ihn und einen Kollegen zugekommen waren.

»So was trägt man, wenn man hier Eindruck machen will«, hatte er gesagt und Andrea seinen Kollegen nicht einmal vorgestellt. Es war unübersehbar gewesen, dass er sich für sie geschämt hatte.

Die Kollegen ignorierten sie geflissentlich, lachten und scherzten miteinander, und Andrea kam sich vor wie das berühmte fünfte Rad am Wagen. Als sie Markus hinterher, als sie allein im Loft waren, Vorwürfe machte, schlug er sie zum ersten Mal kurz ins Gesicht. Sie war so perplex gewesen, dass sie nicht einmal hatte weinen können.

Andrea biss sich auf die Lippen. Vorbei. Endgültig. Das Kapitel war abgeschlossen!

Sie suchte nach der Hundeleine. »Komm, Ben, wir machen schnell unsere Abendrunde, dann muss ich mich umziehen.«

Sie versuchte die Musik zu ignorieren und ging mit dem Hund hinunter zum Berninabach. Eine kleine Brücke führte von der Hauptstraße, die den Ort durchquerte, über das Wasser zu einem gut ausgebauten Wanderweg. Um diese Uhrzeit waren nicht mehr allzu viele Touristen unterwegs, und sie konnte Ben frei laufen lassen, was der Hund weidlich ausnutzte. Zwischendurch kam er immer wieder zu ihr und sah sie auffordernd an, als wollte er sagen: Sei nicht so lahm, komm mit mir rauf auf den Bergrücken dort drüben.

Aber Andrea ging mit ihm nur eine halbe Stunde spazieren, dann kehrte sie ins Chalet zurück und machte sich für den Abend mit Norbert Zauner zurecht.

Da es merklich kühler geworden war, entschied sie sich für eine hellgraue Hose, zu der sie eine apricotfarbene Seidenbluse wählte. Darüber legte sie einen Paschminaschal in derselben Farbe.

Ihr Haar, das sie glücklicherweise am Morgen frisch gewaschen hatte, fiel ihr in weichen Wellen bis auf die Schultern. Als einzigen Schmuck wählte sie ein Paar Perlenohrringe. Die Weißgoldkette, die ihr Markus zum letzten Weihnachtsfest geschenkt hatte, war in New York zurückgeblieben. Ebenso das dazu passende Armband. Sollte er irgendeine seiner Gespielinnen damit beglücken. Sie hatte nichts von ihm mitnehmen wollen in ihr neues Leben! Der harte Schnitt war einfach notwendig, wenn sie ihre Selbstachtung nicht ganz verlieren wollte. Viel zu lange hatte sie alle eigenen Bedürfnisse und Wünsche unterdrückt, hatte sich ganz Markus untergeordnet.

Aber das war endgültig vorbei. Und wider Erwarten ging es ihr schon nach kurzer Zeit besser, als sie gedacht hatte.

Aufmunternd lächelte sie ihrem Spiegelbild zu. Sie fand ihr Aussehen ganz passabel. Eigentlich war es schade, dass Julian sie so nicht sehen konnte.

Kurz überlegte sie, ob sie unter einem Vorwand zu ihm hinübergehen sollte, tat es dann aber doch nicht. Sie wollte ihm keine Gelegenheit mehr zu einer abschätzigen Bemerkung über Norbert Zauner geben.

Der blonde Architekt war überpünktlich. Kurz vor acht

läutete er an der Haustür. Bei Andreas Anblick leuchteten seine hellblauen Augen auf.

»Bezaubernd sehen Sie aus. Man wird mich beneiden.« Er griff nach ihrer Hand und führte sie zum Wagen.

Andrea warf einen flüchtigen Blick zu den Fenstern über den Garagen hinauf, als sie in den Sportwagen einstieg. Von Julian war nichts zu entdecken.

Schade!

Die Fahrt nach Sankt Moritz verging schnell, Norbert Zauner plauderte über die Gegend, über die Berge, von denen er die meisten schon bestiegen hatte.

»Vor allem im Winter ist es hier ein Paradies«, sagte er. »Die Pisten sind hervorragend präpariert, und sowohl auf dem Corviglia, der Diavolezza und auch auf dem Corvatsch kann man hervorragend Ski laufen. Außerdem scheint hier oft die Sonne. Und genau das ist es, was den Reiz des Engadins ausmacht – und was so viele Menschen hierher lockt.«

»Ski laufen kann ich leider nicht.« Andrea lehnte sich in den Polstern zurück. »Als Kind hab ich es nicht gelernt, und später war keine Gelegenheit dazu.«

»Wo haben Sie denn immer Urlaub gemacht?«

Sie zuckte mit den Schultern. »Meistens an der Nordsee. Ich war allerdings auch mal auf Mallorca und an den Niagarafällen.«

»Wow! Die muss ich mir noch ansehen. Das ist sicher ein irres Naturschauspiel.« Er sah sie kurz von der Seite an. »Wie sind Sie denn dorthin gelangt?«

»Mit einem Bekannten.« Ihre Miene, aber auch die knappen Worte signalisierten ihm deutlich, dass sie zu dem Thema nichts mehr sagen wollte.

»Da ist es schon.« Norbert Zauner wies auf einen langgestreckten Hotelbau am Ufer des Moritzsees. Obwohl sehr modern, fügte er sich harmonisch in die Landschaft ein. Das Hauptgebäude war zweistöckig, die rechts und links angrenzenden Gebäude nur einstöckig. Zu jedem Zimmer gehörte ein weitläufiger Balkon mit Aussicht auf den See.

Vor dem Eingang stand ein Page in grauer Uniform und grüßte höflich, als das Paar sich näherte. Und auch die beiden jungen Damen an der Rezeption sprachen Norbert Zauner mit Namen an.

»Die zwei waren mit die Ersten, die hier eingestellt wurden«, erklärte Norbert Zauner. »Sie haben noch miterlebt, wie wir die letzten Feinarbeiten ausgeführt haben.« Er griff nach Andreas Arm. »Ich hab uns einen Tisch auf der Terrasse reservieren lassen«, sagte er. »Wenn es Ihnen aber zu kühl dort ist …«

»Ach was. Ich bin nicht empfindlich. Und außerdem spürt man hier von dem Wind kaum etwas.«

Auf der Terrasse waren fast alle Tische besetzt. Etliche hohe Wärmepilze schützten die Gäste vor der abendlichen Kühle, die vom See heraufzog. Ein Kellner führte Andrea und Norbert zu ihrem reservierten Tisch.

Diskret sah sich Andrea um. »Schön ist es hier«, sagte sie und lächelte ihrem Begleiter zu. »Ich denke, es war eine interessante Aufgabe, das alles hier zu konzipieren.«

»Das war es.« Norbert nickte. »Fast zwei Jahre hat der Bau gedauert, aber jetzt ist er gut angenommen worden. Das Hotel ist fast das ganze Jahr über ausgebucht, und das Restaurant …« Er nickte dem jungen Mann zu, der ihnen die Speisekarten reichte. »Sie werden begeistert sein. Der Koch ist erst vor kurzem mit einer weiteren Haube bedacht worden. Sehen Sie, da kommen zwei Schauspieler. Ich kenne sie vom Fernsehen.«

Andrea sah diskret hinüber zum Eingangsbereich. Ja, dort

stand ein bekanntes Schauspieler-Ehepaar und ließ sich vom Restaurantleiter zu einem reservierten Tisch am Ende der Terrasse führen.

»Ja, die kenne ich auch. Doch ich weiß die Namen nicht«, sagte Andrea. »Die zwei wissen die Künste des Kochs wohl auch zu schätzen. Ich bin sehr gespannt.« Sie lehnte sich in dem Rattansessel, auf dem helle Leinenpolster lagen, zurück.

Norbert hob sein Glas. »Auf einen schönen Abend. Ich freue mich, mit Ihnen hier sitzen zu können.«

»Danke für die Einladung.« Andrea lächelte ihm zu und trank einen ersten Schluck von dem ausgezeichneten Weißburgunder. Sie fand Norbert Zauner jetzt uneingeschränkt sympathisch. Er plauderte angeregt, machte nicht die geringste anzügliche Bemerkung, und dass er sie attraktiv fand, ließ er nur mit wenigen charmanten Worten durchblicken, während er sie beim Essen mit kleinen Anekdoten aus seinem Arbeitsleben unterhielt.

Ganz anders als dieser ungehobelte Klotz von Julian, dachte Andrea, als Norbert sie nach ihren Wünschen fürs Dessert fragte.

»Danke, aber darauf muss ich verzichten«, lehnte Andrea ab. Sie hatten als Vorspeise Jakobsmuscheln mit Büffelmozzarella und Trüffeln gefüllt gegessen, danach ein köstliches Wolfsbarschfilet mit Limonensauce und frischen Gnocchi. »Aber einen Espresso trinke ich gern.«

»Dann zwei Espressi«, bestellte Norbert.

Von der Bar, die im Nebengebäude untergebracht war, erklang dezente Musik.

»Was halten Sie davon, wenn wir gleich rübergehen? Noch ist es viel zu früh, um den Abend schon zu beenden. Und die Bar muss man gesehen haben. Höchst exquisit und dennoch urgemütlich. Mein Partner und ich sind ziemlich stolz darauf, wie perfekt alles in diesem Bereich geworden ist – und wie gut die Gäste die Bar annehmen. Es ist dort immer was los, und das Publikum ist sehr seriös.«

Er erzählte nicht, dass sein Partner die Hauptarbeit geleistet hatte und dass es zwischen ihnen mehrfach zu Differenzen gekommen war. Wichtig war ihm nur, dass sein Name mit dem Bau dieses Hauses verbunden war, ein solches Renommee war Gold wert. Vor allem hier in der Umgebung von Sankt Moritz!

Andrea zögerte, überlegte, ob es nicht besser wäre, den Abend zu beenden, aber dann nickte sie zustimmend.

Eine halbe Stunde später standen sie auf der Tanzfläche, die von mattem Licht erleuchtet wurde, das indirekt aus der vertäfelten Decke flutete. Der Bartresen mit einem Korpus aus Mahagoniholz hatte matte Glasauflagen, und aus diesem Material waren auch die Regale, in denen, indirekt beleuchtet, unzählige Flaschen und Gläser standen. Die Sitze der Barhocker waren mit hellbraunem, kurz geschorenem Fell überzogen, ebenso die Kissen auf den cremefarbenen Sesseln und Bänken, die in kleine Nischen eingelassen waren. Es war eine fast intime Atmosphäre, die man hier geschaffen hatte, und doch herrschte reges Leben.

An einer schmalen Seite des Raums saßen fünf Musiker, die dezente Tanzmusik, aber auch die neuesten Hits aus den internationalen Charts spielten.

»Ich bin glücklich, mit dir hier sein zu können«, gestand Norbert leise und zog Andrea ein wenig fester an sich.

Kurz lehnte sie sich zurück, sah ihn an und lächelte. »Mir gefällt der Abend auch.«

»Das hab ich nicht gemeint.« Kurz nur, einen Atemzug lang, streiften seine Lippen ihre Wange. »Ich mag dich. Sehr sogar.«

Andrea antwortete nicht, aber sie wehrte Norbert auch nicht ab, als er sie zart auf den Mund küsste.

»Hey, Nobby, das ist ja eine Überraschung!« Ein korpulenter Mann mit schwarzem Haar schlug Norbert von hinten auf die Schulter. Er trug eine zu enge, seidig glänzende Hose, darüber ein weißes Seidenhemd, dessen fünf obere Knöpfe offen standen. Auf der feisten Brust glitzerten drei breite Goldketten, an einer von ihnen hing ein mit Diamanten besetztes großes Kreuz.

Zu alt für das Outfit, schoss es Andrea durch den Kopf. Und viel zu protzig und auffällig, das alles. Ob die Steine wirklich echt waren?

»Wer ist das Täubchen?« Der Schwarzhaarige, dessen Haar etwas zu lang war, leckte sich über die Lippen, dann sagte er etwas in rasend schnellem Italienisch zu dem blonden Mädchen, das er im Arm hielt.

Seine Begleiterin verzog den Mund, doch sie löste sich aus seinem Arm und stolzierte auf ihren langen, in engen schwarzen Hosen steckenden Beinen zum Bartresen.

»Antonella ordert Champagner für uns«, sagte der Schwarzhaarige und ignorierte völlig, dass Norbert Zauner wenig begeistert von der Begegnung war.

»Das muss nicht sein, Giorgio«, wehrte er schwach ab. »Wir wollten auch gar nicht mehr lange bleiben.«

»Das denk ich mir.« Giorgio lachte breit. »Aber ein Glas müssen wir auf unser Wiedersehen trinken. Außerdem ist es draußen inzwischen ungemütlich geworden. Ein Gewitter zieht auf.« Er warf Andrea einen langen Blick zu. »Aber das ist nicht wichtig. Deine schöne Begleiterin ist faszinierend. Du musst sie mir unbedingt vorstellen.« Er griff noch auf der Tanzfläche nach Andreas Hand und zog sie an die Lippen. »Exquisit.« Ein neuer Schlag folgte auf Norberts Schulter.

»Aber Geschmack hattest du ja schon immer.« Er deutete auf eine der Sitznischen. »Da drüben ist unser Tisch.«

»Wir kommen gleich«, sagte Norbert und nahm Andreas Arm. »Tut mir leid, aber er ist ein wichtiger Geschäftspartner drüben in Italien.« Er strich zärtlich über Andreas Wange. »Dabei hätte ich gern den Schampus mit dir allein getrunken.«

»Schon gut, mach dir keinen Kopf, das geht schon in Ordnung.«

Die romantische Stimmung, in der sich Andrea noch vor ein paar Minuten befunden hatte, war dahin. Sie empfand es nicht mal mehr als angenehm, dass Norbert den Arm um ihre Schultern legte, während sie zu Giorgios Tisch gingen.

Dort hatte inzwischen die langbeinige Blondine Platz genommen und streifte Andrea mit einem abschätzigen Blick.

Andrea zuckte unmerklich zusammen. Zu gut kannte sie dieses Taxieren, Abwägen, dieses kalte Einschätzen, das einem so brutal klarmachen konnte, dass man nicht »dazugehörte«. Oft hatte sie diese Blicke in New York auf sich gespürt, wenn sie mit Markus' sogenannten Freunden ausgegangen waren. Doch er hatte nur gelacht, wenn sie ihm nach einer solchen Begegnung gestand, wie unwohl sie sich in der Gesellschaft gefühlt hatte, die ihm so viel bedeutete.

»Das gehört dazu«, hatte er stets erwidert. »Smalltalk ebenso wie ganz bestimmte Outfits. Oder wie gewisse Lokalitäten, die ›in‹ sind und in denen man sich aufhalten muss, wenn man dazugehören will in der Gesellschaft.«

Wie sie dieses Getue hasste!

Sie sah zu Norbert hin, der gerade sein Glas hob und Giorgio zutrank.

Der Italiener lächelte selbstgefällig, bevor er sein Glas in einem Zug leerte. Dabei tätschelte er ununterbrochen Antonellas Oberschenkel, sah allerdings Andrea dabei an.

Sie kannte das alles zur Genüge. Und sie verabscheute es. Diese nichtssagende Konversation, diesen Tratsch über andere Leute, die wohl genau dasselbe taten.

Sie nippte nur an ihrem Champagner und versuchte, Giorgios Blicke zu ignorieren. Der Abend, der so angenehm begonnen hatte, war ihr verleidet.

»Entschuldigt mich für einen Moment.« Sie stand auf und griff nach ihrer Handtasche.

Norbert erhob sich knapp, doch er sah Andrea nicht nach, als sie zur Toilette ging. Intensiv diskutierte er mit Giorgio über einen Trip nach Mailand und Investitionen am Gardasee, wo der reiche Italiener etliche Wohnungen gekauft hatte.

Als Andrea zurückkehrte, meinte Norbert: »Wir werden uns verabschieden, Giorgio. Du verstehst …«

»Aber sicher, mein Freund. Ruf mich an wegen des Auftrags am Gardasee. Und vergiss nicht, dass du in Como noch was zu erledigen hast. Es eilt, ich muss den Schuppen bald wieder flottkriegen und weitervermieten.«

»Mach ich. Danke. Bis bald.«

»Bis bald. Und – habt noch Spaß, ihr zwei.« Giorgio lachte laut und unverschämt.

Andrea nickte ihm knapp zu und atmete auf, als sie draußen auf der Straße standen. Es war drückend schwül, und kein Windhauch regte sich. Hinter den dunklen Bergen, die sich wie Scherenschnitte gegen den etwas helleren Himmel abhoben, blitzte es in raschen Abständen auf.

»Sorry, ich hatte mir den Abend auch etwas anders vorgestellt.« Norbert wollte erneut den Arm um Andrea legen, als sie zu seinem Wagen gingen, doch mit einer wie absichtslos scheinenden Geste entwand sie sich ihm. »Giorgio ist ein wichtiger Mann in der ganzen oberitalienischen Gegend. Seiner Familie gehören etliche Baufirmen und Zulieferfirmen. Da muss man als Architekt einiges tun, um ihn bei Laune zu halten. Ich hoffe, du verstehst das.«

»Natürlich versteh ich das.« Sie sah ihn nicht an bei den Worten. »Das Geschäft geht immer vor.«

»Du sagst es!« Er lachte selbstgefällig.

Oh ja, sie verstand nur zu gut. Sie hatte Ähnliches schon oft von Markus gehört, der sich auch nur mit den Leuten gut stellte, die ihm nützlich sein konnten.

Auf der Heimfahrt war einiges anders als vorher. Norberts Flirtversuche prallten an Andrea ab, und sie klang sehr überzeugend, als sie vor der Haustür sagte: »Sei mir nicht böse, aber ich bin ziemlich müde. Außerdem muss ich nach Ben sehen. Vor dem Gewitter, das gleich kommt, hat er bestimmt Angst.« Sie legte kurz ihre Hand an Norberts Wange. »Danke für den netten Abend.«

»Wir müssen ihn unbedingt bald wiederholen.«

Andrea nickte. »Ruf mich an, wenn du zurück bist.«

»Das mach ich bestimmt.« Er beugte sich vor, wollte sie zum Abschied küssen, doch Andrea drehte den Kopf so rasch zur Seite, dass seine Lippen nur ihre Wange streiften.

»Gute Nacht.«

»Schlaf gut. Und wenn du träumst, dann bitte von mir.« Wieder folgte ein kleines, selbstgefälliges Lachen.

Darauf gab Andrea keine Antwort, sie hob noch einmal grüßend die Hand und drehte sich nicht mehr um, als sie mit hastigen Schritten zum Haus ging.

Der schwarze Sportwagen fuhr mit lautem Hupen davon.

So ein Angeber! Er musste doch nun wirklich nicht die

ganze Nachbarschaft aufwecken! Andreas Stimmung sank noch um ein paar Grad mehr.

»Ach nee, schon zurück? Und ich hatte gehofft, ich könnte den Spätfilm ungestört zu Ende sehen.«

Wie aus dem Boden gewachsen, stand Julian vor ihr in der geöffneten Haustür. Neben ihm, dicht an den Mann geschmiegt, tauchte der Verräter Ben auf, der sich nicht mal zu freuen schien, dass Andrea wieder da war. Und Angst vor den immer heftiger am Himmel aufzuckenden Blitzen, denen leises Donnergrollen folgte, schien er auch nicht zu haben!

»Du hast ein eigenes Fernsehen. Lass mich einfach in Frieden«, fauchte Andrea und drückte sich an Julian vorbei ins Haus.

»Oh, die Gnädige hat schlechte Laune! Was ist denn schiefgelaufen?« Es gelang Julian tatsächlich, die Anspannung, die er bei der Frage empfand, zu unterdrücken. Kühl und unbeteiligt klang seine Stimme.

»Alles bestens. Ich will einfach nur allein sein.« Andrea ging zur Couch und ließ sich in die weichen Kissen sinken. Dabei hatte sie Mühe, die Tränen zu unterdrücken, die ihr in die Augen steigen wollten. Verdammt, das fehlte noch, dass sie Julian jetzt was vorheulte!

»Das willst du mit Sicherheit nicht.« Schon saß Julian dicht neben ihr, und ehe Andrea wusste, wie ihr geschah, lag sie in seinen Armen. Sein Gesicht war dicht über ihrem, sie spürte seinen Atem auf ihrer Haut, roch den inzwischen schon vertrauten Duft seines Rasierwassers. Und dann spürte sie nur noch seinen Kuss.

Im Fernsehen überführten ein Kommissar und sein Assistent gerade den lang gesuchten perfiden Frauenmörder – niemand sah hin. Nicht mal Ben, der aufrecht neben der

Couch saß und interessiert zuschaute, wie dem ersten ein zweiter und ein dritter Kuss folgten.

»Andrea!«

Drei kleine Silben, geflüstert zwischen Küssen.

Draußen zuckten Blitze in rascher Reihenfolge hintereinander auf, gefolgt von beängstigend lauten Donnerschlägen. Ben verzog sich unter den Tisch.

»Andrea!«

Julians Mund glitt tiefer, liebkoste die zarte Haut an ihrem Hals, während seine Hand versuchte, die kleinen Perlmuttknöpfe ihrer Bluse zu öffnen.

Ein lauter Knall ließ sie zusammenzucken.

Das Fernsehgerät ging aus.

Die kleine Lampe auf dem runden Tisch vor dem Fenster verlosch.

»Verdammt. Der Blitz hat eingeschlagen!«

* * *

»Weißt du, wo hier Streichhölzer sind?« Nur widerwillig richtete sich Julian auf.

»Keine Ahnung.« Andrea zog die Bluse über der Brust zusammen und stand auf. »Sieh mal in der Truhe neben der Tür nach.«

Julian machte drei, vier tastende Schritte, und im Schein eines weiteren grellen Blitzes fand er sowohl Streichhölzer als auch eine schon halb abgebrannte Kerze.

»Und schon haben wir alles für ein romantisches Date beisammen.« Er brauchte drei Versuche, ehe der Docht sich endlich entzündete und eine kleine Flamme brannte.

»Na, ob das romantisch ist …«

»Du musst es wissen. Bist sicher die größere Expertin.«

Nur schemenhaft konnte sie sein Gesicht sehen, das auf einmal einen harten Zug bekommen hatte. »Schließlich warst du heute Abend ja schon mit dem Romantiker par excellence zusammen.«

Andrea streckte die Hand nach ihm aus. »Du bist ja eifersüchtig!«

»Quatsch! Ich weiß nur nicht, was du an dem Lackaffen findest.«

»Er ist höflich, aufmerksam, charmant – und sieht sehr gut aus.« Sie lächelte in der Dunkelheit, es gefiel ihr, dass Julian seine Eifersucht nicht zu kaschieren vermochte.

»Und – was noch?« Er zog sie so fest an sich, dass Andrea den raschen Herzschlag spüren konnte. »Was ist er noch für dich?« Ganz dicht, gefährlich dicht war sein Mund an ihrem.

»Ein Bekannter. Mehr nicht. Aber das ist …« Weiter kam sie nicht, Julian erstickte ihre weiteren Worte mit einem langen Kuss.

Andrea schloss die Augen. Sie glaubte Musik zu hören, zärtliche, verträumte Musik. Dabei waren es nur erneute Donnerschläge, die durch die Stille der Nacht dröhnten.

»Charmant ist er, ja?« Nur für eine Sekunde gab Julian ihren Mund frei. »Und höflich.«

»Hmm.«

»Kann er auch gut küssen?« Er bog den Kopf nach hinten, um ihr bei dieser Frage ins Gesicht sehen zu können.

Welch ein Glück, dass die Kerze im leichten Windzug flackerte!

»Sag es!« Die Männerstimme klang heiser.

Andrea lächelte ins Dämmerlicht. »Du bist besser.« Eine kleine Pause. »Viel besser.«

»Dein Glück, dass du das sagst.« Ein befreites Lachen folgte. »Ich hätte ihn zum Duell gefordert.«

»Mein Held!«

»Sag das noch mal!«

Doch bevor sie der Aufforderung nachkommen konnte, küsste Julian sie wieder. Lange, leidenschaftlich.

Andreas Atem stockte, als Julian ihr die Bluse auszog. Sanft küsste er ihren Hals, dann glitten die Lippen tiefer, blieben für eine aufregende kleine Ewigkeit an ihrem Brustansatz haften.

Und dann waren da seine Hände – eine, die ihren Nacken zart umfasst hielt, während die andere vorsichtig, ein wenig zögernd noch auf Entdeckungsreise ging.

»Nicht, Julian. Bitte nicht«, flüsterte Andrea so leise, dass Julian es nicht hören konnte. Oder – er wollte den Einwand nicht hören, der außerdem nicht ehrlich gemeint war.

Denn Andrea wollte nicht, dass er aufhörte. Zu verführerisch, zu erregend waren diese zärtlichen Berührungen, die ihren ganzen Körper in Schwingungen versetzten.

Ihr Herz schlug Purzelbäume, kleine süße Schauer liefen ihr über den Rücken, und ihre Brustwarzen richteten sich unter seinen zärtlichen Händen auf. Sie bog den Kopf nach hinten, während Julians Lippen die Erkundungsgänge über ihre zarte Haut fortsetzten.

Andrea spürte, wie die Leidenschaft sie total überrollte. Dass sie vor einer halben Stunde noch mit Norbert Zauner in einer Bar gesessen hatte – unwichtig. Bedeutungslos.

Für den Bruchteil einer Sekunde durchzuckte sie der Gedanke an Markus. Es schien eine Ewigkeit her zu sein, dass sie mit ihm in New York gelebt und in seinen Armen gelegen hatte.

Und daran, dass er ihren Körper jemals so stimuliert und zum Schwingen gebracht hätte wie jetzt Julian, konnte sie sich gar nicht mehr erinnern. Er war stets egoistisch gewesen, und in der letzten Zeit sogar hin und wieder brutal. Sie dachte an eine Nacht vor zwei Monaten. Markus war betrunken nach Hause gekommen und hatte mit ihr schlafen wollen. Als sie seine perversen Praktiken ablehnte, war er wütend geworden, hatte sie geschlagen und ihr dann mit Gewalt seinen Willen aufgezwungen. Ihre Tränen, ihr Schluchzen hatten ihn nicht weiter gekümmert.

Erst am nächsten Morgen, als er ihre blauen Flecken sah, entschuldigte er sich wortreich und versprach, dass so etwas nie wieder vorkommen würde. Er schenkte ihr am Abend Rosen, lud sie zum Essen in ein feudales Lokal ein, doch Andrea vergaß diese Nacht nie, auch wenn beide nicht mehr darüber sprachen.

Jetzt, im Nachhinein, war ihr klar, dass diese Stunden das Ende ihrer Beziehung gewesen waren. Die Tage und Wochen danach hatten ihr im Grunde nur noch deutlicher klargemacht, dass Markus nicht mehr der Mann war, in den sie sich einmal leidenschaftlich verliebt hatte.

Sie presste sich ein wenig fester an Julian, vorsichtig, zögernd zunächst, begann sie ihn zu streicheln, was ihm einen tiefen, kehligen Seufzer entlockte.

»Du bist ein Biest«, murmelte er zwischen ihren Brüsten. »Oder eine Hexe. Mich jedenfalls hast du verhext.«

Andrea lachte leise. Wenn man sich so fühlte wie sie jetzt, so glücklich und voller Lust auf die Liebe und das Leben, dann war sie gern eine Hexe.

Draußen tobte das Gewitter noch eine Stunde lang weiter. Andrea und Julian hörten nichts davon.

7

»Wie lange willst du deinen Vater noch anlügen? Er denkt immer noch, du wärst in der Schweiz und würdest auf die Handwerker aufpassen.«

Christiane Altmann trank erst noch einen Schluck Orangensaft, ehe sie antwortete.

Sie saßen auf der Terrasse des Ferienbungalows und genossen die morgendliche Stille, die noch in der weitläufigen Hotelanlage herrschte. Bernd und sie hatten allerdings schon einen halbstündigen Strandlauf hinter sich und danach ein Bad im Meer genommen.

»Paps erfährt alles noch früh genug.« Christiane zog an ihrem fest geflochtenen Haarzopf – eine unbewusste Geste, die Bernd verriet, dass sie nicht ganz so gelassen war, wie sie sich gab.

»Was ist eigentlich so schlimm daran, wenn du keinen Hotelier heiratest?« Er sah starr hinüber zu der hohen Palme, die links von der Terrasse stand und deren grüne Blätter sich im leichten Wind sanft wiegten. Zwei dunkelblau gefiederte Vögel zankten sich im Hibiskusbusch, dessen rote Blüten zart dufteten.

»Das fragst du wirklich?« Christiane warf den Vögeln ein paar Brotkrumen hin, mit der anderen Hand drehte sie weiter an ihrem hellen Zopf. »Seine Hotels sind Papas Lebenswerk. Schlimm genug, dass er keinen Sohn hat, dem er alles übergeben kann. Ich bin eine doppelte Enttäuschung für ihn. Zwar hab ich die Hotelfachschule absolviert, aber die richtige Begeisterung für den Job fehlt mir.« Sie zuckte mit den Schultern. »Darum ist Paps ja so scharf darauf, dass ich einen Mann vom Fach heirate. Am liebsten Julian Steinhäuser. Dessen Vater ist wie meiner: Ihre Hotels sind ihnen wichtiger als ihre Kinder.«

»Sag das nicht.«

»Doch, doch, das stimmt schon. Die beiden alten Herren haben ja nicht mal davor zurückgeschreckt, ein Komplott zu schmieden und Julian und mich unter Vortäuschung falscher Tatsachen ins Engadin zu locken.«

»Und das hat dieser Julian mitgemacht?«

Christiane zuckte mit den Schultern. »Zum Schein. Aber er hat mich ja noch rechtzeitig angerufen und mich vorgewarnt.«

»Und du hast stattdessen Andrea in die Schweiz reisen lassen.«

Christiane lächelte. »Sie muss sich ja nicht mit Julian abgeben. Der wollte gleich wieder weg. In Sankt Moritz haben die Steinhäusers ein Hotel, aber auch in Garmisch und München. Er hat viele Möglichkeiten.«

»Du bist unmöglich. Aber ich liebe dich. Vielleicht gerade, weil du so verrückt bist.« Bernd Geisner griff nach ihrer Hand und zog sie an die Lippen. »Und ich bin natürlich froh, dass du einen süßen Dickkopf hast und dich gegen deinen Vater stellst.«

»Hab ich das?« Kokett legte sie den Kopf schief.

»Hast du.« Der Druck seiner Finger um ihr Handgelenk verstärkte sich. »Ich hätte jetzt sehr große Lust, dir zu zeigen, wie froh ich bin, dass du genau so bist, wie du bist.«

Christiane lachte leise auf. »Du bist herrlich unersättlich!

Aber heute steht das Inselhopping auf dem Programm. Und, ehrlich gesagt, das ist auch höchst reizvoll. Ich möchte mir schon mal Esmeralda, die älteste Schildkröte der Welt, ansehen.«

»Richtig, das hatte ich fast vergessen!« Er stand auf. »Mich reizt es auch, die Bekanntschaft dieser Dame zu machen, die im Jahr 1771 geboren wurde. Irre, wie alt diese Viecher werden können.«

»Es gibt etliche Riesenschildkröten hier auf den Seychellen, die älter als 150 Jahre sind.« Auch Christiane erhob sich. »Es ist das reinste Paradies hier. Und ich bin gespannt, wie es auf den anderen Inseln aussieht. Die Paradiesvögel sollen toll sein. Und ob wir wohl den Fairy Tern sehen werden?«

»Bestimmt. Jeder Reiseleiter wird uns den weißen Nationalvogel der Seychellen zeigen wollen.« Er trank im Stehen seine Kaffeetasse aus. »Wir müssen uns jetzt wirklich sputen, sonst kommen wir zu spät.«

»Hab ich so lange am Strand rumgebummelt oder du?«

»Rumgebummelt nennst du das?« Er lachte und umarmte sie im Weiterlaufen. »Ich fand, das war ziemlich heißer Sex, der sich nicht mal im Wasser abkühlen ließ.«

Christiane lehnte sich kurz an ihn. »Stimmt. Es war toll. Und wenn du willst, können wir das morgen gleich wiederholen.«

Ehe Bernd antworten konnte, meldete sich Christianes Handy. »Das ist schon wieder Paps!« Sie biss sich auf die Lippen, dann meldete sie sich mit einem betont heiteren »Hallo, Papsi! Wie geht es dir? Was macht dein Herz?«

Eine Minute lang hörte sie zu, dann antwortete sie: »Hier ist alles bestens, mach dir keinen Kopf. Ich hab alles im Griff. Die Handwerker sind pünktlich. – Du, die Verbindung ist schlecht, wir telefonieren später noch mal.«

»Er wird misstrauisch werden, wenn du immer so kurz angebunden bist.«

»Soll er doch. Ich bin sauer auf ihn, weil er mich immer wieder zu manipulieren versucht. Aber da mach ich ihm einen Strich durch die Rechnung. Über mein Leben entscheide immer noch ich selbst.« Sie stellte sich auf die Zehenspitzen und gab Bernd einen raschen Kuss. »Hier, in unserem Paradies, sucht er mich bestimmt nicht!«

* * *

Als Andrea erwachte, fiel ein breiter Streifen Sonnenlicht durch die nicht ganz geschlossenen Vorhänge ins Zimmer. Blinzelnd, unter halb geschlossenen Lidern sah sie sich um – Julian war weg! Nur die zerwühlten Kissen zeugten davon, dass sie nicht allein geschlafen hatte.

Heiß schoss Andrea das Blut ins Gesicht, als sie sich an die vergangene Nacht erinnerte. Welch eine Naturgewalt war das heftige Gewitter gewesen, das fast drei Stunden lang über dem Tal getobt hatte!

Und mit ähnlicher Naturgewalt hatte sich Julian in ihr Leben gedrängt!

»Unmöglich«, murmelte sie vor sich hin und ließ offen, ob sie Julian meinte oder ihr eigenes Verhalten. Schließlich hatte sie nur zu gern in seinen Armen gelegen, hatte seine Küsse erwidert und die leidenschaftlichen Zärtlichkeiten genossen.

Aber das war gestern gewesen. Heute sah alles anders aus. Heute schämte sie sich, dass sie mit einem fast Fremden ins Bett gegangen war.

Was hatte sie da nur geritten?

Aufseufzend warf sie sich auf die andere Seite, fort von

dem zerwühlten, leeren Kopfkissen, in dem noch sein Duft hing, und barg das Gesicht in der Armbeuge.

Mit leisem Quietschen öffnete sich die Tür.

Andrea hielt den Atem an. Wenn Julian jetzt zurückkam …

Ben stupste sie mit seiner Schnauze auffordernd an, und eine dicke, haarige Pfote legte sich auf ihren Arm.

»Ach, du bist das.« Sie streckte die Hand aus und kraulte den Hund, der zufrieden seufzte und den Kopf dicht neben sie legte.

»Was für eine Idylle!« Mit Schwung flog die Tür auf. »Und ich hab gedacht, du vermisst mich.«

Unter immer noch halb geschlossenen Lidern sah Andrea zu Julian hin, der, vom Morgenlicht umflossen, auf das Bett zukam. In den Händen balancierte er ein Holztablett. »Hau ab, Ben, du störst.«

Der Hund verzog sich gehorsam.

»Hallo, Hexlein. Gut geschlafen?« Ungeniert ließ er sich auf der Bettkante nieder, das Tablett auf den Knien. »Willst du Kaffee?«

»Ja, danke.« Zu gern hätte sich Andrea die Decke höher gezogen, doch das ging nicht – Julian saß drauf!

»Der Kaffee ist mit frischem Quellwasser gebrüht. Ich war schon mit einem Eimer drüben beim kleinen Wildbach und hab uns Wasser organisiert.«

»Warum?« Vorsichtig zog Andrea an der Decke, doch es war unmöglich, auch nur einen Zentimeter zu erobern. Ihre nackten Schultern ragten heraus, und auch ihr Busen war kaum bedeckt, wenn sie sich aufzusetzen versuchte.

»Steh mal auf.«

»Warum? Ich dachte, du würdest gern im Bett frühstücken. Wenn du willst, komm ich wieder zu dir.«

»Wag es ja nicht!« Heiße Röte schoss ihr ins Gesicht. »Das gestern Nacht … das war … das ist …« Sie sah starr an ihm vorbei. »Vergiss es.«

»Ungern.« Er lachte und reichte ihr einen Becher Kaffee. »Trink langsam. Es gibt nur den einen.«

»Warum?«

»Es gab einen Bergrutsch in der Nacht. Irgendwo am Hang ist eine Leitung zerstört worden. Während des Gewitters ist eine Steinlawine abgegangen und hat eine der neuen Leitungen getroffen. Pech für uns und die beiden Nachbarhäuser. Wir haben kein fließendes Wasser.«

»Shit.«

»Du sagst es. Aber ich hab schon mit den entsprechenden Leuten gesprochen, sie kommen spätestens übermorgen.«

»Übermorgen? Bist du verrückt?« Mit einem Ruck setzte sie sich auf.

»Verrückt?« Er grinste. »Ja, nach dir.« Er machte Anstalten, sie zu küssen, doch im letzten Moment drehte Andrea den Kopf zur Seite.

»Lass das.« Sie verschränkte die Arme vor der Brust. »Und jetzt lass mich endlich aufstehen.«

Er stand auf, das Tablett noch immer in den Händen. Albern sah das aus, stellte Andrea fest. Und doch war sie irgendwie gerührt, denn er hatte Brot und Käse zusammengesucht und sogar drei kleine, kümmerliche Bartnelken, die im seitlich gelegenen Steingarten wuchsen, in ein Wasserglas gestellt.

»Was machen wir denn jetzt – ohne Wasser?«

»Du kannst dich auch am Bach waschen. Oder ich hole dir noch einen Eimer Wasser her. Einer steht im Bad.« Endlich stellte er das Tablett auf dem schmalen Nachttisch ab.

»Dreh dich um. Bitte.«

Grinsend gehorchte er.

Andrea schwang die Beine aus dem Bett und wickelte sich in das Laken. »Was machen wir jetzt – ohne Wasser?«

»Erst mal frühstücken. Dann telefoniere ich noch mal mit dem Krischner, das ist der Installateur, der auch alle anderen Leitungen hier verlegt hat. Das hab ich aus den Unterlagen ersehen, die im Schrank in der Diele liegen.«

»Und wenn der Handwerker heute nicht kommen kann?«

Julian zuckte mit den Schultern. »Dann fliehen wir von hier.« Er nahm das Tablett wieder auf. »Ich bring das mal wieder in die Küche. Du hältst ja offensichtlich nichts von meiner romantischen Vorstellung von einem Frühstück im Bett.«

»Du hast es erfasst.«

»Zu schade. Weißt du, was dir entgeht?«

Andrea biss sich auf die Lippen und wich seinem Blick aus. Er war so was von arrogant und selbstherrlich, dieser Typ! Sie könnte sich wer weiß wohin beißen, dass sie gestern, beim Gewitter, schwach geworden war.

»Einbildung, dein Name ist Julian Steinhäuser.«

»Kluges Hexlein.« Er schien völlig unbeeindruckt. Im Gegenteil, es schien ihm zu schmeicheln, dass sie ihn eingebildet nannte.

Mit einem Ruck schloss Andrea die Tür hinter ihm und zog die Vorhänge auf. Sonnenlicht flutete ins Zimmer. Die Berge glänzten in der Morgensonne, und von der Straße her drang der Lärm von Presslufthämmern und Motoren. Man war schon dabei, alle Schäden zu beseitigen.

Höchste Zeit, sich anzuziehen.

Im Bad fand sie einen Eimer mit Wasser, ausreichend, um Katzenwäsche zu machen und zur Toilette zu gehen.

Als sie in die Küche kam, war von Julian nichts zu sehen,

aber sie hörte ihn draußen auf dem Platz vor den Garagen mit einem Mann reden.

Schnell aß sie die Scheibe Brot mit würziger Butter und trank dazu den inzwischen lauwarmen Kaffee. Mehr brachte sie nicht runter. Die geschälte Orange und den Joghurt, den Julian aufs Tablett gestellt hatte, würde sie später essen.

Sie hatte gerade alles verstaut, als er hereinkam.

»Das wird heute nichts mit der Reparatur der Leitung. Es hat auch in der Nähe von einem großen Hotel Schäden gegeben, und diese Reparatur hat natürlich Priorität.«

»Und wir? Was machen wir?«

Julian, in Jeans und einem hellblauen Polohemd, zuckte mit den Schultern. »Das Wetter ist herrlich, ich schlage vor, wir machen einen Ausflug. Auf Handwerker müssen wir nicht warten.«

»Und wohin?«

»Warst du schon mal am Monteratschgletscher?«

»Nein.«

»Oder auf dem Muottas Muragl?«

»Ich bin zum ersten Mal im Engadin.«

»Dann sollten wir hoch zum Muragl fahren. Von dort hat man einen einzigartigen Ausblick über die Bergwelt des Oberengadin und die Engadiner Seenplatte.« Er machte einen Schritt auf sie zu. »Außerdem gibt es dort ein Hotel, wo wir einkehren können. Die haben sicher fließendes Wasser.«

Andrea verdrehte die Augen. »Ich finde, du solltest hierbleiben und dich drum kümmern, dass alles gerichtet wird. Vielleicht hat ja doch einer von den Leuten, die hier gearbeitet haben, Zeit. Das ist schließlich dein Job.«

»Meinen Job, wie du es auszudrücken beliebst, hab ich schon erledigt, glaub mir. Jetzt steh ich voll und ganz zu deiner Verfügung.«

»Was machen wir mit Ben?«

»Der kommt mit, ist doch klar.« Er ging zur Tür. »Nimm dir was Warmes mit. Dort oben ist es windig. Die Station liegt auf circa 2500 Metern.«

»Und was ist mit der Wanderung zum Gletscher, die du vorgeschlagen hast?«

»Das ist, glaub ich, nicht so angebracht heute. Zwar führt ein bequemer Weg dorthin, aber nach dem Unwetter in der Nacht ist der sicher nicht gut zu laufen. Und der Berninabach führt für die Jahreszeit viel zu viel Wasser.«

Andrea beschloss, nicht zu hinterfragen, woher er das alles wusste. Sie zog sich feste Schuhe an, warf sich eine leichte Strickjacke über die Schultern und packte noch eine Wetterjacke in den Rucksack.

Ähnlich war auch Julian ausgestattet. Sein Rucksack war allerdings größer und schwerer als der von Andrea, aber er tat, als sei er ein Leichtgewicht.

Ben hechelte aufgeregt, als es losging. Die Strecke bis zur Talstation der Standseilbahn fuhren sie mit dem Bus.

»Wir hätten doch auch laufen können«, meinte Andrea. »So weit war es doch gar nicht.«

»Warte ab, oben auf dem Berg kannst du noch stundenlang wandern. Und da ist es schöner als hier, wo man an der Straße entlanglaufen muss.«

Ben legte sich in der Kabine der Bergbahn, die schon mehr als einhundert Jahre alt war, flach auf den Boden und hechelte nervös. Die Fahrt war ihm ganz offenbar nicht geheuer. Als Erster wollte er hinaus, als sie ihr Ziel erreicht hatten, und Andrea musste ihn energisch an der Leine zurückhalten.

Die meisten der Mitfahrenden sicherten sich einen Platz auf der Terrasse des Hotels, doch Andrea, Julian und Ben gingen erst mal ein Stück den gut ausgeschilderten Philosophenweg hoch.

»Die Aussicht ist gigantisch.« Andrea blieb schon an der ersten der Tafeln mit Zitaten verschiedener Philosophen stehen, die entlang des Weges aufgestellt waren. Sie wies nach links. »Das da ist der Bernina, nicht wahr?«

»Ja.« Julian nickte. »Der ist gut zu erkennen, er ist der höchste Berg des Engadins. Aber auch der Piz Rosatsch da hinten ist leicht auszumachen. Und das da«, er trat hinter sie, küsste zart ihre Wange und wies ein bisschen mehr nach rechts, »das dort ist der Piz Tschierva.«

»Wunderbar.« Mehr sagte Andrea nicht. Aber es brauchte auch keine Worte. Die imposante Bergwelt war so beeindruckend und atemberaubend schön, dass alle Worte eigentlich zu gering waren.

»Komm, wir gehen weiter. In einer halben Stunde kommen wir zu meinem Lieblingsplatz.«

Ben war schon vorausgelaufen und kam ihnen hinter der nächsten Wegkehre entgegen.

»Er ist ganz in seinem Element«, lächelte Andrea.

»Noch besser würde es ihm sicher im Winter hier gefallen.« Julian griff nach Andreas Hand. »Wenn alles ringsum weiß ist, übt die Bergwelt einen noch größeren Zauber auf uns aus.«

»Du bist ja ein richtiger Romantiker!«

»Weißt du das immer noch nicht?« Er blieb stehen und griff nach ihrem Arm. Sacht zog er sie an sich. »Ich kann noch viel romantischer sein!«

Andrea machte sich mit einem Ruck los. »Das muss ich aber nicht austesten. Lass uns weitergehen. Ben ist schon wieder verschwunden.«

»Wie du willst.« Für eine kurze Zeit war die Stimmung

getrübt, und erst, als sie an einer weiteren Tafel stehen blieben und Andrea den Text laut vorlas, löste sich die Spannung wieder.

»*In der Natur fühlen wir uns wohl, weil sie kein Urteil über uns hat.* – Das ist von Nietzsche.«

»Ja. Friedrich Nietzsche hat ein paar Jahre drüben in Sils Maria gelebt. Man kann sein Wohnhaus besichtigen. Er hatte sich in die Berge zurückgezogen, um seine Nervenkrankheit auszukurieren. Und es ist ihm gelungen.«

»Was du alles weißt.« Andrea war ehrlich beeindruckt.

»Ich war als Kind häufiger hier.« Für einen Moment wurde sein Gesichtsausdruck hart. »Aber nach dem Tod meiner Mutter wollte mein Vater nicht mehr herkommen.« Er zuckte mit den Schultern. »Na ja, ein paarmal war ich noch allein zum Skilaufen in Moritz.«

»Und jetzt? Wieso hast du jetzt so lange Zeit hierzubleiben?« Sie legte den Kopf ein wenig schräg. »Musst du nicht arbeiten?«

»Doch, schon. Aber im Moment liegt nichts Konkretes an.« Er lachte. »Aber das wird schon wieder.«

Aha!, dachte Andrea. Hab ich es mir doch gleich gedacht. Er ist arbeitslos! Wie ich. Aber es scheint ihm nichts auszumachen – im Gegensatz zu mir. Ich bin froh, wenn ich bald wieder ein festes Einkommen hab.

»Lass uns weitergehen.« Julian streckte ihr die Hand entgegen und zog sie von der Bank hoch. »Oder willst du nicht mehr ganz nach oben?«

»Aber ja doch!« Sie ging ihm voran, hinter Ben her, der die Strecke sicher zweimal machte. Doch er genoss es sichtlich, unbehelligt laufen zu dürfen. Und die Gerüche, die fremden, waren für den Hund aufregender als der höchste Berg!

Oben, am Ende des Weges, stand noch einmal ein Schild.

»Das ist mein Lieblingsspruch«, sagte Julian. »Er ist von Immanuel Kant. *Tue das, wodurch du würdig bist, glücklich zu sein.* – Darüber muss man ein bisschen nachdenken, nicht wahr?«

Andrea nickte nur. Dieser neue, ein wenig nachdenkliche, ernste Julian gefiel ihr ausgesprochen gut.

Sie ließ es zu, dass er von hinten die Arme um sie legte, sein Gesicht an ihre Wange schmiegte. Still und sich ganz nah sahen sie hinüber zum kleinen Bergsee Lej Muragl, dessen Wasser zwischen Tintenblau und Dunkelgrün schimmerte, je nachdem, wie die Sonne stand.

Wind kam auf, und ein paar Wolken, die gefährlich rasch am Himmel entlangzogen, mahnten die Wanderer umzukehren.

Andrea zog fröstelnd die Schultern hoch.

»Zieh dir die Wetterjacke an«, sagte Julian. »Wenn wir Pech haben, fängt es an zu regnen, bevor wir zurück am Hotel sind.«

Doch der Wettergott meinte es gut mit ihnen, die Wolken zogen rasch weiter, und als sie zu Fuß zur Talstation hinunterwanderten, schien bereits wieder die Sonne.

»Danke, das war ein schöner Tag.« Andrea lächelte Julian an. »Fand ich auch.« Julian griff nach ihrer Hand, die Bens Leine hielt, und den letzten halben Kilometer zurück zum Chalet gingen sie schweigend und einträchtig Hand in Hand.

»Wir haben sicher immer noch kein Wasser«, stellte Andrea fest, als sie die Auffahrt hochgingen. »Es sieht nicht so aus, als sei ein Arbeiter da gewesen.«

»Hab ich dir doch gesagt – es gab für die Installateure und Straßenbauer Wichtigeres zu tun. Aber keine Sorge, ich hole uns frisches Wasser. Und zu trinken haben wir ja auch noch

Rotwein.« Er lachte leise. »Der schmeckt eh besser als Mineralwasser.«

Sein Handy klingelte, es war ein kurzer, melodischer Klingelton, und nach einem kurzen Blick aufs Display sagte Julian knapp: »Hey, was ist denn los? Wo steckst du?«

Andrea hörte eine laute, etwas zu hohe Frauenstimme antworten. Genau verstand sie nicht, was die Anruferin sagte, doch Julians Reaktion war aussagekräftig genug: Er drehte sich um und ging ein paar Schritte zur Seite, so dass Andrea nichts mehr verstehen konnte. Erst als er lauter als normal sagte: »Bleib um Himmels willen da, wo du bist, Marietta, ich komme ja bald heim, dann können wir reden«, zuckte sie zusammen.

Wer war die Anruferin? Wo sollte sie bleiben? Und – wo war er eigentlich daheim? Ihr wurde klar, dass sie so gut wie nichts über Julian wusste.

»Wer war das?« Sie musste das einfach fragen!

»Eine Bekannte. Nichts Wichtiges.« Seine düstere Miene sagte allerdings etwas anderes. Brüsk drehte er sich um und machte ein paar nervöse Schritte.

Andrea presste die Lippen aufeinander. Was sollte sie von diesem Benehmen halten? Sah das nicht alles nach schlechtem Gewissen aus?

Die heitere Stimmung, die eben noch zwischen ihnen geherrscht hatte, war vorüber.

Sie eilte Ben nach, der vor der Haustür stand und aufgeregt bellte.

»Was hast du denn, Ben?« Sie sah sich um, konnte aber nichts Ungewöhnliches entdecken.

»O, là, là, du hast einen Rosenkavalier!« Julians Stimme klang eisig. »Man muss kein Hellseher sein, um zu ahnen, wer sich da einschmeicheln will.«

Andrea beschloss, nicht auf diesen Ausbruch unbegründeter Eifersucht zu reagieren. Du hast es nötig, dachte sie. Wer weiß, welche eifersüchtige Freundin – oder gar Frau? – hinter ihm hertelefonierte.

Sie bückte sich, hob den Strauß zartroter Rosen auf, in dem ein weißes Kuvert steckte, und ging ins Haus.

In der Küche stellte sie die Blumen erst mal in ein großes Wasserglas, später würde sie die passende Vase suchen. Ihre Finger zitterten ein wenig, als sie den Umschlag öffnete.

Nur wenige Zeilen standen da, in großer, schwungvoller Handschrift:

Was hältst Du von einer Kutschfahrt ins Fextal? Ich hab meinen Termin in Luzern um zwei Tage verschoben und hole Dich morgen gegen zehn Uhr ab. Freue mich sehr auf das Wiedersehen – Norbert

Andrea lächelte versonnen vor sich hin, als sie ihr Handy heranzog und Norbert folgende Nachricht schrieb:

Freue mich auch – danke für die herrlichen Rosen – Andrea

»Wenn ich gewusst hätte, dass du auf einen solchen Schmus stehst, hätte ich dir auch Rosen geschenkt. Rote« Unbemerkt war Julian hinter sie getreten.

»Das ist eine sehr nette Geste, finde ich. Und – es geht dich gar nichts an, mit wem ich mich treffe.« Langsam drehte sie sich um. »Du hast doch wohl selbst ein paar Probleme zu lösen, oder?« Und als er nicht antwortete, fuhr sie fort: »Wo bist du eigentlich daheim? Wo soll die Anruferin auf dich warten?«

»Ach, das ist nicht wichtig. Wir sollten uns den Abend nicht verderben lassen.«

»Werde ich auch nicht.« Andrea biss sich heimlich auf die Zunge. »Ich werde früh schlafen gehen.«

»Aber wir wollten doch …«

Sie schüttelte den Kopf. »Wir hatten einen netten Tag, das ist alles.«

»So siehst du das also! Gut. Wie du willst. Dann viel Spaß mit diesem Lackaffen!«

Wütend stürmte er aus dem Haus und stolperte dabei über Ben, der vor der Tür lag.

Der Hund jaulte leise auf.

8

Dichte Nebelschleier lagen noch über den Bergen und auf den Almwiesen, als Andrea leise aufstand und das Haus verließ. Da es immer noch kein fließendes Wasser gab, wollte sie sich am Bergbach, der dicht am Grundstück vorüberfloss, frisch machen. Die beiden Wassereimer, die Julian gestern geholt hatte, waren fast leer.

Vom nahe gelegenen Kirchturm schlug die Uhr sechsmal. Ein paar Kühe, die auf den Weiden oberhalb der Ferienchalets weideten, antworteten mit leisem Muhen. Sonst war es still. Nicht einmal auf der Straße, die durch den Ort bis hoch zum Berninapass führte, herrschte schon Betrieb. Auch von Julian war nichts zu hören und zu sehen.

Ein Glück!

Ben hob nur träge den Kopf, als sie in der Diele an ihm vorbeiging. Es war noch zu früh für einen Morgenspaziergang, das sollten seine Menschen eigentlich wissen. Mit einem Seufzer legte er den dicken Kopf wieder auf die Pfoten.

Andrea sah sich um – sie war allein. In den umliegenden Chalets, von denen jetzt, im Sommer, die meisten unbewohnt waren, war alles still.

Rasch wusch sie sich, soweit das unter den gegebenen Bedingungen möglich war, dann zog sie sich das T-Shirt rasch wieder an. Zu gern hätte sie sich die Haare gewaschen, doch der Gebirgsbach führte eiskaltes Wasser, also kam das nicht infrage – Eitelkeit hin oder her.

»Es gibt also auch Nixen im Engadin. Das hab ich noch nicht gewusst.« Unbemerkt war Julian hinter sie getreten. Er trug Jeans und ein makellos weißes, kurzärmeliges Hemd. Sein Haar war noch feucht, aber er wirkte wie aus dem Ei gepellt.

»Du hättest was sagen sollen, dann hätte ich den Edward gefragt, ob du auch bei ihm duschen kannst.« Um seine Mundwinkel zuckte es verdächtig, er konnte sich das Grinsen nicht ganz verkneifen.

»Wer ist Edward?«

»Ein Freund von mir. Edward ist Engländer, lebt aber schon seit Jahren hier. Ihm gehört eines der Sportgeschäfte im Ort.«

»Und bei ihm warst du schon?«

»Ja.« Wieder dieses verhaltene Grinsen. »Aber wenn ich gewusst hätte, dass du dich für den Lackaffen aufstylen willst, hätte ich dir natürlich in Edwards Bad den Vortritt gelassen.«

»Kümmere du dich lieber um deine Freundin, nicht um mich.«

»Freundin?« Unter gerunzelten Brauen sah er sie an. »Wer sagt, dass ich eine Freundin erwarte?«

»Das Telefonat gestern …«

»Ach was. Das war unwichtig.« Seine gespielte Gleichgültigkeit kam absolut nicht an bei Andrea. Sie spürte genau, dass es sich bei der aufgeregten Anruferin um eine Frau handelte, die in seinem Leben eine Rolle spielte.

»Ist ja auch egal.« Sie ging schneller. »Ich muss gleich los. Wir sehen uns später.«

Sie hatte die Haustür noch nicht erreicht, als Julian sie

hart am Arm packte. »Was soll das alles?«, fragte er, und seine Stimme klang rau. »Spiel keine Spielchen mit mir, Andrea.«

»Ich?« Unter leicht hochgezogenen Brauen sah sie ihn an. »Ich spiele nicht. Ganz bestimmt nicht.« Ihr Herz klopfte bis zum Hals, und am liebsten hätte sie sich in diesem Moment in seine Arme geworfen. Aber da war immer noch die viel zu hohe Frauenstimme in ihren Ohren.

Und die Angst, noch einmal so verletzt zu werden wie von Markus, ließ sie sagen: »Ich spiele nie, Julian. Und ich lass auch nicht mehr mit mir spielen.« Sie drückte sich an ihm vorbei ins Haus. »Vergiss einfach, was zwischen uns war. Es hat keinerlei Bedeutung.«

»Keine Bedeutung?« Wieder umklammerte er ihren Arm so fest, dass es weh tat. »Das meinst du nicht im Ernst.«

Andrea atmete heftig. »Du tust mir weh.«

»'tschuldige.« Er ließ ihren Arm los, stand aber noch immer so dicht neben ihr, dass sie seinen heftigen Atem spüren konnte. »Sag, dass das nicht wahr ist! Sag es!«

Sie schwieg. Doch in ihrem Innern tobte ein heftiger Aufruhr. Sie mochte ihn so sehr! Er war eigentlich ein Traummann.

Ihr Traummann?

Nein! Nein! Nein!

Traummänner belogen einen nicht. Traummänner verheimlichten nichts. Traummänner küssten …

Sie spürte seine Lippen auf ihrem Mund, spürte seinen Herzschlag, seine Hände auf ihren Wangen.

»Und jetzt geh.« Abrupt ließ Julian sie los. »Geh zu deinem Rosenkavalier.«

Ehe sie etwas sagen konnte, war er an der Tür.

Mit einem leisen Knall fiel sie hinter ihm ins Schloss.

Andrea stand da wie erstarrt. Wie Feuer brannte sein Kuss auf ihren Lippen. Tränen stiegen ihr in die Augen, und der Wirrwarr in ihrer Gefühlswelt war so groß, dass sie sich schluchzend aufs Bett warf.

Zu gern würde sie Julian glauben, dass er wirklich viel für sie empfand. Aber sie war ein gebranntes Kind; Markus' Verhalten in New York hatte sie vorsichtig gemacht. Und misstrauisch. Misstrauisch gegenüber freundlichen Worten, Liebesschwüren oder Zärtlichkeiten. Und misstrauisch den eigenen Gefühlen gegenüber.

Dumpfes Summen ließ sie zusammenzucken.

Ben bellte kurz und auffordernd.

Mühsam stand Andrea auf. Das penetrante Geräusch hörte nicht auf, es kam aus Julians dünner Jacke, die er gestern getragen hatte.

Eigentlich wollte Andrea das Handy nur ausstellen, eventuell den Anrufer wegdrücken.

Aber dann sah sie das Bild auf dem Display – ein lachendes Frauengesicht. Zart. Wunderschön. Weiße Zähne im gebräunten Gesicht. Das lange weißblonde Haar perfekt geföhnt. Der Mund zu einem Kuss geformt.

So, als hätte sie sich daran verbrannt, ließ Andrea das Smartphone auf die Ablage neben der Tür fallen. Sie presste fest die Lippen zusammen, um nicht laut aufzuschluchzen. Es tat weh, festzustellen, dass Julian nicht anders war als Markus. Sie wollten nur ihren Spaß, ein Flirt war ein amüsanter Zeitvertreib, der mit echten Gefühlen nichts zu tun hatte.

Ein paar Minuten stand sie da wie erstarrt, dann straffte sie sich und machte sich für den Ausflug mit Norbert fertig.

Sollte Julian doch ruhig denken, dass sie sich für den smarten Architekten interessierte!

»Gleiches mit Gleichem vergelten, das ist das einzig Richtige«, murmelte sie vor sich hin, als sie sich im Bad die Augen schminkte und die Lippen nachzog.

Von Julian war nichts zu sehen und zu hören, als Norbert Zauner pünktlich um zehn Uhr vor dem Chalet vorfuhr. Er trug zur hellen Hose ein dunkelblaues Hemd, über den Schultern lag ein brombeerfarbener Pullover.

Andrea wartete nicht, bis er zur Haustür kam; sie ging ihm lächelnd zur Auffahrt entgegen. »Hallo, guten Morgen.«

»Guten Morgen! Ich freu mich, dass du mitkommst.« Er beugte sich vor und küsste sie auf die Wange.

Andrea roch sein Rasierwasser, das für ihren Geschmack ein kleines bisschen zu süßlich war. Für den Bruchteil einer Sekunde hatte sie Julians Duft in der Nase, doch mit einer kleinen, unwilligen Kopfbewegung vertrieb sie den Gedanken an ihn.

Hier vor ihr stand Norbert, ein gut aussehender, liebenswerter und kluger Mann, der ihr auf sehr angenehme Weise zu verstehen gab, dass er an ihr interessiert war. Er hielt ihr die Wagentür auf und half ihr beim Anschnallen.

»Danke.« Sie lehnte sich in den Polstern zurück und streckte die Beine aus. »Wohin geht es eigentlich? Das Fextal kenne ich nicht.«

»Darauf hab ich spekuliert.« Er startete den Wagen und sah sie dabei kurz an. »Das Fextal ist eine Landschaft, die seit mehr als fünfzig Jahren unter strengem Naturschutz steht. Autos dürfen dort nicht fahren, deshalb gibt's etliche Kutschen. Im Winter kann man eine wunderschöne Schlittenfahrt dorthin machen.« Er griff nach ihrer Hand und drückte sie. »Es wäre schön, wenn wir das auch zusammen machen könnten.« Ehe Andrea antworten konnte, fuhr er fort: »Wir fahren jetzt erst mal nach Sils Maria, dort muss ich den Wagen abstellen. Was hältst du davon, wenn wir erst mal im Waldhaus einkehren?«

Andrea zögerte. »Das muss doch nicht sein. Lass uns gleich mit der Kutsche losfahren. Ich bin gespannt auf die Landschaft.«

»Ganz wie du willst.« Er beschleunigte, als sie die Ausfallstraße erreicht hatten, und schon eine Viertelstunde später erreichten sie das verträumt wirkende Sils Maria. »Das da ist das Haus, in dem Nietzsche lange gelebt hat.« Norbert Zauner wies auf ein Engadiner Haus, das etwas zurückgesetzt von der Straße lag. »Heute ist es ein Museum und eine Begegnungsstätte für Künstler.«

»Ich weiß inzwischen schon, dass es etliche Philosophen gab, die sich hier in der Gegend längere Zeit aufgehalten haben.«

»Stimmt. Aber auch viele Künstler waren hier – und sind es immer noch.« Er lächelte. »Ich hab für einige von ihnen Häuser gebaut oder umgestaltet. Leider darf ich dir nicht sagen, wer alles hier sein Feriendomizil hat. Die meisten Promis wollen anonym bleiben.«

»Ist auch nicht wichtig.« Andrea sah hinüber zu den drei Pferdekutschen, die nebeneinander auf dem kleinen Dorfplatz standen und auf Gäste warteten. Die Tiere waren groß und kräftig, und auf den Sitzplätzen für die Gäste lagen Decken und Schaffelle.

»Grüezi, Norbert!« Einer der Kutscher, ein großer Mann in schwarzer Lederjacke und einem breitkrempigen Lederhut auf dem langen grauen Haar, winkte Norbert zu. »Wenn du magst, können wir gleich losfahren. Kannst dort in der Einfahrt parken.«

»Perfekt.« Norbert Zauner lenkte den Wagen zum angewiesenen Stellplatz. »Da brauch ich wenigstens nicht lange zu suchen. Parkplätze sind hier rar.«

Hand in Hand ging er mit Andrea zur Kutsche. »Joschi, das ist die Andrea, sie war noch nie hier oben.«

»Dann werden Sie heute mit das schönste Tal kennenlernen, das es weit und breit gibt«, versicherte ihr Joschi und half seinen Gästen in die Kutsche. Fürsorglich breitete er eine Decke über Andreas Beine. Als sie abwehren wollte, meinte er nur: »Warten Sie's ab, auf der Fahrt wird's kühl. Meine beiden Jungs da vorn legen einen flotten Trab hin, wenn wir erst mal die Steigung zum Waldhotel hinauf hinter uns haben.«

So war es in der Tat. Nachdem die Steigung bewältigt war, ging es zügig weiter hinein ins Tal, wo sich schon nach wenigen hundert Metern eine erste Ansiedlung zeigte.

»Das ist Platta«, erklärte Joschi. »Hier gibt's nicht viel zu sehen. Nur der Blick von hier hinüber zum Silsersee ist herrlich.« Er zügelte das Gespann ein wenig, und seine Fahrgäste konnten den wirklich schönen Blick auf den in der Sonne tiefblau schimmernden See genießen.

»Wir machen in Crasta einen kurzen Halt«, fuhr der Kutscher fort. »Wenn die Andrea noch nie hier war, muss sie sich die Fresken in der Kirche anschauen.« Er wandte den Kopf und sah sie an. »Du magst dir das doch ansehen?«, vergewisserte er sich und duzte sie dabei ganz selbstverständlich. »Sie sind aus dem Jahr 1511 und von einem unbekannten Künstler gemalt.«

»Er soll Italiener gewesen sein«, fügte Norbert hinzu. »Man muss diese Kunstwerke wirklich mal gesehen haben.«

Als sie die kleine, weiß getünchte Kirche betraten, war Andrea beeindruckt von den kunstvollen Fresken an den Wänden, denen die Jahrhunderte nur wenig ausgemacht hatten. »Hier darf nicht geheizt werden zum Schutz der Malereien«, erklärte Norbert. »Jetzt, im Sommer, ist das nicht schlimm, aber im Winter ist es hier drin eisig.«

»Das glaube ich gern.« Andrea sah sich um; auch die Kuppel war in beeindruckender Weise mit Heiligenfiguren ausgemalt.

Dennoch war sie froh, als sie wieder draußen im warmen Sonnenschein stand. Kurz streichelte sie den Kutschpferden über die Kruppe, dann kletterten sie wieder auf den Wagen. Die Fahrt ging weiter, an Wiesen und einem kleinen Bach entlang.

»Das ist die Fedacla«, erklärte Norbert. »Der Bach, der jetzt so harmlos wirkt, hat Sils in früheren Zeiten oft mit großen Wassermassen verwüstet.«

»Das kann man sich gar nicht vorstellen.« Andrea sah hinüber zu den Bergen, den Fexgletscher konnte sie allerdings kaum ausmachen. Nur eine weiße, kleine Fläche oberhalb eines Berges war zu erkennen.

»Der Gletscher zieht sich immer mehr zurück«, erklärte Norbert Zauner. »Vor gut hundert Jahren reichte er bis fast ins Tal hinab. Jetzt ist das Eis im Sommer kaum noch sichtbar. Und so geht es leider vielen Alpengletschern. Das ist der Klimawandel, der macht sich hier in den Bergen besonders deutlich bemerkbar.«

Joschi zügelte die Pferde, die sofort in Schritttempo verfielen. »Wir sind gleich da!«, verkündete er.

Das Hotel, von dessen Terrasse man einen herrlichen Ausblick auf die Berge hatte, die den Fexgletscher umgaben, war gut besucht. Etliche Wanderer logierten hier für zwei, drei Tage. Die meisten Besucher kamen allerdings nur für ein paar Stunden in das ruhige Tal. Sie genossen, wie Andrea und

Norbert, die ausgezeichnete Küche des Hotels und bewunderten das imposante Bergpanorama.

»Tut mir leid, dass ich euch stören muss.« Joschi machte ein bedrücktes Gesicht. »Mit dem Gespann ist was nicht in Ordnung. Ich glaub nicht, dass wir zurückfahren können.«

»Und jetzt?« Andrea knetete nervös ihre Finger.

»Bleibt ihr einfach eine Nacht hier.« Joschi grinste anzüglich. »Romantischer geht's doch gar nimmer.«

Andrea presste die Lippen aufeinander. Sie sah Norbert an, der genauso geschockt wirkte wie sie.

»Kommt ja nicht infrage«, erklärte er. »Dann muss uns eben eine andere Kutsche abholen.«

»Die sind schon reserviert. Alle Plätze sind besetzt.« Joschi zuckte mit den breiten Schultern. »Das hab ich schon gecheckt.«

Andrea schüttelte den Kopf. »Ich bleibe auf keinen Fall über Nacht hier. Dann geh ich eben zu Fuß zurück.« Sie stand auf. »Entschuldige, Norbert, ich bin gleich zurück.« Die Aufregung war ihr auf die Blase geschlagen; sie suchte die Toilette auf und lehnte sich für einen Moment gegen die kühlen Kacheln, bevor sie sich die Hände wusch und sich Wasser ins erhitzte Gesicht spritzte.

Draußen vor dem Fenster klangen Stimmen auf. »Ich hab gedacht, ich tu dir einen Gefallen.« Das war Joschi! »Sonst willst du doch auch immer mit deinen Häschen hier übernachten.«

»Idiot! Du hättest mich fragen sollen!« Norberts Stimme klang ärgerlich. »Andrea ist nicht so eine. Sie ist anders. Was ganz Besonderes.«

»Und jetzt?«

»Jetzt reparierst du den Schaden.« Norbert lachte. »Eine

Stunde hast du Zeit. Geh in die Küche und iss was. Ich bestell uns derweil noch eine Karaffe Wein.«

Andrea wusste nicht, ob sie sich über sein Verhalten ärgern oder doch erleichtert sein sollte, dass er sie nicht mit den anderen Ferienflirts, von denen er offensichtlich viele hatte, in einen Topf warf.

Sie beschloss, erst einmal abzuwarten, wie er sich weiter verhielt. Als sie auf die Terrasse zurückging, bemerkte sie, dass sich hinter einem der Berge die ersten Wolken zusammenballten. Noch wirkten sie wie kleine weiße Wattebäusche, doch Andrea wusste inzwischen, wie rasch sich das Wetter in den Alpen ändern konnte.

Norbert saß wieder auf seinem Platz und erhob sich halb, als sie an den Tisch kam. »Der Joschi versucht den Schaden zu reparieren«, meinte er nur. »Brauchst dir keine Gedanken zu machen, du kommst schon noch vor Anbruch der Nacht nach Hause zurück.«

»Davon geh ich aus.« Andreas Miene blieb undurchsichtig, und aus den Augenwinkeln heraus bemerkte sie, dass Norbert leicht die Stirn runzelte. »Denk nicht, dass ich hier mit dir übernachten würde«, fuhr sie fort. »Ich hätte schon Mittel und Wege gefunden heimzukommen.«

Norbert antwortete nicht, doch er griff nach ihrer Hand und drückte sie leicht. »Sei nicht sauer«, bat er, »sicher können wir bald zurückfahren. Aber wir sollten uns deshalb den Tag nicht verderben lassen. Schau nur«, er wies hinüber zum Gletscher, »sieht das nicht toll aus, wenn sich die Sonnenstrahlen auf dem Eis brechen?«

Andrea nickte. »Stimmt. Aber siehst du auch die Wolken da über dem Berg?«

Norbert sah zum dreizackigen Piz Tremoggia hinüber. »Ach, das hat sicher nichts zu bedeuten.«

Das jedoch war ein Irrtum, denn die weißen, kleinen Wolken verwandelten sich rasch in eine bedrohlich dunkle Wolkenwand, die sich immer weiter ins Tal hineinschob.

»Ich wär dann fertig. Wir können in fünf Minuten zurückfahren.« Auch Joschi hatte keine Lust, in ein Unwetter zu geraten, daher hatte er seine »Reparatur« rascher als geplant beendet. Er schob den breitkrempigen Hut in den Nacken und rieb sich den grauen Bart. »Tut mir leid, dass das Malheur passiert ist.«

»Schon gut.« Norbert winkte lässig ab.

Andrea hatte eine Erwiderung auf der Zunge, doch sie sagte nichts, allerdings war die gelöste Stimmung, die auf der Hinfahrt zwischen ihr und Norbert geherrscht hatte, getrübt.

Als er während der Fahrt den Arm um sie legen wollte, weil ein kalter Wind aufkam, rutschte sie wie absichtslos ein Stück von ihm ab und zog sich stattdessen die Decke, die über ihren Knien lag, etwas höher.

»Willst du noch das Schaffell haben?«, fragte Norbert und griff schon hinter sich.

»Danke, es geht so. Die Decke wärmt ganz gut.« Sie wandte das Gesicht ab und sah hinüber zu drei windschiefen Ställen, neben denen sich ein paar Ziegen versammelt hatten. Die Tiere schienen das drohende Unwetter zu spüren und suchten unter den tief herabgezogenen Dächern Schutz.

Das Gespann fuhr hinter einer weiteren Kutsche her. Die beiden Männer auf dem Bock trieben die Pferde zum Galopp an, als der Weg breiter und ebener wurde, und so erreichten sie Sils Maria, noch ehe das Unwetter losbrach.

»Hättest du noch Lust auf einen Drink an der Bar vom Waldhotel?«, fragte Norbert.

»Lieber nicht.« Andrea schüttelte den Kopf. »Ich möchte jetzt gern nach Hause.«

Norbert Zauner war zu klug, um sie länger zu bedrängen. Er war wütend auf sich selbst. Zu blöd war aber auch die Idee vom Joschi gewesen, einen Schaden an der Kutsche vorzutäuschen! Es gab schließlich noch einige andere Möglichkeiten, nach Sils zurückzukommen! Joschi hätte sich vorher mit ihm absprechen sollen!

Andrea war nun wirklich nicht der Typ Frau, der sich so leicht einwickeln ließ! Sie war etwas ganz Besonderes – und gerade deshalb von großem Reiz für ihn. Der gut aussehende Architekt konnte sich über mangelnde Erfolge bei den Frauen wahrlich nicht beklagen. Immer wieder hatte er Affären, und er genoss jede in vollen Zügen.

So, wie er auch auf vielen anderen Gebieten das Leben genoss. Leider geriet er dadurch immer wieder in finanzielle Engpässe, und er hatte seine Mutter schon mehr als einmal um Hilfe bitten müssen. Zuletzt hatte sie ihm eine große Summe geben müssen, das hatte leider sein Bruder erfahren und ihm eine Riesenszene gemacht. Seither kam Norbert nur noch auf kurze Stippvisiten heim. Geflissentlich vermied er es, über Nacht zu bleiben und seinem Bruder, diesem Spießer, die Möglichkeit zu geben, ihm eine längere Strafpredigt zu halten.

Seit Norbert Andrea kannte, hatte er das Interesse an anderen Frauen verloren. Sie war außergewöhnlich. Nicht nur besonders hübsch, sondern auch liebenswert und von einer erfrischenden Natürlichkeit. Allerdings war sie auch sehr empfindsam und auf gewisse Art auch misstrauisch. Ihm war klar, dass sie wohl einmal sehr verletzt worden war.

Und ich Idiot hab immer noch nicht geschnallt, dass sie nicht so leicht ins Bett zu kriegen ist, schalt er sich und presste einen Moment lang die Lippen so fest aufeinander, dass die Wangenmuskeln zu schmerzen begannen.

»Norbert?« Andrea griff nach seinem Arm. »Hast du mich verstanden? Ich möchte gern zurück nach Pontresina.«

»Ja, ja, natürlich.« Er riss sich zusammen. »Das Waldhotel zeig ich dir dann ein anderes Mal.«

»Gern.«

Sie hatten Sils Maria gerade verlassen, als die ersten Regentropfen niederfielen.

»Das hat ja so grade noch gepasst.«

»Zum Glück. Wir haben wahrscheinlich im Chalet immer noch kein fließendes Wasser, und ich würde mich ungern auch noch im strömenden Regen am Bach waschen müssen.«

»Was ist denn passiert?«

»Es hat wohl einen Steinschlag gegeben oder so was Ähnliches. Dabei ist eine Leitung zerstört worden.«

Er zögerte. »Du kannst gern bei mir ...« Er brach mitten im Satz ab. »Vergiss es.« Er wandte ihr kurz das Gesicht zu. »Ich möchte nicht, dass du mich falsch einschätzt.«

»Tu ich schon nicht.« Andrea sah zum Silvaplanersee hinüber, der gerade vor ihnen auftauchte.

Norbert Zauner fragte sich verunsichert, ob diese Worte ernst oder ironisch gemeint waren.

* * *

Julian Steinhäusers Stimmung befand sich auf dem absoluten Tiefpunkt, als er dem schwarzen Cabrio nachsah. Daran änderte auch die Tatsache nichts, dass die Handwerker am frühen Nachmittag kommen und die Wasserleitung reparieren würden, so dass es im Chalet bald wieder fließendes Wasser gäbe.

Nervös tigerte Julian durch die Wohnung. »Du bist ein Idiot«, schalt er sich. »Glaubst du denn, sie kommt nach einer Stunde zurück?« Ein letztes Mal sah er zur Straße.

Schließlich rief er den Gartenarchitekten an und verabredete sich mit ihm. Durch das Unwetter waren auch an den frisch angelegten Beeten Schäden entstanden, die möglichst rasch beseitigt werden sollten.

»Tut mir leid, Herr Steinhäuser, aber heute klappt's bei mir nicht mehr«, erklärte Urs Reintauer. »Aber meine Tochter könnte bei Ihnen vorbeischauen und sich alles ansehen, was noch gemacht und gerichtet werden muss.«

»Einverstanden.«

Julian sah auf seine Armbanduhr. Schon bald halb fünf. Die Schatten wurden bereits länger, und die Sonne, die ihren Zenit überschritten hatte, versank um diese Jahreszeit schon früh hinter den Bergen. Er bemerkte ein paar kleine Wolken, die bedrohlich rasch über den blauen Himmel zogen.

Schon seit seiner Kindheit kam Julian regelmäßig ins Engadin, er wusste, wie schnell das Wetter umschlagen konnte.

Wo blieb Andrea nur?

Bei dem Gedanken, dass sie auch den Abend – und vielleicht sogar die Nacht mit Norbert Zauner verbringen könnte, stieg ihm das Blut in den Kopf. Nervös ballten sich seine Hände immer wieder zu Fäusten, während er den Weg hinunter zur Straße ging und nach der Gartengestalterin Ausschau hielt.

Ein kleiner roter Mini schoss auf der Hauptstraße vorüber, bremste ab und setzte gleich darauf in halsbrecherischem Tempo zurück.

»Da war ich wohl mal wieder zu schnell.« Eine zierliche junge Frau mit roter, kurzer Lockenfrisur sah aus dem Wagenfenster und winkte ihm zu. »Hallo, ich bin Lori Reintauer. Mein Vater schickt mich. Was gibt's denn für Probleme?«

Sie wartete allerdings keine Antwort ab, sondern legte den Gang wieder ein und lenkte den Mini die Auffahrt hoch. Dicht vor den Garagen blieb sie stehen.

Julian hielt für einen kurzen Moment den Atem an, als sich die Wagentür öffnete. Endlos lange Beine in weißen Riemchenstilettos. Ein dunkelblauer Chiffonrock, der sich um die gebräunten Beine bauschte.

»Hallo! Nun schauen Sie nicht so, als hätten Sie eine Außerirdische gesehen.« Lori Reintauer zog sich den weißen Schal vom Hals, lachte und zeigte blendend weiße Zähne. In ihrer linken Wange entstand ein kleines Grübchen, auf das Julian fasziniert starrte.

»Ich weiß, im Moment seh ich nicht so aus, als könnte ich einen Baum einpflanzen oder verstünde was vom Setzen einer Stützmauer.« Lori zwinkerte ihm zu. »Aber keine Sorge, ich hab meine Meisterprüfung als Beste des Kantons gemacht.«

»Hab ich an Ihrer Kompetenz gezweifelt?«

»Nein, nein, aber mein Outfit hat Sie irritiert, nicht wahr?« Sie bückte sich ins Wageninnere und holte halbhohe Gummistiefel heraus. »Wo geht's hin?«

Julian wies auf den Hang hinterm Haus. »Da ist einiges weggeschwemmt worden. Aber ich wollte mit Ihrem Vater auch noch besprechen, wie wir die Auffahrt ansprechender gestalten können und was wir mit dem kleinen Hang hier rechts machen sollen. Er hatte gesagt, er würde mir ein paar Entwürfe zufaxen, aber ...«

»… aber er hat mal wieder zu viel versprochen.« Lori fuhr sich mit den Fingern der linken Hand durch die roten Locken. »Typisch für ihn.« Ungeniert setzte sie sich auf die ersten beiden Treppenstufen, zog sich die hochhackigen Schuhe aus und steckte die nackten Füße in die Gummistiefel. »So geht's leider seit Monaten.« Auf einmal wurde sie ernst, die graugrünen Augen verdunkelten sich. »Seit meine Mutter tot ist, kommt er nicht mehr so richtig in die Spur.«

»Das tut mir leid.«

»Schon gut. Sie hat lange leiden müssen, ich finde, sie hat jetzt ihre Ruhe verdient.« Sie sprang auf und zog das weiße Seidentop mit den kleinen blauen Punkten gerade. »Ich helfe deshalb immer mehr aus, obwohl ich …« Sie brach ab.

»Obwohl Sie – was?« Julian musste zugeben, dass ihn das quirlige Persönchen faszinierte.

»Obwohl ich in vier Wochen heiraten werde und es dafür noch unendlich viel zu organisieren gibt.« Sie lachte schon wieder. »Als Paps anrief und mich bat, bei Ihnen vorbeizuschauen, war ich gerade auf dem Weg rüber nach Samedan. Mein Verlobter kommt mit seinem Flieger von Nizza rüber.«

»Er fliegt selber? Alle Achtung!«

Lori zuckte mit den Schultern. »Muss er. Er hat einen Blumenhandel an der Riviera. Genauer gesagt in Bordighera. Und da ist es oft ganz praktisch, wenn er seine Nelken und andere Blumen persönlich bei den Stammkunden abliefern kann.«

»Aha. Na, davon versteh ich nichts. Deshalb hab ich Sie ja auch engagiert.« Julian fragte sich, warum ein Blumenhändler persönlich durch die Gegend flog, wollte dies aber nicht laut äußern. Und Lori hielt es nicht für nötig, einem Fremden zu erklären, dass ihr Verlobter einer der größten Nelkenproduzenten weltweit war.

Sie inspizierte den Garten, notierte die Schäden und besprach mit Julian alles, was noch geändert werden sollte. Dabei stellte sich sehr schnell heraus, dass sie sehr kompetent war. Und obendrein noch viel kreativer als ihr Vater.

»Das klingt perfekt«, meinte Julian abschließend, nachdem sie ihm ihre Vorschläge erläutert und ein paar Skizzen angefertigt hatte. »So machen wir's.« Er half ihr den Abhang hinunter.

»Danke, es geht schon.«

»Rutschen Sie nicht noch im letzten Moment aus. Es wäre schade um Ihren Rock.« Er grinste. »Außerdem haben Sie doch heute noch was vor!«

»Stimmt. Deshalb muss ich jetzt auch schnell weiter.« Sie sah auf die Uhr und hockte sich im nächsten Moment wieder auf die Stufen, um sich die lehmigen Stiefel auszuziehen.

»Lassen Sie mich das machen.« Schon bückte sich Julian und zog an den Gummistiefeln.

»Puh, ich hätte mir Söckchen anziehen sollen.« Lori rieb sich den schmerzenden Fuß.

»Ich war zu grob, tut mir leid.« Julian bemühte sich, beim zweiten Stiefel behutsamer zu ziehen. Und noch ehe Lori ihren Fuß umfassen konnte, hatte er schon zugegriffen und wischte mit seinem hellen T-Shirt darüber.

»Wow! Das ist ein Service!« Lori lachte unbekümmert und schlüpfte in die Sandaletten.

Weder sie noch Julian bemerkten Andrea, die unten an der Straße aus Norberts Wagen ausgestiegen war und jetzt den Weg zum Haus hinaufkam. Für einen Moment drehte sie sich noch einmal zu Norbert um und winkte ihm einen Gruß zu, dann schaute sie mit zusammengekniffenen Augen hoch zu dem roten Mini.

Wem gehörte denn dieses Gefährt? Sie beschleunigte ihren Schritt – und hielt im nächsten Moment die Luft an. Da hockte Julian vor einer jungen Frau mit roten Locken und streichelte ihre Füße! Wie pervers! Wie intim!

Und die Rothaarige – sie lachte unbekümmert und reichte ihm jetzt die Hand, damit er sie hochziehen konnte.

Und Julian, dieser Mistkerl, dieser Möchtegernplayboy, zog sie so dicht an sich, dass sich ihre Körper berührten. Zu allem Überfluss hob er auch noch die Hand des Mädchens an die Lippen und küsste sie!

»Guten Abend.« Andrea bemühte sich, ihre Stimme völlig emotionslos klingen zu lassen.

»Hallo! Schönen Abend wünsche ich!« Lori, ahnungslos, winkte kurz und stieg dann in den Mini. »Ich melde mich, so rasch es geht! Allegra!«, wünschte sie im Engadiner Dialekt. Und schon drehte sie den Zündschlüssel.

»Bis bald! Es war schön mit dir«, rief ihr Julian nach.

»Das hättest du ihr sagen sollen, als sie noch dicht vor dir stand. Jetzt hört sie dich nicht mehr.« Andrea sah dem Mini nach, der rasant die erste Kurve nahm.

»Ich hoffe, du hattest auch einen schönen Tag.« Julian grinste leise vor sich hin. Seine Worte, die Lori gar nicht mehr hatte hören können, hatten ihren Zweck offensichtlich erfüllt! Andreas Eifersucht war angefacht!

»Ganz wunderbar war's!«

»Freut mich für dich.« Er klopfte sich ein bisschen Schmutz von den Händen. »Bist früh zurück.«

»Es hat geregnet. Und ich hatte keine Lust, klatschnass hier anzukommen und dann nicht mal duschen zu können.«

»Kannst du wieder. Es ist alles repariert.«

»Prima!« Sie ging zum Haus hoch. »Hat es hier gar nicht geregnet? Eben, in Sils, hat's auf einmal richtig geschüttet.

Wir sind gerade noch rechtzeitig mit der Kutsche zurückgekommen.«

»Ach ja, ich vergaß!« Er schlug sich an die Stirn. »Ihr hattet ja eine romantische Kutschfahrt ins Fextal! Das ist ein Klassiker!« Er folgte ihr mit langen Schritten. »Und es gab keinen Achsenbruch? Kein Pferd lahmte plötzlich?«

»Wie kommst du denn auf so was?« Misstrauisch sah sie ihn an.

Julian zuckte nur mit den Schultern und antwortete nicht.

»Nun sag schon!« An der Tür drehte sie sich um. Ganz dicht stand sie vor ihm. Er roch ihr Haar, das immer ein wenig nach Limetten zu duften schien. Er glaubte, ihren Herzschlag zu hören, sah das Pulsieren der kleinen Ader an ihrem Hals, das leichte Beben ihrer Nasenflügel und die Lippen, die sich öffneten.

Mit einem Ruck zog er sie an sich. »Verdammt, mach das nicht noch mal«, zischte er. »Ich lass nicht mit mir spielen!«

»Wer spielt denn hier?« Sie riss sich von ihm los. »Ich nun wirklich nicht. Aber selbst wenn: Dich geht das gar nichts an. Nur weil ich mal für ein paar Stunden schwach geworden bin, hast du keinerlei Rechte. Vergiss einfach, was war. Ich hab's schon lange getan.«

Damit verschwand sie in ihrem Zimmer.

Julian hörte, wie der Schlüssel im Schloss umgedreht wurde.

9

Strahlender Sonnenschein. Blauer, wolkenloser Himmel. Berge, deren spitze Zacken, zum Teil vom ewigen Schnee bedeckt, in der Morgensonne glitzerten. Stille ringsum, nur von einem leisen, dunklen Schnarchen unterbrochen.

Blinzelnd schob Andrea die Bettdecke zur Seite, was Ben, der zu ihren Füßen schlief, mit einem unwilligen Knurren quittierte. Er träumte gerade von einem saftigen Kalbsknochen und wollte bei dieser Vorstellung nicht mal von dem nettesten Menschen gestört werden.

»Du, wir haben verschlafen. Es ist schon nach acht Uhr!« Andrea ging zum Fenster und sah hinaus. Am Abend hatte sie vergessen, die Vorhänge zu schließen, so dass sie das Morgenlicht geweckt hatte.

Ben reagierte nicht. Träume von großen Knochen waren wesentlich interessanter als der schönste Sommermorgen.

Eine Weile sah Andrea hinüber zu den Bergen, die so majestätisch und unnahbar das Tal einrahmten. Dabei lauschte sie ins Haus, doch nichts war zu hören.

Wo war Julian?

Sie ging ins Bad, dann in die Küche – nichts deutete darauf hin, dass er schon hier gewesen war.

Sie frühstückte allein, das Brot schmeckte merkwürdigerweise ebenso wenig wie der Kaffee, von dem sie viel zu viel aufgebrüht hatte.

Nach einer knappen halben Stunde hielt sie es nicht mehr aus und ging hinüber zu den Zimmern über den Garagen. An der schmalen, hellen Holztür klebte ein Zettel:

Bin heute unterwegs – Julian

Er hatte sich nicht mal die Mühe gemacht, ins Haus zu kommen und ihr Bescheid zu geben! Tränen drängten sich ihr in die Augen, und sie wischte sie wütend fort. Das fehlte noch, dass sie wegen dieses Kerls heulte!

»Nie wieder«, murmelte sie vor sich hin. »Nie, niemals wieder lass ich mich so schlecht behandeln.«

Mit einem Ruck zog sie den Zettel von der Tür und ging zurück ins Haus. Der helle Sonnentag war auf einmal von dunklen Schatten überlagert.

Erst als Ben schwanzwedelnd auf sie zukam und sein Futter verlangte, riss sie sich zusammen. Sie machte dem Hund seinen Napf zurecht, goss ihm frisches Wasser ein, dann schaute sie nach draußen, ob sich schon einer der Handwerker eingefunden hatte.

Doch niemand war zu sehen.

»Wir machen uns auch vom Acker, Ben«, sagte sie und zog sich feste Wanderschuhe an. »Vielleicht kommt heute ja niemand, da müssen wir auch nicht die Stellung halten.«

In einem kleinen Schrank in der Diele hatte sie einen Feldstecher entdeckt, den hängte sie sich um den Hals, dann schlang sie sich die grüne Wetterjacke um die Hüften, griff nach der Leine und folgte dem aufgeregt bellenden Hund nach draußen.

Ben kannte die kurze Strecke, die er angeleint gehen musste, inzwischen schon genau und wedelte begeistert mit dem Schwanz, als sie den Berninabach erreicht hatten und er frei laufen konnte.

Noch immer führte der Bergbach viel Wasser, doch sein Bett war auf dem Weg hinüber nach Celerina breit genug.

Andrea atmete den würzigen Duft der Arven- und Lärchenbäume ein, die ihre Kronen hoch in die Luft reckten. Das helle Grün der Lärchen bildete einen schönen Kontrast zu den dunkleren dicken Nadeln der Arven, deren weiches Holz von den Schnitzkünstlern der Region besonders geschätzt wurde. Viele der alten Häuser besaßen breite geschnitzte Balkone, und auch die neuen Chalets, die am Ortsende entstanden, wurden zum Teil mit dem hellen Holz verkleidet.

Etwa vier Kilometer gingen sie am Bach entlang, dann musste Andrea den Hund wieder anleinen, weil sie sich dem Campingplatz näherten, der sowohl im Sommer als auch im Winter gut besucht war. Aus einem der Campingwagen kam ein Mann, zwei Dackel folgten ihm. Mit lautem Gebell kamen die Hunde auf Andrea und Ben zu gerannt.

»Susi! Bazi! Hierher!« Der ältere Mann versuchte den Ausreißern zu folgen, doch vergebens. Laut kläffend sprangen die Dackel um Ben herum.

Der allerdings drehte nur einmal kurz den Kopf, stieß ein drohendes Knurren aus und ging dann, dicht neben Andrea, als müsse er sie beschützen, weiter. Die beiden Kläffer ignorierte er so lange, bis sie die Lust an der Provokation verloren und ihrem Herrchen endlich folgten.

»Braver Ben«, lobte Andrea und griff in die Jackentasche, um einen der Hundekekse herauszuziehen.

Vom Campingplatz aus war es nicht mehr weit bis nach Celerina. Weithin sichtbar war der Kirchturm von San Gian, ein Wahrzeichen der ganzen Region.

Etliche Besucher stiegen die Stufen zu dem Gotteshaus hinauf, das auf einem kleinen Hügel erbaut worden war.

Andrea bedauerte, dass sie nicht in die Kirche gehen und sich das Innere ansehen konnte, doch mit dem Hund war das unmöglich.

»Soll ich dir den Hund festhalten?« Ein alter Mann, eine Pfeife im Mundwinkel, streckte schon die Hand nach der Leine aus. Er kam gerade vom Friedhof, der sich um das alte Gotteshaus erstreckte. »Ihr wollt doch alle die Fresken im Innern bewundern.«

»Danke, sehr freundlich, aber …« Sie hatte den Satz noch nicht beendet, als Ben laut zu bellen begann und an der Leine zerrte. Dabei sah er nach oben zum halb zerfallenen Kirchturm.

»Was hast du denn auf einmal?« Andrea vermochte den Hund kaum zu beruhigen.

Der alte Mann lächelte und zeigte dabei ein paar Zahnlücken. »Der Hund hat sicher den Turmfalken erspäht«, meinte er. »Der nistet seit Jahren da oben in dem alten Gemäuer.«

Andrea hob das Fernglas an die Augen – und wirklich, im letzten Moment erspähte sie den Falken, der eine Maus im Schnabel hielt und gerade seine Beute in einer breiten Felsspalte in Sicherheit bringen wollte.

Erst als der Raubvogel nicht mehr zu sehen war, beruhigte sich Ben wieder und setzte sich dicht neben sie, während der alte Mann Andrea etwas über die Kirche und ihre Geschichte erzählte. So erfuhr sie unter anderem, dass der markante Kirchturm einst durch einen Blitzeinschlag schwer beschädigt worden war.

»Erst hatte die Gemeinde kein Geld, um ihn wieder aufzubauen, später dann war aus unserer Kirche so was Ähnliches wie ein Denkmal geworden – und der Turm blieb ohne Dach«, schloss der Alte. Er sah auf die Uhr. »Tut mir leid, ich muss weiter. Der Stammtisch wartet. Oder willst du doch noch rein ins Gotteshaus?«

Andrea schüttelte den Kopf. »Danke, das mach ich ein andermal. Sie wollen ja jetzt auch gern zum Stammtisch.« Sie lächelte ihm zu. »Danke für die Erklärung«, fügte sie hinzu und sah noch einmal zum Turm hoch, doch der Falke ließ sich nicht mehr blicken. Also setzten Ben und sie ihren Spaziergang fort.

Am Bahnhof, wo sie sich ein paar Zeitschriften kaufen wollte, lief gerade ein Zug der Rhätischen Bahn ein. Nur wenige Reisende stiegen aus – und Andrea zuckte zusammen, als sie Julian erkannte. Auch er hatte Andrea bemerkt und kam auf sie zu.

»Hallo.« Spontan wollte er Andrea umarmen, ließ die Arme dann aber wieder sinken. »Was macht ihr denn hier?«

»Wir sind spazieren gegangen.« Sie verkniff sich die Frage, woher er jetzt kam.

Julian kraulte Ben, der sich fest an ihn drückte, im Nacken. »Gute Idee. Der Spaziergang am Stazersee entlang ist klasse.«

»Am See entlang?« Andrea schüttelte den Kopf. »Da sind wir nicht vorbeigekommen.«

»Schade.« Er zog sich das hellgraue Jackett aus. Darunter trug er ein blütenweißes Hemd und – Andrea konnte es kaum glauben – eine dezent gemusterte blaue Seidenkrawatte. »Na, dann gehen wir diesen Weg jetzt gemeinsam zurück. Ich muss nur noch schnell am Hotel Cresta Palace vorbei und was abgeben.«

»Aber …«

Er schüttelte den Kopf. »Warum willst du nicht zum See? Da ist es herrlich. Und die Strecke ist genauso lang wie euer Hinweg. Oder willst du mit dem Bus fahren?«

Andrea zögerte. »Ich würde gern irgendwo Rast machen und was essen«, gestand sie dann.

»Kein Problem. Am See gibt es ein gutes Restaurant. Ich hab auch noch nichts gegessen.«

»Na gut, meinetwegen.« Andrea vermied es, ihn anzusehen, doch immer wieder glitt ihr Blick verstohlen zu ihm hinüber. Er ging lässig neben ihr her und machte so gar keine Anstalten, ihr zu erklären, wo er gewesen war.

Erst als sie den Waldweg erreicht hatten, der, wie ein Wegweiser erklärte, direkt zum See führte, wandte er sich ihr zu. »Nun frag schon endlich.«

»Was soll ich fragen?«

Er blieb stehen und griff nach ihrer Hand. »Tu nicht so naiv. Ich merke doch, dass du vor Neugier platzt.«

»Das stimmt doch gar nicht!« Andrea blieb stehen und sah ihn empört an. »Mir ist es total gleichgültig, was du treibst und mit wem du dich abgibst.«

»Aha.« In Julians Augen blitzte es amüsiert auf. »Warum nur glaub ich dir das nicht?«

Andrea zuckte mit den Schultern. »Tu doch, was du willst.«

»Sofort.« Noch ehe er das Wort ganz ausgesprochen hatte, zog er Andrea an sich und küsste sie.

Sie wollte sich losmachen, wollte ihn von sich stoßen, doch irgendwie gehorchten ihr die Arme nicht. Im Gegenteil, sie hoben sich wie von selbst und legten sich um Julians Nacken.

Der Kuss dauerte eine kleine Ewigkeit. So zumindest kam es Andrea vor. Die Finger ihrer linken Hand zitterten, als sie sich von Julian löste und sich eine Haarsträhne aus dem Gesicht wischte.

»Und jetzt sag mir, was gestern mit diesem Zauner war.« Julian ließ ihre rechte Hand nicht los.

»Nichts war.«

»Ach ja? Dafür wart ihr aber sehr lange unterwegs.«

»Warum auch nicht? Ich bin dir doch keine Rechenschaft schuldig.« Andrea sah an ihm vorbei. Die verschiedensten Empfindungen tobten in ihr. Da waren Freude und Glück, weil Julian sie geküsst hatte und er so dicht bei ihr war. Da war Eifersucht, weil sie nicht wusste, wo er in diesem ungewöhnlich eleganten Aufzug gewesen war. Und da war vor allem Angst. Angst, sich wieder in einer Beziehung zu verlieren, die letztendlich ja doch aussichtslos war.

Wer war Julian? Ein leichtsinniger Typ, der in den Tag hinein lebte und sich mit Gelegenheitsjobs über Wasser hielt. Der ein Geheimnis um sich und seine Vergangenheit machte – wahrscheinlich, weil die alles andere als ruhmreich war. Was hatte er denn schon vorzuweisen außer seinem guten Aussehen? Er kannte etliche Handwerker in der Gegend, konnte ein bisschen Italienisch und war – zumindest das war ein Pluspunkt – so vertrauenswürdig, dass ihm Christianes Vater einen Job gegeben hatte.

»Ich war übrigens in Thusis, hatte da was Geschäftliches zu erledigen.«

»Aha.« Andrea fragte nicht nach, um was es sich handelte. »Wenn du was gesagt hättest, hättest du meinen Wagen nehmen können.«

»Danke, das ist lieb von dir, aber mit der Bahn kommt man viel bequemer von hier weg. Außerdem ist die Gegend, durch die die Bahn fährt, immer wieder toll anzusehen. Aber wenn ich den Wagen mal brauchen sollte, komme ich gern auf dein Angebot zurück.«

»Du hast gar kein Auto?«

Er zuckte mit den Schultern. »Ich hatte mal einen Käfer. Ein ganz altes Modell. Aber das hab ich vor ein paar Wochen einem Oldie-Liebhaber verkauft. Konnte das Geld ganz gut brauchen«, fügte er nach einem kurzen Zögern hinzu.

Andrea antwortete nicht, doch ihr war klar, dass Julian Geldsorgen haben musste, sonst hätte er sich gewiss nicht von einem so seltenen Wagen getrennt.

Hand in Hand gingen sie weiter in Richtung des kleinen Sees, der inmitten eines herrlichen Nadelwalds lag. Tiefblau schimmerte das Wasser, und ein paar der hohen Zirbelkiefern spiegelten sich auf der glatten Wasseroberfläche. An zwei Seiten aber gab es Moorwiesen und auch ein paar Flecken mit hohem Schilf.

»Pass auf Ben auf«, mahnte Julian. »Hier im Schilf nisten viele Wasservögel. Nicht, dass der Hund noch wildern geht.«

Vorsichtshalber nahm Andrea Ben an die Leine, und erst als sie das Ufer erreicht hatten, machte sie ihn kurz los, damit er trinken und sogar die Pfoten ins Wasser stecken konnte.

»Das tät ich auch gern«, murmelte sie, denn vom ungewohnt vielen Laufen taten ihr die Füße weh.

»Du kannst hier baden gehen«, meinte Julian. »Das ist sogar für Hunde erlaubt.«

»Willst du mich umbringen? Das Wasser ist noch eiskalt.«

»Ja, aber im Sommer ist es herrlich erfrischend. Achtzehn bis zwanzig Grad wird es warm.«

»So lange bin ich aber nicht hier.« Andrea nahm Ben wieder an die Leine, und sie gingen langsam weiter.

Julian wies nach Osten. »Das da ist die Languardkette«, erklärte er. »Und im Westen kannst du, wenn du dich ein bisschen reckst, den Piz Julier und den Piz Albana sehen.«

»Du kennst viele der Gipfel hier, nicht wahr?«

Julian nickte. »Ich war auch schon auf etlichen. Vor allem im Winter.« Er grinste. »Du weißt ja: Viel kann ich nicht. Aber ich bin ein ganz hervorragender Skiläufer.«

»Und du hast viel Zeit, denk ich mir. – Warst du auch schon mal Skilehrer?« Gespannt sah sie ihn an.

Er grinste jungenhaft. »Nur bei hübschen Mädchen. Da hab ich gern Privatstunden gegeben.«

»Hätt ich mir gleich denken können.« Andrea machte noch einmal ein paar Schritte auf das dunkle Wasser zu, auf dem ein paar bewegliche grüne Inseln schwammen. Sie wusste nicht, was das für Pflanzen waren, aber sie sahen hübsch aus mit ihren weißen Blüten.

Ein paar krächzende Vogellaute waren zu hören.

»Wow, das ist der Tannenhäher, den hört man um diese Jahreszeit nicht oft.« Julian blieb dicht hinter ihr stehen. »Der Vogel ist ziemlich wichtig für die Wälder. Er versteckt die Samen der Zirbelkiefern im Boden, vergisst dann etliche der Stellen im Winter – und so vermehren sich die Bäume.« Er deutete nach oben auf die vier dichten Baumkronen. »Wahrscheinlich sitzt er dort und beobachtet den Hund.«

Ben hingegen nahm weder von dem Vogel noch von den zwei Mountainbikern Notiz, die an ihm vorüberradelten. Er war im Moment ganz auf die Terrasse des Restaurants konzentriert, von wo es herrlich duftete. Mehr als sonst zog er an der Leine.

»Na gut, gehen wir gleich was essen«, sagte Julian, und Andrea, deren Magen schon leise knurrte, stimmte zu.

Sie fanden einen Tisch am Rand der Terrasse, so dass Ben sich ungestört hinlegen konnte. Andrea zog einen Kauknochen aus ihrer Tasche. »Damit ist er eine Weile beschäftigt«, meinte sie. Ungestört konnten sie ihr Essen bestellen. Beide entschieden sich für eine Bündner Gerstensuppe. Zum Kaffee gab's dann die typische Engadiner Nusstorte.

»Das ist die reinste Kalorienbombe«, meinte Andrea.

»Stimmt. Aber wir trainieren ja alles wieder ab, wenn wir den ganzen Weg zurücklaufen.« Julian lächelte sie zärtlich an. Er überlegte schon seit dem Morgen, als er in Thusis gewesen war und mit einem Handwerker über einen großen Auftrag verhandelt hatte, ob er Andrea nicht die Wahrheit sagen sollte. Andererseits fand er es reizvoll, sie im Unklaren zu lassen. Sie mochte ihn ganz offensichtlich auch so, wie sie ihn kennengelernt hatte, als ziemlich mittellosen Typen, der froh war, einen Job ergattert zu haben. Sie rasteten eine Stunde in dem Ausflugslokal, das sich immer mehr füllte.

»Hier ist es im Winter sicher wunderschön, denn der See friert bestimmt zu.« Andrea warf einen Blick zurück. »Schade, dass ich das nicht sehen kann.«

»Warum kannst du das denn nicht?«

Sie lachte kurz auf. »Du bist gut! Ich muss schließlich arbeiten! Sobald die drei Wochen hier um sind, fahre ich nach Köln zurück und such mir eine neue Stellung. Ich kann nicht ewig von meinem bisschen Ersparten leben.«

Er legte den Arm um sie. »Darüber reden wir noch. Erst mal bist du hier – bei mir.« Ein kleiner Kuss folgte.

Eine Weile gingen sie schweigend nebeneinander her. Ben rannte vor, kam zurück, ließ sich einen Stock werfen und trottete dann wieder für ein paar Minuten neben ihnen her. Sie trafen nur einmal eine Wandergruppe, ansonsten schienen sie auf dieser Strecke ganz allein zu sein.

Die ersten Häuser von Pontresina waren schon in Sichtweite, als Andreas Handy klingelte. Nach einem kurzen Blick aufs Display blieb sie stehen. »Entschuldige kurz.«

Sie ging ein paar Schritte zur Seite, meldete sich dann erst. »Ja, hallo.«

»Hallo, Schönheit. Ich wollte fragen, wie es dir geht – und ob du Lust hast, heute Abend mit mir nach Sankt Moritz zu fahren. Vom Nachtleben dort kennst du sicher noch gar nichts.«

Andrea zögerte, dann lehnte sie ab. »Tut mir leid, aber ich bin viel zu kaputt, um heute die Nacht durchzumachen. Ben und ich haben eine lange Wanderung hinter uns. Ich zumindest bin jetzt schon todmüde.« Als Norbert Zauner nicht gleich antwortete, fügte sie hinzu: »Ein andermal komme ich aber gern mit.«

Der Mann am anderen Ende der Leitung räusperte sich. »Gut, in Ordnung. Dann ... bis bald. Ich ruf wieder an.«

»Ja, bis dann.«

Andrea ging zu Julian zurück und steckte das Handy ein.

»War das schon wieder der Möchtegerncasanova?« Unverhohlene Eifersucht schwang in Julians Stimme mit.

»Das war Norbert, ja.« Andrea trank einen Schluck Wasser. »Er wollte mich einladen. Dagegen ist ja auch nichts zu sagen. Und das gibt dir noch lange nicht das Recht, ihn als Casanova zu bezeichnen.«

»Hab ich ja auch nicht getan.« Bei Julians ironischem Grinsen zeigte sich wieder das verführerische Grübchen. »Ich hab Möchtegerncasanova gesagt. Ich halte den Zauner einfach für einen eitlen Gockel, der von sich denkt, er sei unwiderstehlich. Und so gut, wie er einen glauben machen will, ist er auch nicht im Geschäft.«

»Ach Julian, hör doch auf mit dem Unsinn.« Auf Andreas Stirn zeigte sich eine kleine Falte. »Du hast gar kein Recht, ihn schlechtzumachen. Außerdem ... du weißt doch gar nichts über ihn und seine Geschäfte.«

»Genug, um ihn mit Vorsicht zu genießen.« Er biss sich kurz auf die Lippen. Sein eben noch ernstes Gesicht nahm einen weichen Ausdruck an. »Aber du hast recht, ich sollte ihm neutraler begegnen.« Sanft nahm er ihre Hand und drückte sie zärtlich. »Der Zauner an sich ist mir völlig gleichgültig. Ich will dich nur nicht teilen müssen. Ist das so schwer zu verstehen?«

Andrea antwortete nicht, aber ihr Lächeln zeigte ihm, dass sie schon wieder versöhnt war.

* * *

Langsam senkte sich die Nacht über das Engadiner Hochtal. In den kleinen Städten und Dörfern, in denen sich im Winter die Gäste tummelten, war es um diese Jahreszeit noch ruhig. Im Mai hatte die Gegend fast ausgestorben gewirkt, da waren die Einheimischen in Urlaub und die meisten der Sommergäste noch nicht angereist. Viele große Hotels waren geschlossen und auch etliche der Privatunterkünfte nicht verfügbar, da die Hausbesitzer ausgeflogen waren.

Doch jetzt, in den ersten Junitagen, kamen wieder Touristen in die einzelnen Täler. Viele von ihnen waren Wanderer, die nach einem langen Marsch durch die herrliche Bergwelt rechtzeitig zu Bett gingen und nur wenig Interesse daran hatten, die Nachtklubs in Sankt Moritz unsicher zu machen.

In dem in Wintermonaten so mondänen Skiort ging es jetzt im Frühsommer auch lange nicht so lebhaft zu, und doch war das elegante Grandhotel in Sankt Moritz Bad, das zu den führenden Häusern Europas zählte, gut besucht.

Warm leuchtete das Licht aus den hohen Fenstern, und die weiße Fassade mit den hellblauen Fensterläden wurde von unzähligen Außenleuchten angestrahlt.

Für das romantische Ambiente hatte Norbert Zauner keinen Blick. Er stellte seinen Wagen auf einem der Parkplätze ab und strebte zum Westflügel, wo sich das Casino befand. Endlich war es wieder geöffnet! In den vergangenen Wochen, in denen sich die Gegend um Sankt Moritz scheinbar in einem wahren Tiefschlaf befunden hatte, war das Casino geschlossen gewesen – so wie viele der Hotels und Gaststätten der Region.

Norbert spürte das leise Kribbeln, das ihn stets erfasste, wenn er sich für einen Besuch am Roulettetisch rüstete.

Andreas Abfuhr hatte ihn zwar geärgert, doch den Abend ließ er sich davon nicht verderben. Es gab in Moritz genügend schöne junge Frauen, die einem Flirt nicht abgeneigt waren und Lust hatten, mit ihm die Nacht im Casino zu verbringen.

Das Innere der Spielhalle erstrahlte in hellem Glanz, und Norbert atmete die ganz besondere Atmosphäre ein, die es nur hier gab: diese Mischung aus Luxus, Erregung, Geld, Neid, Glück – oder Panik, wenn man erkennen musste, dass man gerade ein Vermögen verloren hatte.

Norbert Zauner hatte all das schon erlebt: Riesengewinne. Verluste. Ängste und diese unbeschreibliche Euphorie, wenn man in einer Nacht eine Glückssträhne hatte.

Im Casino war elegante Garderobe vorgeschrieben. Doch so wie noch vor zwanzig Jahren, als für die Herren dunkler Anzug und Krawattenzwang herrschte und viele Damen in Abendkleidern erschienen, ging es nicht mehr zu. Dennoch besaß der große Saal, in dem Roulette und Black Jack gespielt wurden, ein sehr elegantes Flair, wie es zu Sankt Moritz passte.

Die schlanke junge Frau im smaragdgrünen, engen Kleid fiel Norbert sofort auf, als sie den Raum betrat und sich suchend umschaute. Er hatte schon eine halbe Stunde am Black-Jack-Tisch gespielt. Mal gewonnen, mal verloren, es hielt sich die Waage.

Die Fremde, deren weißblondes Haar glatt bis auf die schmalen Schultern fiel, ging hinüber zum Roulettetisch ganz am Ende des Raums. Norbert blickte fasziniert auf ihr tiefes Rückendekolleté. Auf der gebräunten Haut schimmerte eine dünne Goldkette, an der ein grüner Stein hing. Eine verrückte Idee, den Schmuck auf dem Rücken zu tragen! Aber das passte zu dieser extravaganten Erscheinung!

Er musste sich gewaltsam auf das Spiel, das gerade lief, konzentrieren. Immer wieder glitt sein Blick hinüber zu der Blonden, der in diesem Moment ein älterer Herr am Tisch Platz machte.

»Hey, träum nicht. Du hast gewonnen.« Der Spielleiter schob ihm den kleinen Stapel Jetons zu.

»Danke.« Norbert steckte die Jetons ein. Er fasste es als gutes Omen auf, dass es im Spiel gut lief.

Mit zwei frisch gefüllten Champagnergläsern in der Hand schlenderte er wenig später hinüber zum Roulettetisch und stellte sich hinter die junge Frau mit dem atemberaubenden Kleid. Dieses Dekolleté – es war Verführung pur! Norbert spürte, dass sein Blut schneller durch die Adern kreiste.

Die Blondine schien seine Nähe zu spüren und drehte sich langsam um. In ihren Augen glitzerte es amüsiert, als sie fragte: »Spielen oder nur schauen?«

»Beides.« Norbert reichte ihr das Champagnerglas. »Aber erst mal trinken. Ich heiße Norbert.«

»Marietta.«

»Freut mich, Sie hier zu treffen, Marietta.« Er hob sein Glas. »Haben Sie schon gesetzt?«

Sie schüttelte den Kopf.

»Dann darf ich Ihnen sicher ein paar Jetons geben.« Betont lässig griff er in die Tasche des dunkelblauen Seidenjacketts und zog ein paar 50-Euro-Jetons heraus.

»Danke.« Ohne eine Miene zu verziehen, nahm Marietta die Jetons und setzte alles auf die 27. »Meine Glückszahl.«

»Aha.« Er beugte sich ein wenig weiter vor. Sie benutzte ein schweres Parfüm, das nicht ganz zu ihrem hellen Typ passte. Und doch betörte es Norbert sofort – so wie die ganze Frau ihn faszinierte.

Sie sah mit unbeweglicher Miene zu der kleinen Elfenbeinkugel hin, die sich im Kreis drehte – und schrie unterdrückt auf, als sie tatsächlich auf der 27 liegen blieb.

»Gratuliere!«

»Danke.« Lachend drehte sich Marietta zu ihm um. »Das müssen wir gleich feiern. Aber erst will ich noch ein paar Runden spielen.« Sie blickte sich um. »Da drüben am Tisch sind zwei Plätze frei.«

»Aber klar doch!« Um nichts in der Welt hätte er den Platz an ihrer Seite einem anderen überlassen!

Sie schlenderten zu einem zweiten Tisch hinüber und nahmen dicht nebeneinander Platz. Norbert besaß nur noch drei Jetons, und er setzte sie, so wie Marietta, wieder auf die 27.

Du bist leichtsinnig, schalt er sich gleichzeitig. Das gibt's gar nicht, dass eine Zahl gleich zweimal hintereinander kommt!

Und doch – es war genau so!

Beide strichen ihren Gewinn ein.

»Ich passe«, erklärte Norbert, als Marietta noch einmal setzte. Dieses Mal aber nur auf Rot.

»Rot wie die Liebe.« Sie beugte sich vor und hauchte ihm

einen Kuss auf die Wange. »Meinst du nicht, dass du mitziehen solltest?«

Norbert hielt die Luft an. »Ich …«

»Du bist vorsichtig.« Sie lachte und setzte zusätzlich drei Jetons auf Zero. »Das ist vernünftig. Ich liebe vernünftige Männer, sie sind das richtige Pendant zu mir. Ich bin hin und wieder ein bisschen leichtsinnig.« Sie warf ihm einen langen, verführerischen Blick zu, der die Doppeldeutigkeit ihrer Worte noch unterstrich.

Mensch, Norbert, heute hast du das große Los gezogen, auch, wenn du nicht mehr spielst, sagte sich Norbert Zauner. Diese Frau ist der Hammer! Und sie flirtet unverhohlen mit dir!

»Und ich liebe Frauen, die gern etwas riskieren.« Er legte die Hand auf ihren Arm. »Wer so schön ist, kann gar nicht verlieren, der ist ein Glückskind.«

»Sag das nicht.« Für einen Moment verdunkelte sich ihre Miene, doch dann lachte sie schon wieder. »Jetzt hab ich verloren.«

»Tut mir leid.« Er winkte einem Kellner und orderte noch zwei Gläser Champagner. »Aber es heißt ja, dass man Glück in der Liebe hat, wenn man Pech im Spiel hatte.«

»Das sind nur Redensarten. Die bedeuten gar nichts. Oder?« Ihr Blick versank erneut in seinem. Das Spiel mit diesem gut aussehenden Mann machte ihr Spaß. Und seine Bewunderung tat ihrem angeknacksten Ego ausgesprochen gut.

Für eine Sekunde dachte sie daran, warum sie überhaupt in Sankt Moritz war – und ihre Laune sank um einige Grade.

Zum Glück wurde der Champagner serviert, und Marietta trank ihr Glas in einem Zug leer.

Norbert zögerte, dann tat er es ihr nach.

»Das hab ich jetzt gebraucht.« Marietta lachte und legte Norbert die Hand auf den Arm. Er sah, dass ein breiter Goldreif mit grünem Stein an ihrer linken Hand steckte.

»Das ist doch hoffentlich kein Verlobungsring?« Er wies auf das Schmuckstück.

»Wie kommst du denn darauf?« Marietta schüttelte den Kopf. Sacht schwangen die weißblonden Haare mit.

Norbert grinste knapp. »Ich frag nur aus Vorsicht. Nicht, dass auf einmal dein Verlobter hier auftaucht und es Ärger gibt. Darauf bin ich nicht sehr scharf.«

Marietta biss sich auf die Lippen. In ihrem Kopf überschlugen sich die Gedanken. Sollte sie Norbert die Wahrheit sagen?

Lieber nicht. Aber er hatte ihr das richtige Stichwort gegeben!

Wie auf Kommando füllten sich ihre graugrünen Augen mit Tränen. Sie sah auf den Ring an ihrer Hand und drehte gedankenverloren daran. »Erinnere mich nicht daran«, flüsterte sie. »Wir haben den Abend so nett begonnen.« Sie sah ihm kurz ins Gesicht. »Ich bin hier, weil … weil … Ach was, nicht dran denken! Er ist es überhaupt nicht wert! Und seinen Ring trag ich eigentlich nur noch, weil er so gut zum Kleid passt.« Jetzt lachte sie wieder. »Komm, gehen wir rüber an die Bar.«

»Gern.«

Die Ivory Ball Lounge Bar war schon gut besucht, von hier aus ließ sich das Geschehen an den Spieltischen gut beobachten. Norbert begrüßte kurz zwei Bekannte und folgte dann rasch Marietta, die gerade am Bartresen Platz nahm. Er bewunderte wieder die zarte Haut ihres Rückens, der einfach makellos war und dazu einlud, gestreichelt zu werden.

Norbert konnte nicht widerstehen. Er streckte die Hand

aus und liebkoste für einen Moment Mariettas Haut, wobei sich der grüne Stein leicht verschob.

»Wart's ab.« Sie drehte den Kopf und sah ihn augenzwinkernd an. »Der Abend fängt doch gerade erst an.« Ein kehliges Lachen folgte. »Wir wollen doch erst noch was trinken!«

Sie leerten eine Flasche Champagner, dann meinte Marietta: »Und zum Abschluss hätt ich gern einen Whisky. Schließlich ist die Bar dafür bekannt, ein reichhaltiges Angebot zu haben.«

»Zwei Whisky bitte. Single Malt«, orderte Norbert.

Doch Marietta nippte nur an ihrem Glas. »Das ist doch nicht das Richtige nach all dem Champagner«, befand sie. »Wenn ich alles trinke, werde ich zu müde.«

»Und das wäre zu schade.« Norbert winkte dem Barkeeper und warf, nachdem er einen Blick auf die Rechnung geworfen hatte, einen Schein auf den Tresen. »Komm, wir gehen.«

»Und wohin?«

Er zuckte mit den Schultern. »Ich denke, das ist der Moment für die altbekannte Frage: zu dir oder zu mir?«

»Zu mir. Das ist näher.« Sie lachte und hakte sich bei ihm ein. »Ich wohne im Hotel.«

»Ja dann.« Er drückte ihren Arm fester an sich. »Ich kann's kaum erwarten, mit dir allein zu sein und dich zu küssen.«

»Darauf musst du doch nicht warten.« Kaum hatte sich die Aufzugtür hinter ihnen geschlossen, umarmte sie ihn und küsste ihn leidenschaftlich. Dabei presste sie sich so fest an ihn, dass sie spüren konnte, wie erregt er war.

»Gleich sind wir oben«, murmelte sie dicht an seinen Lippen.

Beide konnten es kaum erwarten, dass sich die Tür des Hotelzimmers hinter ihnen schloss. Der genossene Alkohol riss die letzten Hemmschwellen ein. Sie küssten sich weiter, während sie sich gegenseitig auszogen.

Norbert warf das weiße Hemd schwungvoll auf den Boden und stöhnte auf, als es ihm nicht gleich gelang, seinen Hosengürtel zu öffnen.

»Ich helf dir.« Marietta kniete sich vor ihn, zog ihm die Hose herunter und küsste ihn an seiner empfindlichsten Stelle.

»O verdammt ...« Er stöhnte auf, als sie von ihm abließ, nicht, ohne vorher noch einmal fest an seinem Penis zu saugen. Er biss sich die Lippen blutig, um nicht laut aufzustöhnen.

»Ich wusste, dass du das magst.« Marietta hob die Hände und zog die rot lackierten Fingernägel sacht über seinen Bauch, was Norbert noch stärker erregte. Mit einem Ruck zog er sie hoch und trug sie zum Bett. »Du Wildkatze!«

»Dann versuch mal, mich zu zähmen.«

»Sofort!« Er beugte sich über sie und begann jeden Zentimeter ihrer Haut zu küssen. Nahtlos braun war die zierliche Frau, und das weißblonde Haar lag wie ein Fächer auf dem seidenen Kissen.

Marietta schloss die Augen, als Norbert in sie eindrang und sie mit einem schnellen Rhythmus zum ersten Orgasmus trieb. Fest krallte sie die Finger in sein Haar, bog sich ihm entgegen und verlangte so noch viel mehr von ihm.

Ihr Liebesspiel, das sie nur unterbrachen, um sich eine weitere Flasche Champagner aus der Minibar zu holen, dauerte bis in die frühen Morgenstunden. Erst als der Himmel sich im Osten sanft rot färbte und die ersten Vögel zu singen begannen, schliefen sie erschöpft ein.

10

»Leise, Ben, ich will nicht, dass Julian uns hört. Der schläft sicher noch.« Andrea warf einen Blick zu den Fenstern über der Garage, die noch geschlossen waren.

Ben, von dem sie normalerweise annahm, dass er jedes Wort verstand, reagierte nicht. Im Gegenteil, mit langen Sätzen und begeistert bellend rannte er den Weg zum Chalet hinauf.

Andrea und er hatten einen halbstündigen Morgenspaziergang am Berninabach entlang gemacht; auf dem Rückweg war sie bei einem Bäcker vorbeigegangen und hatte frische Brötchen und Gebäck gekauft. Seit sie die Nussgipfel zum ersten Mal gekostet hatte, war sie ganz verrückt auf diese Spezialität. Für Julian hatte sie Körnerbrötchen und Croissants gekauft, zudem Käse aus der Molkerei des Ortes.

Sie freute sich auf ein gemeinsames Frühstück mit Julian. Er war wirklich sehr nett. Und dass er gestern Abend nicht darauf bestanden hatte, bei ihr zu bleiben, sondern zu sich hinübergegangen war, rechnete sie ihm hoch an.

»Ich brauche Zeit«, hatte Andrea nur gesagt, und Julian hatte das akzeptiert.

»Hallo, ihr zwei, wo kommt ihr denn her?« Julian kam ums Hauseck, gefolgt von Ben, der sich dicht an ihn presste.

»Vom Morgenspaziergang.« Andrea küsste ihn auf die Wange. »Wir wollten dich nicht stören und waren ganz leise.«

»Schade, ich hätte euch gern begleitet.«

»Es sah aber so aus, als würdest du noch schlafen.« Sie hob die Brötchentüte an. »Lust auf Frühstück?«

»Ja, gern. Ich muss nur noch mal kurz mit der Gartenarchitektin reden. Sie hat neue Zeichnungen mitgebracht, und ich bin sicher, dass sie Herrn Altmann gefallen werden.«

»Ruf ihn doch an. Oder mail ihm alles, dann kann er selbst entscheiden.«

»Das hat Lori gestern schon gemacht und ein Okay erhalten. Jetzt ist sie schon mit zwei Leuten drüben im Garten, ein anderer Wagen mit Pflanzen und Steinen ist noch unterwegs.«

Andrea biss sich kurz auf die Lippen, als sie sich an die schöne junge Landschaftsgärtnerin erinnerte. »Ach so. Lori ist da.«

Julian legte ihr die Hand an die Wange. »Ja. Sie ist klasse. Ihre Vorschläge gefallen zum Glück auch Herrn Altmann, der ja recht kritisch ist. Ich jedenfalls bin ganz begeistert.«

»Von ihren Vorschlägen – oder von ihr?« Andrea wandte sich ab und ging zur Haustür. Verflixt, das hatte sie gar nicht sagen wollen, aber die Eifersucht auf die schöne junge Frau ließ sich einfach nicht verbergen.

»Sie ist beeindruckend. Und macht einen exzellenten Job. Aber das hab ich dir ja schon gesagt.«

Julian folgte Andrea ins Haus, bemüht, das selbstzufriedene Lächeln, das sich ihm aufdrängte, zu unterdrücken. Andrea war eifersüchtig! Wundervoll!

»Lass dich nicht aufhalten.« In der Küche legte Andrea die Brötchen auf den Tisch und stellte Ben sein Futter und einen Napf mit frischem Wasser hin.

Julian nahm sie bei den Schultern und drehte sie zu sich um. »Lori kann sicher noch ein paar Minuten warten«, murmelte er, bevor er Andrea küsste.

»Lass das!« Sie wollte ihn von sich stoßen, doch er hielt sie fest.

»Sei nicht so kratzbürstig!« Er küsste sie auf die Nasenspitze. »Lori interessiert mich nicht. Soll ich schwören?«

»Unsinn!« Andrea sah starr an ihm vorbei. »Sei nicht kindisch.«

»Das bin ICH nun wirklich nicht.« Der Druck seiner Hände verstärkte sich, und Andrea wehrte sich nicht mehr, als er sie an sich zog, ihren Kopf an seine Brust bettete und zärtlich ihr Haar streichelte. Dabei sagte er: »Lori ist klug, kompetent, sicher auch geistreich und bildhübsch. Aber ...« Er machte eine Kunstpause, schob Andrea von sich, so dass er ihr in die Augen sehen konnte, »abgesehen von all dem ist sie verlobt und wird in wenigen Tagen heiraten.«

»Nein!«

»Doch. Es sei denn, sie verliebt sich Hals über Kopf in einen anderen. Nur werde ich der Glückliche sicher nicht sein. Ich interessiere mich nur für eine Frau.«

Andreas Nasenflügel bebten leicht. »Stimmt das wirklich?«

»Was?« Er lachte leise. »Dass ich mich nur für eine Frau interessiere? Oder dass Lori bald heiratet?«

»Beides wäre interessant zu erfahren.« Andrea hatte sich wieder in der Gewalt. Der Dialog begann ihr Spaß zu machen und sie sah augenzwinkernd zu Julian auf. »Wichtiger ist allerdings Loris Hochzeit.«

»Was du nicht sagst!« Gern ging er auf ihr Spiel ein und setzte das verliebte Geplänkel fort. »Aber klar: Alle Frauen interessieren sich für Hochzeiten. Dabei ist es für den Bräutigam ziemlich unwichtig, ob das Hochzeitskleid lang oder kurz ist, ob sie einen Schleier trägt oder nur Blumen im Haar. Und auch die Frage der Brautjungfern interessiert ihn nur am Rand.«

»Ach ja? Und was wäre wichtig für einen Bräutigam?«

»Na, die Hochzeitsnacht natürlich!«

»Macho!«

»Immer wieder gern.« Er küsste sie verliebt. »Es ist schade, dass wir Loris Verlobten nicht nach seiner Einstellung fragen können. Aber er ist ein viel beschäftigter Mann. Blumengroßhändler aus Italien.«

»Klingt nicht schlecht.«

Julian senkte den Kopf und gab den Zerknirschten. »Ja, ja, ich weiß, ihr wollt alle einen Mann mit Geld. Einen, der was darstellt, euch was bieten kann und …«

Er konnte nicht weitersprechen, denn Andrea verschloss ihm den Mund mit einem Kuss. »Ich will nur einen Mann, der mich liebt. Der mir treu ist und mich nicht belügt«, flüsterte sie, als sich ihre Lippen voneinander lösten.

»Den hast du doch schon.« Sacht streichelte er ihre Wange. »Damit sind wir auch schon bei dem ersten Punkt: Ich interessiere mich seit Tagen nur noch für eine Frau – für dich.«

Lautes Hupen unterbrach den verliebten Dialog. Der Lastwagen mit Sträuchern, Büschen und ein paar Felsbrocken, die die Gartenarchitektin dekorativ aufstellen wollte, fuhr die Einfahrt hoch.

»Gleich wird's laut und ungemütlich«, stellte Andrea fest.

»Stimmt. Wir sollten uns verdrücken.«

»Aber wir sind doch eigentlich hier, um die Arbeiten zu beaufsichtigen.«

Julian lachte. »Ach was! Lori braucht niemanden, der ihr auf die Finger schaut. Die arbeitet perfekt. Und sie hat ihre Mannschaft im Griff.«

»Und was schlägst du vor?«

Julian dachte kurz nach. »Am besten laufen wir rüber zum Gletscher. Das ist nicht zu weit, und wenn wir wollen, können wir auf dem Rückweg die Bahn nehmen.«

»Das machen wir bestimmt.« Andrea lachte leise. »Ich bin jetzt schon mehr gewandert als in den vergangenen sechs Monaten.«

Sie frühstückten ausgiebig, versorgten die Gärtner mit Getränken, dann packte Julian einen Rucksack.

»Wir können zwischendurch Rast machen, da ist eine Brotzeit nie verkehrt«, meinte er und legte noch rasch eine kleine Flasche mit Himbeergeist dazu.

»Und was trinken wir gegen den Durst?«

»Wasser natürlich! Der Berninabach führt ganz sauberes Quellwasser.« Dennoch nahm er eine Flasche Saft mit und vergaß auch die Sonnencreme und zwei leichte Baseballkappen nicht. Der Tag versprach wunderschön zu werden, da war es klug vorzusorgen.

Sie marschierten stramm durch bis zu dem beliebten Morteratsch-Lokal, das sich direkt neben der Bahnlinie befand und stets gut besucht war.

»Jetzt erst mal eine kalte Apfelsaftschorle«, sagte Andrea und streckte auf der Terrasse weit die Beine von sich.

»Machst du schlapp?«

»Nein, das nicht, aber ich bin nicht so trainiert wie du.« Sie lachte. »Und erst recht nicht wie Ben. Der Hund scheint hier sein ganz persönliches Paradies gefunden zu haben.«

»Kluger Hund.« Julian griff nach ihrer Hand. »Mir geht's ganz ähnlich. Zumindest hab ich meine Eva gefunden.«

Sie lachte. »Du, das wird jetzt gefährlich. Du weißt, was Eva mit Adam gemacht hat?«

»Sicher doch! Und – ich lass mich genauso gern verführen wie Adam.«

Er zog ihre Hand an die Lippen und küsste die Innenfläche. Andrea spürte ein leichtes Kribbeln auf der Haut bei dieser intimen Berührung, und als sie in Julians Augen sah, erkannte sie darin die gleiche Leidenschaft, die auch in ihr erwachte.

»Wir müssen weiter«, sagte sie mit leicht belegter Stimme.

Julian nickte und bezahlte die kleine Zeche.

Hand in Hand spazierten sie dann weiter. Zunächst schlängelte sich der Weg an Büschen und Sträuchern entlang, stets begleitet vom Berninabach, der sich wieder in sein Bett zurückgezogen hatte. Nur Geäst und ein paar ausgerissene Büsche in seiner Mitte zeugten noch von dem Unwetter, das vor kurzem hier getobt hatte.

»Wir gehen übrigens auf dem Gletscherlehrpfad«, erklärte Julian nach einer Weile und wies auf ein Schild, auf dem erläutert wurde, dass hier im Jahr 1900 die Gletscherzunge geendet hatte. »Die Steinwüste, die hier immer größer wird, sieht zwar nutzlos aus, aber eigentlich ist sie eine ganz neue Landschaft, die entsteht, wenn sich das Eis zurückzieht.«

»Es ist im Grunde beängstigend, wie schnell das gegangen ist.« Andrea sah hinüber zum Gletscher, der zum Greifen nah schien.

»Ja, vor hundertfünfzig Jahren reichte die Eisfront noch bis ans Restaurant. Jetzt müssen wir noch eine Weile laufen, bis wir am Endpunkt sind. Überleg mal, 2500 Meter, also zweieinhalb Kilometer, ist das Eis geschmolzen in diesen Jahren.«

Sie gingen weiter, rasteten noch einmal und sahen hinauf zu einem kleinen, am Fels befestigten Eisenkreuz, unter dem eine Kerze in einem eisernen Lämpchen brannte.

»Hier scheint jemand verunglückt zu sein«, murmelte Andrea und sah hoch zu den riesigen, wie glatt poliert wirkenden Steinbrocken.

»Denke ich auch. Man muss wirklich vorsichtig sein, wenn man auf den Felsen klettert. Es gibt nur wenige Möglichkeiten, sich festzuhalten. Und wenn man bei schlechtem Wetter hier ins Rutschen gerät, kann es zu einer Tragödie kommen.«

Für einen kurzen Moment wurden sie ernst, doch Ben lenkte sie ab, der klatschnass auf sie zu kam und auffordernd bellte. Der Hund war noch lange nicht müde, es gab unendlich viel zu erschnüffeln hier. Und die kleinen Bergbäche, die sich seitlich zum Berninabach hin ergossen, waren ein ideales Spielfeld.

Andrea und Julian gingen weiter, und endlich kam die Gletscherzunge in Sicht!

»Gigantisch«, murmelte Andrea und sah auf die leicht bläulich schimmernden Eismassen, die eine Unmenge Geröll vor sich herschoben. »Es sieht so aus, als wären es zwei Gletscher.«

»Sind es auch, wenn man's genau nimmt. Der große ist der Morteratschgletscher, und der vereinigt sich mit dem Persgletscher, der sich an der Nordflanke des Piz Palü bildet.«

»Du kennst dich wirklich aus.«

Julian zuckte mit den Schultern. »Ich war eben schon einige Male hier.« Er legte den Arm um Andrea. »Wenn du willst, zeig ich dir noch viel mehr. Wir könnten, zum Beispiel, mal mit der Berninabahn bis hinunter nach Tirano fahren. Dann kommst du vom Eis des Berninagletschers zum

Zitroneneis in Italien.« Er lachte leise. »Der Werbespruch ist allerdings nicht von mir. Und er passt ganz besonders gut, wenn man eine solche Fahrt im Winter macht. Dann ist hier oben alles verschneit, doch unten in Tirano fängt schon im März der Frühling an, und man kann dort die Blumenpracht genießen.«

Andrea lehnte den Kopf an seine Schulter. »Das muss ich im Moment gar nicht haben. Heute gefällt es mir auch hier sehr, sehr gut.«

Eng umschlungen blieben sie eine Weile stehen und sahen hinüber zu den majestätischen Berggipfeln der Berninagruppe, deren ewiges Eis sich im Schein der langsam untergehenden Sonne einen violettroten Mantel angezogen hatte.

* * *

»Lass mich.« Unwillig drehte sich Norbert Zauner auf die Seite. In seinem Kopf schien sich ein ganzer Bienenschwarm eingenistet zu haben. Seine Zunge war pelzig, und ihm war nach zwei Aspirin und einer Bloody Mary, nicht nach Sex.

Marietta drehte sich wieder zur Seite. »Du bist langweilig«, schmollte sie.

Norbert antwortete nur mit einem Brummen. Am vergangenen Abend war es spät geworden. So wie am Abend davor auch. Jetzt fiel ihm ein, dass er seinen Termin in Luzern schon wieder verschieben musste. Das würde, so viel stand fest, handfesten Ärger geben!

Aber die schöne Frau neben ihm war es wert! Marietta sprühte vor Energie, Lebensgier und Lust auf Abwechslung. Zunächst waren sie in einen der angesagtesten Clubs der Stadt gegangen und später ins Casino, wo sie beide größere Summen verloren hatten.

»Macht nix.« Marietta hatte nur gelacht. »Umso mehr Glück haben wir in der Liebe.« Ihr Lächeln war voller Verheißung gewesen.

Und in der folgenden Nacht hatte sie Norbert auf eine Art verwöhnt, dass keine Wünsche offengeblieben waren. Er konnte sich nicht mehr genau an alles erinnern. Nur an scharfen Sex und an ein paar Drinks, die ihn letztendlich umgehauen hatten.

Dumpf ahnte er, dass Marietta ihm etwas von dem Kokain verabreicht hatte, das sie ungeniert vor seinen Augen geschnupft hatte. Das leere Gefühl in seinem Kopf kam nicht allein vom Alkohol.

Jetzt richtete sie sich auf und küsste ihn auf die Brust, seinen nur noch schwachen Protest ignorierte sie einfach. Langsam glitten ihre Lippen tiefer und liebkosten seine schlafwarme Haut.

Norbert stöhnte auf, doch dann ließ er sich doch wieder verführen. Marietta war ebenso erotisch wie schön, und sie verstand es, seine Leidenschaft im Nu wieder anzustacheln. Bei ihr gab es kein Entrinnen.

Es war schon fast Mittag, als sie endlich aufstanden und sich ein üppiges spätes Frühstück aufs Zimmer servieren ließen.

»Ich muss gleich mal in mein Büro fahren.« Norbert trank einen letzten Schluck Kaffee. »Morgen steht ein wichtiger Termin an, den kann ich wirklich nicht verschieben.«

»Du lässt mich allein?« Marietta zog einen Schmollmund.

»Ich muss, meine Schöne. Job ist Job, das weißt du doch auch. Und ich hab schon einen Termin verschwitzt. Mehr kann ich mir nicht leisten. Heutzutage sind die Auftraggeber sehr empfindlich, und meine Kunden sind verwöhnt.« Er lachte leise. »Zum Glück sind sie das, und es kommt bei ihnen nicht auf ein paar Tausender mehr oder weniger an. Das erleichtert mir die Planung aller Bauten sehr.«

»Du bist also gut im Geschäft?«

»Kann man so sagen.«

»Und was machst du in Italien? Auch was bauen?«

Er nickte. »Genauer gesagt hat sich ein bekannter Industrieller eine Villa am Comer See zugelegt. Aber er will umbauen. Und meine Firma ist unter den drei Bewerbern für den Auftrag. Aber ich muss auch noch an den Gardasee. Leider ist mein Kompagnon im Moment auf einer größeren Reise, und nun muss ich alles allein machen.« Er seufzte gekonnt auf. »Aber so ist es eben, wer viel kann, muss viel tun.«

Marietta antwortete nicht, sie biss sich immer wieder auf die Lippen und sah starr zum Fenster hinaus.

»Ich bin ja in zwei, spätestens in drei Tagen zurück.«

»Und du denkst, dass ich hier auf dich warte und mich dabei zu Tode langweile?« Sie schüttelte trotzig den Kopf, dass das weißblonde Haar um ihr schmales Gesicht flog.

Norbert zögerte, dann meinte er: »Du kannst ja mitkommen. Aber ich warne dich: Bei der Arbeit bin ich voll konzentriert, da hab ich keine Zeit für dich.«

»Macht nichts. Ich werd mich schon beschäftigen. In Como gibt's sicher ein paar nette Geschäfte.« Sie stand auf und beugte sich über ihn. »Hauptsache ist, wir sind zusammen – und ich komme hier raus! Moritz im Sommer ist wahrhaftig nichts für mich. Da ist im Januar und Februar doch mehr los.«

»Warum bist du überhaupt hier? Hast du keinen Job zurzeit?«

Lässig zuckte sie mit den Schultern. »Ich gönne mir eine Auszeit.« Sie verschwieg, dass sie seit Tagen auf der Suche nach Julian war. Sogar in Garmisch war sie gewesen, nachdem sich ihre Suche in Nizza als Flop herausgestellt hatte. Aber das hätte sie sich ja gleich denken können, dass Konstantin Kramer für seinen Freund log! Dieser Spießer mit seiner Pension und der heilen Familie, auf die er so stolz war! Ätzend war der Kerl. Und Julian total loyal ergeben.

Also blieb ihr nichts weiter übrig, als überall dorthin zu fahren, wo Julians Vater ein Hotel besaß! Irgendwo würde sie Julian schon aufspüren. Er war mit Abstand der tollste Mann, dem sie je begegnet war. Er sah irre gut aus, hatte Humor, war gut im Bett … und vor allem: Er war reich! Der letzte Punkt war der Hauptgrund, warum Marietta ihn unbedingt für sich gewinnen wollte. Die Jobs als Model wurden immer spärlicher, und außerdem musste sie immer mehr Make-up auftragen, um die dunklen Schatten zu kaschieren, die oft unter ihren Augen lagen. Das ewige Hungern, der Kampf mit den Pfunden, der Konkurrenzdruck … all das hatte sie durch immer mehr Kokain und Aufputschtabletten zu kompensieren versucht. Doch nun zeigten sich immer häufiger die Folgen.

»Es wird Zeit, dass du dir einen reichen Kerl angelst«, hatte ihr vor einem Vierteljahr ihre beste Freundin Doreen geraten. »Mach's wie ich: Richard ist zwanzig Jahre älter, reich und zufrieden mit dem, was er von mir kriegt. Oft genügen Streicheleinheiten.« Sie hatte etwas bitter aufgelacht. »Wenn er will, kann er sogar ganz nett und amüsant sein, dann macht es Spaß, mit ihm verheiratet zu sein.«

Zunächst hatte Marietta den Gedanken an eine solche Beziehung weit von sich geschoben. Zumindest, was einen alten Mann als Partner betraf. Bei Julian Steinhäuser sah das ganz anders aus! Ihn könnte man sogar als armen Schlucker interessant und sexy finden – falls man es sich leisten konnte.

Marietta konnte es nicht!

»Hey, woran denkst du?« Norbert Zauner kam aus dem Bad. »Du starrst seit einer Viertelstunde Löcher in die Luft.«

Marietta zuckte zusammen. »Ich hab mir gerade vorgestellt, was wir am Comer See unternehmen können.«

»Ich muss da arbeiten! Vergiss das nicht.«

»Tu ich schon nicht.« Sie umarmte ihn flüchtig. »Ich geh dann jetzt ins Bad.«

»Beeil dich.«

Sie gab keine Antwort, und es dauerte noch eine halbe Stunde, ehe sie zurückkam. Da allerdings sah sie umwerfend gut aus, und Norbert bedauerte, dass er ins Büro musste. Auf der Fahrt setzte er Marietta am Schulhausplatz in Moritz ab, und sie schlenderte eine Weile durch die Straßen, sah sich in ein paar Boutiquen um, kaufte sich ein paar unverschämt teure, aber wundervolle Schuhe und beschloss schließlich, im Café Hanselmann einen Cappuccino zu trinken.

Leider befanden sich im Restaurant fast ausschließlich Pärchen, und die waren zudem noch wesentlich älter als sie. Frustriert bestellte sie sich ein Glas Champagner und sah hinaus in den sonnigen Tag. Der Moritzsee glitzerte wie eine silberne Scheibe, Segelboote dümpelten dahin, und die Skipper warteten sehnsüchtig darauf, dass die Flaute nachließ.

Marietta ging es ähnlich.

* * *

Langsam stiegen die Nebel aus dem Tal herauf, legten sich wie ein weißes Tuch um die Berggipfel, hüllten die hellgrünen Lärchenwälder ein und bedeckten die Wiesen mit einem glitzernden, zarten Schleier.

In der Nacht hatte es geregnet, und erst mit Beginn der

Dämmerung hatten sich die schweren Wolken in Richtung Westen verzogen. Doch noch gelang es der Sonne nicht, sich durchzusetzen.

Andrea wurde erst wach, als ein Lastwagen der Gartenbaufirma vor dem Haus parkte und drei Männer in raschem Rätoromanisch aufgeregt zu diskutieren begannen. Vergeblich versuchte Andrea etwas zu verstehen, also zog sie sich schlaftrunken die Bettdecke über die Ohren.

Sie hatte schlecht geschlafen und wirr geträumt. Markus hatte sie mitten auf dem Broadway auf ein Autodach gesetzt, sie bis auf die Unterwäsche ausgezogen und war dann mit ihr die Straße entlanggefahren. Sie hatte sich nicht wehren können, denn ihre Füße waren wie mit Leim an dem Auto festgeklebt. Touristen machten Fotos, zwei berittene Polizisten versuchten den Wagen anzuhalten, doch Markus lachte nur, winkte aus dem Fenster – und der Wagen erhob sich mit dumpfem Zischen in die Luft. Dabei schrie Markus immer wieder lange Zahlenreihen aus dem Wagenfenster.

»Lass mich runter!« Andrea versuchte die Füße vom Wagendach loszureißen, aber es gelang nicht. Der Wagen glitt, wie von Geisterhand gesteuert, durch die Häuserschluchten, vorbei am Empire State Building, am Chrysler Building, am Rockefeller Center bis hin zur Freiheitsstatue. Dort, über dem Wasser des New Yorker Hafens, löste sich plötzlich der Leim und Andrea fiel ins dunkle Hafenbecken.

Das Letzte, was sie hörte, ehe sie in den Fluten ertrank, war Markus' irres Lachen, dann schwebte der Wagen davon.

Schweißgebadet war Andrea wach geworden. Ben schnarchte leise zu ihren Füßen, und draußen klatschte Regen gegen die Fenster.

Eine Weile blieb Andrea zitternd liegen, und erst als sich ihr Atem erholt hatte, stand sie auf und sah hinaus in die

Dunkelheit. Viel konnte sie nicht erkennen. Durch die Regenwand schimmerten ein paar Straßenlaternen, die drei Lampen an der Auffahrt zum Chalet verbreiteten gedämpftes Licht, und auch eines der Fenster über der Garage war hell erleuchtet.

Für einen Moment war Andrea versucht, zu Julian hinüberzugehen und sich für den Rest der Nacht in seine Arme zu flüchten. Doch energisch riss sie sich zusammen. Sie hatte ihn schließlich gebeten, ihr noch Zeit zu geben, da war es unmöglich, zu ihm zu gehen und sich trösten zu lassen, nur weil sie einen Alptraum gehabt hatte. Einen Alptraum, der zum Glück mit der Wirklichkeit nichts gemein hatte. Das Kapitel Markus war beendet! Endgültig!

Sie ging zum Bett zurück, kraulte Ben kurz den Nacken, doch er hob nur für einen Moment den Kopf, seufzte leise und legte dann den schweren Kopf wieder auf die Pfoten.

Irgendwann, nachdem sie der monotonen Melodie des Regens eine Weile zugehört hatte, schlief sie wieder ein.

»Schlafmütze! Wach werden! Frühstück ist fertig!« Julian klopfte an ihre Tür, seine Stimme klang frisch und munter.

»Ich komme gleich.« Andrea schob die Decke ein Stück zur Seite und blinzelte in Richtung Tür. Doch Julian machte keine Anstalten hereinzukommen.

Ein bisschen bedauerte sie es, dass er so rücksichtsvoll war. Andererseits, sie hatte ja darum gebeten, dass er ihr Zeit lassen sollte.

»Du weißt nicht, was du willst«, murmelte sie vor sich hin, als sie die Beine aus dem Bett schwang. »Erst bittest du ihn um Geduld, weil du Angst vor deinen eigenen Gefühlen hast, und jetzt würdest du dich ihm am liebsten in die Arme werfen.«

Ben stand auf und drückte sich an ihre Beine.

»Ach du, du warst nicht gemeint«, lächelte Andrea und tätschelte dem Hund den Kopf.

Ein lautes »Wuff« war die Antwort, dann stellte sich Ben vor die Tür und sah die junge Frau auffordernd an.

Sie öffnete die Tür und ging ins Bad.

Eine Viertelstunde später saß sie, noch mit feuchtem Haar, in der Küche und ließ sich von Julian Kaffee eingießen.

»Croissants? Oder lieber jetzt schon einen frischen Nussgipfel?« Er wies auf das köstlich duftende Gebäck.

»Erst mal nur ein Brötchen, bitte.« Andrea fischte sich ein Körnerbrötchen aus dem Korb.

»Ganz wie du willst. Ich kann aber auch Eier und Speck machen.«

»Nein, nein, danke. Oder – möchtest du? Ich könnte sie dir braten.«

Er schüttelte den Kopf. »Du bleibst ruhig sitzen und isst.«

»Jawohl.«

»Braves Mädchen.« Er goss sich noch einmal Kaffee ein. »Du, ich muss kurz noch mal zu den Gärtnern. Der Regen in der Nacht hat schon wieder zu einem kleinen Chaos geführt. Es ist unbedingt notwendig, dass die Leute eine kleine Stützmauer einziehen. Sonst hat Herr Altmann bei jedem heftigen Regen den halben Garten vor der Haustür.« Er stand auf, ging zur Tür, drehte sich dort aber noch einmal um und kam zurück.

»So viel Zeit muss sein«, meinte er und küsste Andrea. »Du schmeckst nach Marmelade. Süß.«

»Danke.«

»Gern geschehen. Wenn du willst, kannst du dir überlegen, was wir heute unternehmen.«

Andrea schüttelte den Kopf. »Wir können die Handwerker doch nicht schon wieder sich selbst überlassen. Und die Gärtner müssen auch …«

»Die wissen genau, was zu tun ist. Und der Schreiner kommt erst morgen.« Er öffnete die Tür. »Heute haben wir also viel Freizeit.«

»Draußen ist ja noch alles nass«, wandte Andrea ein.

»Richtig. Der ideale Morgen für einen Museumsbesuch. Na, was meinst du? Segantinimuseum oder Engadiner Heimatmuseum?«

Andrea musste nicht lange überlegen. Seit jeher interessierte sie sich für Malerei, und in New York war sie oft ins Museum gegangen. Ohne Markus natürlich, der sich für solche Besuche keine Zeit nahm. »Zeitverschwendung« hatte er es einmal genannt und Andrea vorgeschlagen, lieber mit ihm in einen Fitnessclub zu gehen, statt sich vor alte Bilder zu stellen.

Zweimal hatte sie versucht, mit ihm zu diskutieren, dann hatte sie resigniert – wie so oft. Und sie war allein ins Guggenheim Museum gegangen, hatte sich allein das gigantische Metropolitan Museum of Art angeschaut.

»Ich möchte mir schon gern Segantinis Werke ansehen. Ich hab mal irgendwo gelesen, dass er zu den ganz großen Landschaftsmalern gehört – und einer der bedeutendsten Alpenmaler ist.«

»Kluges Kind.« Julian lachte leise. »Dann komm, sehen wir uns an, was er vor mehr als hundert Jahren geschaffen hat.«

Die Straße hinüber nach Sankt Moritz war noch nass. Wasser spritzte auf, als Andrea versehentlich durch eine besonders große Pfütze fuhr. Am Punt Muragl herrschte noch nicht viel Betrieb; bei dem schlechten Wetter machte es wenig Sinn, auf den Berg zu fahren, denn die Aussicht war noch nicht verlockend.

Vor dem Segantinimuseum standen allerdings schon etliche Besucher und warteten auf Einlass. Andrea bewunderte den ungewöhnlichen Bau aus Bruchsteinen, der von einer großen Kuppel beherrscht wurde. Bei der Führung erfuhr sie dann, dass der Bau einem Entwurf für einen Pavillon nachempfunden war, den Segantini für die Pariser Weltausstellung gezeichnet hatte.

Im großen Kuppelsaal befanden sich dann auch die drei Hauptwerke des Malers, sein berühmtes Alpentriptychon. Die wandfüllenden Bilder faszinierten Andrea auf Anhieb, und sie konnte sich gar nicht daran sattsehen.

»Komm weiter. Du willst dir doch sicher auch noch seine anderen Bilder ansehen.« Julian legte ihr die Hand auf die Schulter. Er hatte das Museum schon mehrere Male besucht und kannte die ausgestellten Werke genau.

»Ich zeig dir mein Lieblingsbild«, sagte er, als sie in einen kleineren Raum kamen, in dem nur wenige Bilder hingen. Er deutete nach links. »Das da mag ich besonders.« Er sah Andrea von der Seite an. »Ein bisschen ähnelt dir das Mädchen mit dem Lamm auf den Armen. Finde ich zumindest.«

Andrea sah ihn stirnrunzelnd an. »Ich glaub, deine Fantasie geht mit dir durch.«

Er lächelte und legte für einen Moment den Arm um sie. »Mag sein. Im Grunde sehe ich dich überall. Zumindest in jeder schönen Frau.«

Andrea trat einen Schritt zur Seite, so dass sein Arm von ihren Schultern glitt. »Lass die Übertreibungen«, sagte sie leise. »So was mag ich nicht.«

Julian antwortete nicht. Aber ihm wurde wieder einmal klar, dass Andrea wohl von einem Mann sehr übel mitgespielt worden war. Sie igelte sich ein, sobald man ihr etwas Nettes sagte, sie lobte oder ihr ein Kompliment machte.

Wer hatte sie so verletzt?

Wer hatte sie belogen, betrogen, mit schönen Worten gefügig gemacht und dann fallen lassen?

Dass es so sein musste, war Julian klar. Andreas Angst vor zu viel Nähe, ihre Skepsis gegenüber aufrichtiger Zuneigung konnten nur diesen einen Grund haben.

Julian war klar, dass es viel Geduld von seiner Seite brauchen würde, um Andreas uneingeschränktes Vertrauen und ihre Liebe zu gewinnen.

Etwa zwei Stunden blieben sie im Museum. Als sie den ungewöhnlichen Bau verließen, schien die Sonne und es war herrlich warm.

»Wenn du willst, machen wir heute einen Segantinitag«, schlug Julian vor, als sie zum Wagen gingen, der ganz in der Nähe geparkt war.

»Und der sähe wie aus?«

»Wir fahren hoch zum Muottas Muragl und gehen von da aus zur Segantinihütte.«

»Und wie lang ist der Weg?«

»Circa drei Stunden musst du schon rechnen. Aber es lohnt sich wirklich.« Er sah auf Andreas Schuhe. »Du müsstest dich aber vorher umziehen, der Weg ist nicht ganz einfach zu gehen.«

»Dann verschieben wir den Ausflug lieber.«

»Bis morgen?« Erwartungsvoll sah er sie an.

»Meinetwegen.« Andrea zuckte mit den Schultern. »Du gibst ja sonst doch keine Ruhe.«

»Wie gut du mich doch schon kennst.« Er beugte sich vor und küsste sie. »Dann machen wir uns heute eben einen faulen Nachmittag. Ich lade dich ins beste Eiscafé der Stadt ein.«

»Na, das ist wirklich mal eine ausgezeichnete Idee!«

* * *

Feste Wanderschuhe, Jeans, eine rot-weiß gestreifte Bluse und im Rucksack eine dünne Wetterjacke – Andrea sah kurz in den Spiegel, bevor sie ihr Zimmer verließ.

»Na, das nenn ich ein zünftiges Outfit.« Julian sah ihr lächelnd entgegen. Er trug ebenfalls eine Jeans, ein hellblaues Hemd, darüber einen blauen Pulli und natürlich festes Schuhwerk.

»Hast du kein Regenzeug dabei?«, erkundigte sich Andrea.

Er klopfte auf den Rucksack. »Alles da. Sogar Proviant und Verbandszeug.« Er lachte. »Ich bin ein erfahrener Kletterer, schon vergessen?«

»Gibt's eigentlich was, was du nicht kannst?«

»Vieles.« Er lachte und zog sie an sich. »Am besten aber kann ich küssen. Oder?«

Zustimmen konnte sie ihm nicht. Aber sie erwiderte seinen langen Kuss und genoss es, ihn so nah zu spüren. Er war ein Verrückter, ein Abenteurer, das war ihr klar. Aber er war auch der Mann, in den sie sich Hals über Kopf verliebt hatte.

In der Nacht hatte es wieder geregnet, diesmal aber nur kurz. Die Morgensonne hatte bereits alle Wege und Wiesen getrocknet. Der Himmel war von strahlendem Blau, und es versprach ein wunderschöner Tag zu werden.

Nur kurz stieg in Andrea das schlechte Gewissen auf, als sie die Arbeiter sah, die von Lori eingeteilt wurden. Die junge Gartenarchitektin stand neben der frisch aufgebauten kleinen Stützmauer, winkte ihnen zu und wünschte viel Spaß.

»Danke, den werden wir haben!« Julian winkte zurück. »Das sieht bisher alles supergut aus.«

»Danke. Und es wird perfekt. Versprochen! Wartet nur ab, bis alles bepflanzt ist.«

»Ich vertrau dir voll und ganz!«

»Danke. Ich weiß ja, für wen ich's mache.« Lori wandte sich gleich wieder dem Vorarbeiter zu und besprach mit ihm, was heute gemacht werden sollte.

Julian atmete auf, als Andrea den letzten Satz der Gartenarchitektin nicht hinterfragte. Sicher dachte sie, dass Herr Altmann damit gemeint war. Doch Lori erhoffte sich von Julian die Neugestaltung der Hotelanlage in Sankt Moritz. Er hatte ihr in Aussicht gestellt, dass sie das Projekt noch in diesem Frühjahr in Angriff nehmen konnte.

Ben rannte erst einmal aufgeregt von Strauch zu Strauch und setzte seine Duftmarken, ehe er auf die enge Rückbank des Cabrios sprang und sich dort langlegte.

Sie fuhren mit dem Wagen bis zur Talstation des Muottas Muragl, nahmen die erste Seilbahn und stiegen dann gleich zum Schafberg mit der Segantinihütte auf. Hier hatte sich der Maler in seinen letzten Jahren besonders gern aufgehalten, und hier war er auch an einer Infektion gestorben, als er gerade ein neues seiner Panoramabilder schuf.

Nachdem sie das Val Muragl hinter sich gelassen hatten, schlug Julian eine kurze Rast vor. »Der Weg hinüber zur Hütte ist nicht ganz einfach. Er führt über ein Geröllfeld.«

»Meinst du, ich schaff das nicht?«, fragte Andrea und sah ihn ein bisschen ängstlich an.

»Aber ja doch«, beruhigte Julian sie. »Ich will nur nicht, dass du dich zu sehr anstrengst. Schließlich bist du das Klettern nicht gewöhnt.«

Aber Andrea hatte keine Angst, sie war fit und fühlte sich ausgesprochen gut. Alle Viertelstunde hielten sie kurz an und sahen sich um. Das Panorama war einzigartig, und auch der steinige Weg machte Andrea keine allzu große Mühe, zumal ihr Julian immer wieder die Hand entgegenstreckte und ihr über schwierige Passagen hinweghalf.

»Warte nur, bis wir zur Hütte kommen«, meinte Julian, als sie wieder einmal anhielten und sich umschauten. »Segantini wusste genau, wo er sich niederließ. Er hat das Panorama in vielen Gemälden eingefangen und ja auch bis zum Schluss an Bergbildern gearbeitet.«

»Ich bin gespannt. Vor allem, ob wir vielleicht ein paar Steinböcke sehen.« Sie bückte sich und zog ihren linken Wandersocken hoch. »Im Reiseführer hab ich gelesen, dass die Tiere im neunzehnten Jahrhundert in Graubünden völlig ausgerottet waren.«

»Stimmt. Und man hat dann um neunzehnhundert den italienischen König bestohlen – allerdings mit amtlicher Genehmigung –, indem man etliche Tiere aus den italienischen Alpen über die Berge zurück in Schweizer Gebiet entführt hat.« Julian lachte. »Die Geschichte kennt jeder hier in der Gegend.«

»Ich verstehe gut, dass die Graubündner ihr Wappentier gern zurückhaben wollten.« Andrea ging ein paar Schritte weiter.

»Die meisten Tiere halten sich allerdings eher in der Gegend um die Alp Languard auf«, erklärte Julian. »Da gibt es eine richtige Kolonie. Aber vielleicht haben wir ja doch Glück und sehen auch hier einen einzelnen Bock.«

Ein lauter Schrei ließ sie zusammenzucken.

»Was ist denn da los?« Andrea sah nach links, wo sich ein paar besonders hohe Felsbrocken auftürmten. Zwei von ihnen wirkten wie ein Balkon, sie schoben sich fast drei Meter über einen Abgrund.

Wild gestikulierend kam ein junges Mädchen auf sie zugerannt. Der lange, dunkle Pferdeschwanz wippte auf und nieder, und sie stolperte, kurz bevor sie bei Andrea und Julian angekommen war. Im letzten Moment konnte Julian sie gerade noch auffangen.

»Schnell! Hilfe!« Tränen liefen der etwa Zwölfjährigen übers Gesicht, und sie atmete heftig.

»Was ist passiert?«

»Mein kleiner Bruder … er ist gestürzt und abgerutscht!« Aus großen, dunklen Augen, die voller Tränen waren, sah das Mädchen zu Julian auf. »Er wollte von da oben nach Steinböcken sehen und ist abgerutscht. Mama und Papa versuchen, zu ihm runterzuklettern, aber Mama …« Sie brach ab.

»Was ist mit deiner Mutter?«

»Mama ist … sie ist auf einem Auge blind, und sie muss vorsichtig sein.« Ein neuer Tränenstrom rann aus den dunklen Augen. »Ich hab solche Angst! Ich hab nach ihnen gerufen, aber sie reagieren nicht. Und ich kann sie auch nicht mehr sehen.«

Mit einer schnellen Bewegung zog sich Julian den Rucksack vom Rücken, öffnete ihn und holte ein Seil hervor, außerdem das Päckchen mit Verbandszeug. »Das ist zwar nicht viel, aber besser als nichts«, murmelte er. Dann wandte er sich an das Mädchen. »Wo genau ist es passiert?«

»Da!« Sie wies nach links. »Da hinter der Kurve. Da gibt es einen Steinhügel, und da ist Pit hoch.« Wieder schluchzte sie auf. »Dann, ganz plötzlich, ist er ins Rutschen geraten. Er hat so geschrien …«

Julian presste kurz die Lippen aufeinander. »So ein Leichtsinn! Hier sollte man auf dem vorgezeichneten Weg bleiben, es gibt immer wieder größere oder kleinere Felsspalten, in die man stürzen kann.« Dann sah er Andrea an. »Kümmere dich um sie.« Und schon hastete er davon, hinüber zu dem Geröllfeld, das sich hinter der Kehre verbarg.

Im nächsten Moment war er aus Andreas Blickfeld verschwunden.

Angestrengt sah Andrea auf die großen, abgeflachten Gesteinsplatten hinunter, die den Weg durch das Geröllfeld markierten. Nicht umsonst wurde den Wanderern eindringlich geraten, auf diesen Platten zu bleiben und nicht vom vorgegebenen Weg abzuweichen.

Das Mädchen schluchzte und klammerte sich an ihre Hand.

»Julian ist ein guter Kletterer, er kennt sich hier aus«, versuchte Andrea, sie zu trösten. »Er kann euch sicher helfen.«

Langsam und vorsichtig gingen sie weiter.

»Hier ...« Das Mädchen wies auf zwei Rucksäcke, die auf den Steinen lagen. Daneben ein hellgrüner Anorak, eine grüne Baseballkappe. »Mama ...« Wieder flossen die Tränen.

»Alles wird gut.« Hilflos sagte Andrea das immer wieder. Sie sah sich um, weit und breit war niemand zu sehen, der ihnen zu Hilfe hätte kommen können. Sie ging ein paar Schritte weiter – und stand vor einem Abgrund.

»Julian!«

»Ja, ja, alles klar.« Seine Stimme klang gepresst. »Ich bin schon bei den dreien.«

»Was kann ich tun?« Vergeblich versuchte Andrea nach unten zu spähen. Ein großer, bizarr gezackter Steinbrocken versperrte ihr die Sicht.

»Vorsicht! Die Steine sind locker!« Julians warnende Stimme mischte sich mit dem Schrei, den Andrea ausstieß, als sich das Geröll unter ihren Füßen löste.

Wild ruderte sie mit den Armen durch die Luft. Sie spürte einen heftigen Schlag an der Schläfe, und wie ein Stich durchzuckte der Schmerz ihren Kopf.

Dann war um sie herum nur noch dunkle Nacht.

11

»Können wir nicht noch länger hierbleiben? Wenigstens noch einen Tag?« Bittend sah Marietta ihren Begleiter an, der hastig zum Hotelparkplatz ging. »Ich würde so gern mal in der Villa d'Este zu Abend essen.«

Norbert verzog das Gesicht. »Du, ich bin Architekt, kein Multimillionär.« Er hatte schlechte Laune, denn das Projekt, von dem er sich so viel versprochen hatte, war auf Eis gelegt worden. Gestern Abend hatte er lange mit vier Verantwortlichen diskutiert, doch der Hauptgeldgeber ließ sich nicht überzeugen und hatte ihn am Morgen angerufen und sich Bedenkzeit ausgebeten.

»Gibt es noch weitere Mitbewerber außer dem Deutschen?«, hatte Norbert gefragt.

»Nein. Aber ich gestehe, dass ich von diesem Konzept sehr angetan bin. Dennoch – Sie sind noch nicht aus dem Rennen. Überarbeiten Sie alles wie besprochen, dann sehen wir weiter.«

Norbert war klar, dass dies nur eine vage Aussicht auf die endgültige Zusage war. Im Gegenteil, im Grunde stand schon fest, dass er aus dem Rennen war. Zumindest empfand er es so, und er hatte auch nicht die geringste Lust, die Pläne, an denen er wochenlang gearbeitet hatte, noch einmal zu ändern. In seinen Augen waren sie perfekt, auch wenn die Investorengruppe das anders sehen mochte.

»Du bist aber mies drauf!« Marietta zog einen Schmollmund.

»Ach, lass mich doch mal in Ruhe!«, herrschte er sie an. Ein kurzer Blick streifte Marietta, die zu einer engen weißen Hose eine bunt geblümte Seidenbluse trug. Fünf Knöpfe standen offen und ließen den Blick auf ihren Busenansatz frei.

Jetzt schob sie sich die dunkle Sonnenbrille, die das Label einer französischen Nobelmarke trug, auf die hellen Haare. »Ganz wie du willst. Wenn ich dir lästig bin, sag es nur.«

Norbert seufzte auf. »Du bist mir nicht lästig, verdreh mir nicht die Worte im Mund. Aber ich kann mich im Moment nicht um deine Freizeitvergnügungen kümmern. Versteh das bitte. Job ist nun mal Job.« Er wollte hinzufügen, dass sie es mit der Arbeit ganz offensichtlich nicht so ernst nahm, denn sie machte keine Anstalten, sich bei ihrer Agentur zu melden, obwohl die schon dreimal angerufen hatte.

»Hab keinen Bock«, hatte Marietta nur gesagt und die SMS-Nachrichten ignoriert.

»Du und dein Job! Entspann dich doch mal, dann kommt die geniale Inspiration ganz bestimmt.«

»Schön wär's.« Er seufzte auf. Je länger er mit Marietta zusammen war, umso häufiger verglich er sie mit Andrea. Unterschiedlicher als die beiden Frauen konnte man nicht sein. Mariettas Schönheit war unübersehbar, während Andrea von einer zarten Anmut war, deren Reiz erst bei genauem Hinsehen zu erkennen war.

Marietta genoss das Leben in vollen Zügen. Nichts war ihr zu gut, zu teuer, zu extrem. Sie nahm, was sich ihr bot, und sie war, wenn er es ganz ehrlich betrachtete, maßlos. Ganz anders Andrea. Sie war zurückhaltend, bescheiden, dabei klug und mit einem angenehmen Humor gesegnet.

Er dachte an die wenigen, aber guten Gespräche, die sie geführt hatten. An die beiden Bücher, von denen Andrea geschwärmt hatte, und von der Opernaufführung in New York an der Met, die eine der wenigen schönen Erinnerungen an ihre Zeit im Big Apple war. Zumindest hatte Norbert es so empfunden.

»Sag mal, gehst du eigentlich gern in die Oper?«, fragte er aus diesen Gedanken heraus.

»Oper?« Marietta sah ihn an, als hätte er sie zu einer Marsexpedition eingeladen. »Was soll ich mir denn so ein altbackenes Geträller anhören? Nein, ich steh eher auf Rockpop. Hin und wieder mag ich aber auch Heavy Metal. Je nach Stimmung.« Sie lachte. »Du weißt, was ich meine.«

Norbert nickte. »Ja.« Er sah sie ernst an. »Übertreib es nur nicht mit deinen Pillen, sonst kannst du eines Tages gar nicht mehr ohne.«

»Spießer!« Sie lachte. »Du solltest dir auch was gönnen, das muntert dich auf.« Sie kramte in ihrer Handtasche nach den kleinen Muntermachern, ohne die sie kaum noch leben konnte. Aber das ging Norbert gar nichts an! Er war engstirniger, als sie zunächst gedacht hatte. Ein weiterer Grund, sich nicht mehr allzu lange in seiner Gesellschaft aufzuhalten, sondern wieder intensiver nach Julian zu suchen.

»Lass das.« Norbert winkte ab. »Das fehlte noch, dass wir in eine Grenzkontrolle kommen und man bei mir Drogen findet.«

»Aber geh! Heutzutage wird doch gar nicht mehr kontrolliert! Die Grenzen sind offen.«

»Aber nicht die zur Schweiz. Schon vergessen? Das Land gehört nicht zur EU.«

»Ach ja, stimmt.« Marietta lachte. »Ihr seid ja was Besonderes, ihr Eidgenossen!«

Diese Ironie trug nicht dazu bei, Norberts Laune zu bessern.

»Was ist jetzt? Hast du gepackt, können wir fahren?«

»Meinetwegen.« Sie folgte ihm zum Wagen. »Aber zu George Clooneys Villa fahren wir noch. Du hast es versprochen.«

»Na gut, meinetwegen. Obwohl ich nicht weiß, was ihr alle an dem Kerl findet. Jetzt ist er auch noch verheiratet – und wohnt sicher zurzeit gar nicht hier.«

»Trotzdem!«

Norbert gab nach. Seine Nerven waren zum Zerreißen gespannt, und er hatte keine Lust, sich noch länger mit Marietta auseinanderzusetzen. Sie hatte ja keine Ahnung, wie wichtig dieser Auftrag für ihn war. Wenn der platzte ... Er durfte sich die Konsequenzen nicht ausmalen.

Langsam fädelte er sich in den Verkehr ein. Der kleine Ort Laglio, der nur eine Viertelstunde von Como entfernt lag, war vor Jahren noch ein verschlafenes Nest gewesen, das von keinem Touristen beachtet wurde. Erst seit der berühmte Filmstar sich am Ufer eine Villa gekauft hatte, war Laglio in aller Munde.

Wie erwartet, herrschte auch an diesem Tag wieder viel Verkehr im Ort, und Marietta gelang nur mit Mühe ein Blick auf das Anwesen des berühmten Schauspielers. Zu viele Schaulustige fuhren an dem großen Haus vorbei, immer in der Hoffnung, doch einen Blick auf den Star werfen zu können.

»Wir hätten eine Bootstour machen sollen«, maulte sie. »Dann hätte ich mehr gesehen.«

»Das hätte auch nichts gebracht.« Norbert konnte sich nur noch mit Mühe beherrschen. »Ich weiß, dass das Gebiet um die Villa weiträumig abgesperrt ist. Vor Jahren konnte

Clooney noch vollkommen unbehelligt im Ort ins Restaurant gehen, aber diese Zeiten sind vorbei.«

»Zu schade!«, seufzte Marietta.

»Ihr seid ja selber schuld.« Norbert gab Gas und lenkte den Wagen zurück auf die Autostrada. »Wenn ihr verrückten Fans den Mann in Ruhe lassen würdet, müsste er sich auch nicht so vollkommen abschotten.«

»Ach du! Du bist ein richtiger Ignorant.« Marietta schob sich die Sonnenbrille auf die Nase und sah starr geradeaus.

Die heitere Stimmung, die noch auf der Herfahrt zwischen ihnen geherrscht hatte, war dahin.

Erst als Sankt Moritz in Sicht kam, wurde Marietta wieder lebhaft.

»Was machen wir heute Abend?«

Norbert überlegte. Seine Konten waren leer, und die drei Seidenshirts und die sündhaft teure Tasche, die er Marietta unbedingt hatte kaufen müssen, hatten den Kontostand total in die Miesen gebracht. Außerdem hatte er Schulden bei Leuten, die nicht lange warteten. Diese Gläubiger musste er noch im laufenden Monat zufriedenstellen.

So eine Scheiße aber auch, dass alles schiefgelaufen war in Italien! Zu sehr hatte er sich darauf verlassen, einen Vorschuss auf den großen Auftrag zu bekommen!

»Spielcasino«, murmelte er.

Marietta beugte sich vor und küsste ihn überschwänglich auf die Wange. »So gefällst du mir!«, lachte sie. »Und ich bin sicher, dass du nichts dagegen hast, wenn ich alles tue, um dich in die richtige Stimmung zu bringen.«

Norbert antwortete nicht, doch im Hotel, wo sie sich umzogen, ließ er es zu, dass Marietta ihm eine ihrer Pillen gab, die er mit einem Glas Champagner hinunterspülte.

* * *

»Sie müssen endlich heimgehen und schlafen.« Mitleidig sah die ältere Krankenschwester Julian an, der in einem Sessel dicht neben Andreas Bett saß und ihre Hand hielt.

»Nein.« Julian schüttelte den Kopf. »Ich bleibe hier.«

Aber die Schwester gab nicht nach. »Sie nehmen jetzt ein Taxi und fahren für ein paar Stunden nach Hause. Ruhen Sie sich aus, sonst brechen Sie uns noch zusammen.« Sie ging zum Bett und kontrollierte kurz die Infusion, an die Andrea angeschlossen war. »Helfen können Sie im Moment sowieso nicht. Die Patientin braucht absolute Ruhe.«

»Aber ich …«

»Später. Wenn es ihr in ein paar Tagen besser geht, dann sollten Sie für sie da sein.« Schwester Helene nahm Julians Arm. »Seien Sie vernünftig und lassen Sie Ihrer Freundin jetzt die nötige Ruhe.«

Sie öffnete die Tür und schob den jungen Mann, unter dessen Augen dunkle Ringe lagen, sanft zur Tür hinaus.

Nur widerstrebend folgte Julian ihrem Rat, aber er sah ein, dass er im Moment nichts für Andrea tun konnte. Außerdem fühlte er sich selbst ziemlich kaputt. Das Knie, das er sich bei der Rettungsaktion aufgeschlagen hatte, schmerzte, der verstauchte Fuß ebenso.

Siedend heiß fiel ihm ein, dass Ben seit Stunden allein im Chalet war. Nachdem man die Verunglückten mit dem Rettungshubschrauber in die Klinik geflogen hatte, war er so rasch als möglich zurück ins Chalet gefahren. Er hatte Ben Wasser hingestellt, ein paar Toilettensachen für Andrea gepackt, dann war er sofort in die Klinik nach Sankt Moritz gefahren.

Andrea hatte eine schwere Gehirnerschütterung und eine Platzwunde am Hinterkopf. Man hatte sie geröntgt und ihm versichert, dass sie bald wieder gesund sein würde.

Aber … sie wurde nicht wach. Dämmerte wie im Koma dahin und reagierte auf keine Ansprache.

»Das wird wieder, keine Sorge. Sie braucht nur etwas mehr Zeit«, hatte eine Schwester ihm versichert.

Julian musste sich beherrschen, um nicht laut aufzuschreien. Warum taten die Ärzte nicht mehr für Andrea? War es wirklich normal, dass sie so lange bewusstlos war? Dass sie gar nicht reagierte, wenn er mit ihr zu sprechen versuchte? Er glaubte es einfach nicht.

Stundenlang hatte er dagesessen und in ihr blasses Gesicht geschaut, das ihm auch jetzt noch wunderschön vorkam. Nichts regte sich, kein Wimpernzucken, kein Flattern der schmalen Nasenflügel.

Zweimal kam die Schwester und wechselte eine Infusionsflasche. Sie kontrollierte Andreas Puls und nickte Julian aufmunternd zu. Und auch der Arzt, der die Patientin untersuchte, fand es nicht besorgniserregend, dass sie immer noch in tiefer Bewusstlosigkeit zu liegen schien.

»Und wenn sie doch mehr hat als die Gehirnerschütterung? Innere Blutungen vielleicht?«

Der ältere Arzt mit dem spärlichen grauen Haarkranz und der dunklen Hornbrille hatte kurz auf seine Unterlagen geschaut. »Das haben wir abgeklärt. Sie hat eine Commotio cerebri, dazu die Kopfwunde, die sicher durch einen spitzen Stein verursacht wurde. Mein Kollege hat sie gereinigt und versorgt. Die Verletzung ist ziemlich tief, aber nicht gefährlich.« Er wirkte gestresst, denn in diesem Moment ging sein Piepser, und er wurde zu einem Notfall gerufen. »Machen Sie sich keine Sorgen, in ein, zwei Wochen ist Ihre Freundin wieder ganz auf den Beinen.« Damit ließ er Julian stehen.

Schwester Helene, die grauhaarige Stationsleiterin, nahm Julians Arm. »Kommen Sie, gehen Sie nach Hause und schlafen Sie sich aus. Ich rufe Sie an, sobald es etwas Neues gibt.«

»Danke.« Julian griff in seine Jackentasche. »Hier, meine Karte.«

Nur kurz sah Schwester Helene auf das kleine weiße Kärtchen aus feinstem Büttenpapier. »Geht in Ordnung.« Sie schob Julian in Richtung Aufzug.

Draußen vor dem Krankenhaus herrschte reger Verkehr. Die Sonne schien und ließ die späten Tulpen, die zusammen mit Ranunkeln und Narzissen in einem Rondell vor dem Klinikgebäude blühten, in strahlendem Gelb und klarem Rot erstrahlen.

Von all dem sah Julian nichts. Mit gesenktem Kopf überquerte er die Straße und ging in Richtung Parkplatz. Das laute Schrillen einer Fahrradklingel ließ ihn zusammenzucken.

»Pass doch auf, Traumtänzer!«, rief ihm ein dunkel gekleideter junger Mann zu und tippte sich dabei an den gelben Fahrradhelm.

Irritiert sah Julian dem Fahrradfahrer nach, der einen großen Bogen um ihn geschlagen hatte – und zuckte auf einmal zusammen: »Marietta«, murmelte er entsetzt.

Doch ehe er sich vergewissern konnte, dass es wirklich Marietta war, die gerade in einem schwarzen Sportflitzer an ihm vorbeigerauscht war, war der Wagen auch schon seinen Blicken entschwunden.

* * *

Geschliffene Kristallleuchter und dezent angebrachte Hotspots tauchten den großen Saal in ein perfektes Licht. Im Eingangsbereich hatte man Stehtische aufgestellt, auf denen in roten Gläsern Kerzen brannten. Die Farbe Rot wurde zudem durch kleine Rosenarrangements unterstrichen, und acht Hostessen, in engen schwarzen Hosen und roten Korsagen, verteilten rote Rosen und Probeflakons einer bekannten Parfümkette.

»Ladies Night«, lachte Marietta, und ihre gute Laune, der sie mit zwei Pillen aus ihrem geheimen Vorrat nachgeholfen hatte, stieg noch um ein paar Grad.

Norbert Zauner nickte nur und drückte ihren Arm. »Dann solltest du als Erste setzen. Vielleicht ist es deine Glücksnacht.«

Marietta sah zu ihm auf. »Ist es doch sowieso«, sagte sie, und ihre Stimme bekam einen verführerischen Klang, »weil du an meiner Seite bist.«

Norbert reagierte nicht auf das zu platte Kompliment. Er nahm die Atmosphäre im Spielsaal mit allen Sinnen auf, spürte das vertraute Prickeln, das ihn stets durchlief, wenn er in die Nähe eines Spielcasinos kam. Er sah die an diesem Tag besonders elegant gekleideten Menschen, die sich um die Roulettetische versammelt hatten oder an der Bar saßen, und er hörte das leise Klicken der Elfenbeinkugel, wenn sie auf einem bestimmten Feld liegenblieb. Er hörte die Stimmen der Croupiers, gelegentliches Gläserklirren und das aufgeregte Gemurmel der Gäste.

»Komm, wir trinken erst mal was«, schlug Marietta vor und zog ihn hinüber zur Bar. Ohne auf seine Zustimmung zu warten, orderte sie zwei Gläser Champagner.

In den Augen des dunkelhaarigen Barkeepers blitzte es auf. Marietta war auch in dieser Umgebung jemand, der auffiel. Ihr hellblondes Haar hatte sie an diesem Abend hochgesteckt, nur zwei lockige Strähnen umspielten die Ohren, an denen große goldene Ohrringe baumelten – ein Geschenk von Julian. Nach einer gemeinsam verbrachten Nacht in

Nizza hatte sie ihn vor die Auslage eines bekannten Juweliers geführt und die Ohrringe so wortreich bewundert, dass Julian sie ihr gekauft hatte.

Leider war dies das einzige Geschenk, das er ihr gemacht hatte. Schon kurze Zeit später hatte er sich immer mehr zurückgezogen. Und was immer Marietta auch versuchte – ihre Treffen wurden seltener. Julian entschuldigte sich mit Arbeit, und hin und wieder hatte auch sie einen Job, den sie nicht ablehnen konnte. Allzu dick war ihr finanzielles Polster nicht, und da Julian kein Typ war, der eine Geliebte aushielt, hütete sie sich, ihn nochmals dazu zu bewegen, ihr ein größeres Geschenk zu machen.

Als er zum vierten Mal eine Verabredung absagte und erklärte, er könne unmöglich zu ihr nach Hamburg kommen, um bei einem Shooting zuzusehen, schmollte sie. »Du musst doch nicht immer arbeiten«, hielt sie ihm vor. »Schließlich gehört deinem Vater ein Hotelimperium, da musst du doch nicht tagtäglich in irgendein Büro gehen.«

»Das zu entscheiden überlass mir.« Seine Stimme, sonst warm und liebenswürdig, hatte auf einmal sehr hart und entschieden geklungen, und Marietta war klug genug gewesen, nicht länger zu insistieren. »Ich hab im Moment einfach keine Zeit für dich, Marietta. Sieh es ein und lass mich in Ruhe.«

Aber sie war auch nicht bereit gewesen, Julian aufzugeben. Er war mit Abstand der interessanteste Mann, dem sie je begegnet war. Und so jemanden ließ man nicht so einfach von der Angel, auch wenn er deutlich erkennen ließ, dass sein Interesse an ihr nicht mehr halb so groß war wie umgekehrt.

An diesem Abend allerdings widmete sie sich Norbert Zauner. Er war ihr ähnlich: lebenshungrig, egoistisch, leichtsinnig und risikofreudig.

Sie beugte sich vor und gewährte ihm Einblicke in ihr tiefes Dekolleté. An diesem Abend trug sie ein langes nachtblaues Seidenkleid mit einem tiefen, spitzen Ausschnitt. Zwei Seitenschlitze ließen beim Gehen viel von ihren langen, perfekt geformten Beinen sehen.

Doch Norbert hatte für die Reize seiner schönen Begleiterin an diesem Abend keinen Blick. Er trank sein Glas in einem Zug leer, griff nach Mariettas Hand und zog sie mit sich zur Kasse.

Ungerührt legte er einen 1000-Franken-Schein auf die glatte Theke. Es war sein letztes Geld. Seine Großmutter hätte es den »Notgroschen« genannt. Doch das ging niemanden etwas an.

Zum Glück fragte Marietta auch nicht, warum er die Kreditkarte nicht benutzte. Sie sollte nicht erfahren, dass sein Konto hoffnungslos überzogen war.

Wenn Norbert Zauner daran dachte, wurde ihm übel. Und wenn jetzt noch der Auftrag in Italien platzte ... Nicht auszudenken!

»Lass uns rübergehen zum ersten Tisch.« Er nahm Mariettas Arm.

Obwohl es viele gutaussehende junge Damen im Raum gab, erregte Marietta Aufsehen. Sie genoss die bewundernden Blicke der Männer, und ein amüsiertes Lächeln glitt über ihr Gesicht, als sie drei ältere Frauen bemerkte, die ihr naserümpfend nachsahen. Sie saßen allein am Black-Jack-Tisch und versuchten ihre Langeweile am Spieltisch zu übertünchen.

Was nützt euch all euer Geld, dachte Marietta und warf den Kopf in den Nacken. Damit lässt sich weder Jugend noch Schönheit erkaufen. Und die Bewunderung oder gar die Liebe von interessanten Männern erst recht nicht!

Sie schmiegte sich an Norbert, der am Ende des Tisches, dem Croupier fast gegenüber, noch zwei freie Stühle ergattert hatte.

»Fang du erst mal an«, meinte er und schob Marietta ein paar Jetons hin.

Sie setzte wieder auf die 27, doch diesmal hatte sie Pech. Und auch bei den beiden anderen Versuchen, bei denen sie nicht so viel riskierte, verlor sie.

»Das wird heute nichts mehr«, stellte sie ungerührt fest und sah sich nach einem Kellner um, bei dem sie wieder Champagner bestellte. »Versuch du dein Glück, ich hab's im Gefühl, dass ich heute nichts gewinne.«

Norbert nickte nur. Ihm wurde heiß, und der Kragen des lila-weiß gestreiften Hemdes fühlte sich auf einmal so eng an, dass er meinte, keine Luft mehr zu bekommen. Mit zitternden Fingern fuhr er zum Kragen und öffnete den obersten Knopf.

»Hey, drück dich nur ja nicht! Ich will sehen, was in dir steckt!« Marietta lachte übermütig.

»Na gut.« Vorsichtig setzte Norbert erst einmal nur auf Rot – und gewann. Beim nächsten Mal ließ er ein paar Jetons auf das obere Drittel setzen – und gewann wieder.

Seine Laune stieg, ebenso das Spielfieber, das ihn packte, je mehr er gewann. Der kleine Stapel Jetons vor ihm wuchs und wuchs.

Norbert atmete auf und steckte Marietta mehrere 200-Franken-Jetons zu. »Versuch's noch mal.«

»Nö, heute nicht. Das wird nichts, das sagt mir mein Bauchgefühl.« Sie steckte die Jetons in ihre Tasche und schmiegte sich an ihn. »Aber wenn du Lust hast, können wir gehen und was anderes spielen. Du weißt schon …«

Doch Norbert schüttelte den Kopf. »Nein, ich bleibe

noch. So eine Glückssträhne muss man ausnutzen.« Er setzte einen hohen Betrag auf Pair – und gewann wieder.

Seine Stimmung stieg, und er war sicher, das Casino in ein paar Stunden als reicher, sorgenfreier Mann verlassen zu können.

* * *

Bleigewichte schienen auf ihren Augenlidern zu liegen. Außer dem Klappern von Geschirr und hastigen Schritten hörte sie nichts. Wie in einen Kokon eingewoben kam sie sich vor. Das Einzige, was sie bemerkte, war ein fremder Geruch.

Wo bin ich?, wollte sie fragen, doch die Stimme gehorchte ihr nicht. Ganz trocken war ihr Mund, und als sie den Kopf heben wollte, um sich nach einem Glas Wasser umzusehen, gelang das ebenso wenig, wie es ihr möglich war, die Augen zu öffnen.

Sie atmete heftiger, und dann, mit unendlicher Mühe, gelang es ihr, die Augenlider ein wenig zu heben.

Was sie sah, irritierte sie: Ganz offensichtlich lag sie in einem fremden Bett. Gelb-weiß gestreifte Bettwäsche, ein Messinggestell, über dem eine gelbe Decke lag. Neben dem fremden Bett stand etwas Hohes, Glänzendes. An der Wand gegenüber hing ein großes Bild, dessen bunte Farben vor ihren Blicken verschwammen.

Wieder fielen ihr die Augen zu, sie seufzte unterdrückt auf und schlief wieder ein.

Als sie erneut zu sich kam, fiel es ihr nicht mehr ganz so schwer, die Augen zu öffnen und sich zu orientieren. Dämmrig war es im Raum, doch irgendwo gab es eine Lichtquelle, die sie nicht erkennen konnte. Aber die Lampe beleuchtete das Bild an der Wand, das sie jetzt deutlich erkennen konnte.

Ein Bergmassiv war abgebildet, darunter grüne Wiesen, durch die sich ein Fluss wand. Irgendwie kam ihr die Landschaft bekannt vor, doch sie konnte sich nicht erinnern, wo es war.

Das Denken fiel ihr schwer. Warum nur? Was war mit ihr passiert? Wo war sie überhaupt? Warum konnte sie den linken Arm nicht bewegen? Er fühlte sich an wie ans Bett gefesselt, und als sie ihn loszureißen versuchte, spürte sie ein heftiges Stechen auf dem Handrücken. Irgendetwas steckte dort.

Andrea versuchte sich aufzurichten, doch ein unerträglicher Schmerz durchzuckte ihren Kopf, und sie blieb wieder still liegen. Erst nach ein paar mühsamen Atemzügen drehte sie den Kopf vorsichtig zur Seite. Dicht neben ihrem Bett stand ein Gestell, an dem eine dünne Plastikflasche befestigt war. Daran hing ein Schlauch, der bis zum Bett führte.

Eine Infusion!

Sie war erleichtert, dass ihr der Begriff einfiel und sie kombinieren konnte, dass irgendetwas in ihre Vene tropfte.

Ich bin im Krankenhaus, wurde ihr klar. Aber – warum?

Vorsichtig drehte sie den Kopf weiter – und zuckte zusammen, als sie auf die Zeitschrift blickte, die derjenige, der dicht neben ihrem Bett saß, gerade las: die *Financial Times!*

»Markus!«

Raschelnd fiel die Zeitschrift zur Erde.

Andrea schloss die Augen und presste sie so fest zusammen, dass es weh tat. So, wie ihr auf einmal ein schmerzhafter Stich ins Herz fuhr bei dem Gedanken, dass Markus irgendwie wiederaufgetaucht war. Angst paarte sich mit Wut und Empörung. Was fiel ihm ein, sich erneut in ihr Leben zu drängen? Es war vorbei. Sie waren getrennt.

»Lass mich!« Sie wollte es schreien, doch nur ein dumpfes

Murmeln, unverständlich und viel zu leise, kam über ihre Lippen.

»Ganz ruhig, Liebes. Alles ist gut!«

Wie sanft seine Stimme auf einmal klang! Liebevoll und zärtlich.

Aber so hatte er sie schon ein paarmal getäuscht. Er war freundlich und nett gewesen – und hatte sie im nächsten Moment geschlagen oder mit Worten beleidigt.

»Nicht!« Sie wollte ihn von sich schieben, doch er hielt ihre Hände fest.

»Andrea, sieh mich an! Ich bin's, Julian!«

Nein, das stimmte nicht. Markus las immer die *Financial Times*. Warum sollte Julian das tun? Er war arbeitslos, hatte mit Banken oder Finanztransaktionen bestimmt nichts zu tun. So klar konnte sie wieder denken, dass sie sich daran genau erinnerte.

Vorsichtig blinzelte sie unter halb geschlossenen Lidern hervor. Dicht über ihr sah sie ein gebräuntes Männergesicht. Dunkle Augen blickten sie an. Über der linken Augenbraue klebte ein Pflaster, und auf der linken Wange bemerkte sie einen kleinen Riss, der schon fast abgeheilt war.

»Julian ... Was ist passiert?«

In die Erleichterung, ihn zu sehen und nicht Markus, mischte sich leises Entsetzen, weil sie nicht wusste, warum sie in einem Krankenhaus lag. Krampfhaft versuchte sie sich zu erinnern, doch in ihrem Kopf war nichts außer einem stechenden Schmerz.

»Weißt du nicht mehr, was passiert ist?« Sein Gesicht war immer noch dicht über ihrem, jetzt küsste er sie zart auf den Mund. »Wir haben eine Wanderung gemacht und dabei versucht, eine verunglückte Familie zu retten.«

Andrea war versucht, den Kopf zu schütteln, ließ es aber

rasch wieder sein, weil ein Stechen wie von einem Messer ihren Kopf durchzuckte. Sie runzelte die Stirn. »Ich … ich weiß nicht … Alles ist so leer …«

»Macht nichts. Ruh dich noch ein bisschen aus, dann kommt die Erinnerung wieder.«

Sie wollte widersprechen, wollte ihn fragen, warum sie hier lag und er ganz offenbar auch verletzt war. Aber noch ehe sie die Kraft fand, die Sätze zu formulieren, schlief sie wieder ein.

Julian hielt ihre Hand und sah auf das blasse, doch jetzt entspannt wirkende Gesicht. Wer war dieser Markus, vor dem Andrea Angst hatte? War es ein Exfreund? Erst jetzt wurde ihm bewusst, dass er kaum etwas über die Vergangenheit seiner geliebten Freundin wusste. Sie sprach kaum von sich, von der Zeit in New York schon gar nicht. Nur, dass sie ihre Eltern früh verloren hatte und dann im Blumengeschäft einer Tante gearbeitet hatte, hatte sie ihm einmal erzählt.

»Egal, was war«, flüsterte er und zog die schmale Hand an die Lippen. »Ich liebe dich, Andrea.«

12

»Mal wieder pleite, was?« Der breitschultrige Typ in schwarzer Lederkluft lehnte breitbeinig an Norbert Zauners schwarzem Sportwagen.

»Was willst du, Ronny?«

»Na, was wohl? Meine Kohle!« Ronnys Lachen erreichte seine Augen nicht. »Du bist seit zwei Wochen im Verzug!«

Norbert biss sich auf die Lippen. »Ich weiß. Es läuft im Moment alles nicht ganz rund. Aber ihr kriegt euer Geld, ganz bestimmt.«

»Davon gehe ich aus.« Ronny stieß sich von dem schwarzen Wagen ab. »Wäre ja auch schade, wenn du eine Weile nicht arbeiten könntest, weil du mit gebrochenen Knochen im Krankenhaus liegst. Und ich ...« Er schlug mit der geballten Faust auf den Kühler, so dass eine Delle entstand, »ich fahre lieber Motorrad als so eine flache Flunder. Taugt nichts, siehste ja.« Sein Grinsen bewirkte, dass Norbert eine Gänsehaut über den Rücken lief.

»Also dann: In einer Woche ist das Geld da.« Ronny stieß noch einmal mit der Faust auf die Karosserie. Diesmal so, dass die drei dicken Silberringe, die er trug, Kratzer im schwarzen Lack hinterließen.

»Zwei Wochen, Ronny, bitte. Die brauche ich! Mindestens!«

»Sind wir hier auf dem Basar?« Ronny schüttelte den kahlen Schädel. »Lass dir was einfallen. Du hattest doch vor einem Jahr auch keine Skrupel, Geld aus der Firma zu ziehen. Mach's einfach noch mal.«

Norbert Zauner presste die Lippen zusammen. Verdammt, verdammt, verdammt, dachte er, woher weiß der Kerl das denn? Ihm wurde ganz elend zumute, als er sich vorstellte, was Ronny mit ihm anstellen würde, wenn er das Geld nicht auftreiben konnte.

»Das geht nicht. Mein Kompagnon ist damals schon misstrauisch geworden. Woher weißt du überhaupt ...«

»Hör auf, so dämliche Fragen zu stellen. Sieh einfach zu, dass wir unser Geld kriegen. Wie du das anstellst, ist nicht mein Problem. Du allein hast eins, wenn du nicht zahlst.«

Norbert senkte den Kopf. Seit zwei Tagen arbeitete er mit Hochdruck an Verbesserungsvorschlägen für das Projekt in Italien. Doch noch war ihm die geniale, zündende Idee nicht gekommen. Und die Kunden drängten ebenso wie Ronny und seine Auftraggeber.

Warum war er nur so blöd gewesen und hatte sich vor einem Monat wieder mit diesem Kredithai eingelassen? Er wusste doch genau, was passierte, wenn er die Wucherzinsen nicht aufbringen konnte. Schon einmal war er in einer so misslichen Lage gewesen, und als alles nicht half, hatte er in die Firmenkasse gegriffen.

Verdammt, wenn es hart auf hart kam, musste er tatsächlich die Konten noch mal plündern! Zum Glück war Ottmar Reichel, sein Partner, zurzeit verreist. Ottmar arbeitete nicht mehr täglich, doch seine Anteile an der Firma waren dreimal so hoch wie Norberts, und er kontrollierte alle Kontenbewegungen genau.

Jetzt war er allerdings auf einer fünfwöchigen Weltreise. Die hatte er seiner Frau zur goldenen Hochzeit geschenkt.

Wenn Norbert daran dachte, wie schwierig es vergangenes Jahr gewesen war, seine »Privatentnahme« zu kaschieren, wurde ihm jetzt noch heiß und kalt.

Nein, das war die letzte, die allerletzte Möglichkeit, Ronnys Forderungen zu begleichen!

Und ins Casino konnte er auch nicht mehr. Wovon denn auch? Er hatte alles verspielt.

Ihm kam die Galle hoch, als er sich wieder an den Streit mit Marietta erinnerte. Sie war sauer gewesen, weil er nicht rechtzeitig aufgehört hatte zu spielen, und hatte ihn einen Versager genannt. Ja, er hatte tatsächlich in dieser Nacht ein Vermögen gewonnen – und wieder verloren. Seine Laune war dementsprechend gewesen. Doch Marietta hatte nur gemeint, zur Entspannung könnten sie doch einen Trip hinüber nach Samnaun machen.

»Da kann man exzellent shoppen. Zollfrei! Das bringt dich auf andere Gedanken.«

»Ich weiß. Aber dazu hab ich nun wirklich keine Zeit. Im Gegensatz zu dir muss ich arbeiten und hab straffe Termine.«

»Die hab ich auch!«

»Dann nimm sie wahr, statt mir Vorhaltungen zu machen.«

»Sag du mir nicht, was ich zu tun habe.« Ein spöttisches, abschätziges Lächeln begleitete die Worte. »Ich weiß, was ich tun muss und was ich will. Und ich kriege immer, was ich will.«

In dieser Nacht schlief er nicht bei ihr im Hotel. Als er am nächsten Morgen mit bleischweren Gliedern und schmerzendem Kopf ins Büro kam, war er froh, dass Marietta nicht wusste, wie die Firma hieß, die er betrieb. So konnte sie ihn nicht aufsuchen. Und ans Telefon würde er erst mal nicht gehen, wenn sie anrief!

Ronnys kratzige Stimme unterbrach seine tristen Gedanken. Der bullige Mann kam noch einmal auf ihn zu und umfasste Norberts Oberarm so fest, dass es schmerzte. »Sieh zu, dass du Geld auftreibst, mein Freund. Das Büro floriert doch, oder?«

Mechanisch nickte Norbert.

»Na also! Und außerdem hast du doch jetzt eine reiche Freundin!« Ronnys Grinsen wurde noch breiter. »Süß ist die Kleine. Geht brav mit dem Hundchen spazieren und kauft Obst und Gemüse. Man möchte kaum glauben, dass sie die Erbin einer Hotelkette ist.«

»Wovon sprichst du?«

Ronny schlug ihm brutal auf die Schulter. »Nicht von dem blonden Gift, mit dem du deine Nächte verbringst. Solltest dich lieber an die andere halten. Ist zwar nicht so sexy, aber stinkreich.«

Norbert schüttelte den Kopf. »Unsinn! Ist sie nicht.«

»Doch, du Idiot. Bist sogar noch zu blöd, um zu erkennen, dass du einen Goldfisch an der Angel hast. Sieh einfach mal nach, was sie so alles in dem schnuckeligen Chalet deponiert hat. Damit kommst du vielleicht weiter.«

In Norberts Hirn überschlugen sich die Gedanken. Sollte Andrea wirklich eine reiche Erbin sein? Hatte sie ihm etwas vorgemacht? Gab sie sich nur so naiv und bescheiden, um ihn zu testen? Oder – spielte sie ein ganz perfides Spiel? Amüsierte sie sich auf seine Kosten?

Das Blut stieg ihm ins Gesicht.

»Bis bald, mein Bester. Ich warte wieder hier auf dich, wenn das Geld nicht vorher auf dem besagten Konto ist.« Ronny griff wie zufällig in seine Jackentasche und holte einen Schlagring heraus, den er sich überstreifte. »Wir sehen uns.«

Norbert Zauner nickte nur, doch in seinem Kopf überschlugen sich die Gedanken. Mit klopfendem Herzen sah er Ronny nach, der zu seiner schweren Maschine ging und mit aufheulendem Motor aus der Tiefgarage fuhr.

* * *

»Verdammt noch mal, das kann doch nicht sein! Wo steckt sie denn?« Wütend schleuderte Norbert Zauner das Handy auf den Boden. Seine Nerven vibrierten, Angst machte sich breit, füllte ihn immer mehr aus und lähmte ihn.

Seit Tagen versuchte er Andrea zu erreichen, doch ihr Handy war ausgeschaltet.

Drei Mal war er schon beim Chalet vorgefahren, doch er hatte weder sie noch diesen Typen, der über der Garage wohnte und so tat, als hätte er was zu sagen, angetroffen. Nur den Hund hatte er gehört, der laut bellte, als er sich dem Haus näherte.

Der Gedanke, dass die beiden sich jetzt irgendwo vergnügten, während ihm das Wasser bis zum Hals stand, machte ihn rasend.

Noch drei Tage, dann war die Frist, die ihm Ronny gestellt hatte, verstrichen. Und er hatte keinen blassen Schimmer, wie er das Geld auftreiben sollte!

Er stützte den Kopf in beide Hände und sah auf die Zeichnungen, die er für das Como-Projekt angefertigt hatte. Gut waren sie, sehr gut sogar! Nur half ihm das im Moment nicht weiter. Er brauchte die hunderttausend jetzt und nicht in vier, fünf Wochen, wenn die Auftraggeber vielleicht die erste Rate bezahlen würden.

Mit zitternden Fingern griff er nach den Bankauszügen, die er am Morgen aus dem Safe im Büro geholt hatte. Auf den Firmenkonten war Geld genug.

»Es geht nicht anders«, murmelte Norbert und starrte auf die Zahlenreihe, die seine einzige Rettung war.

Der Bankbeamte lächelte höflich, als er den Kunden begrüßte, den er seit Jahren kannte. Doch sein Lächeln gefror, als Norbert versuchte, einen großen Betrag vom Firmenkonto abzuheben.

»Bitte, kommen Sie mit«, bat er und führte den Kunden in einen kleinen, separaten Raum. Dort teilte er ihm höflich, aber sehr entschieden mit, dass es ihm leider nicht möglich sei, die Summe auszuzahlen.

»Ich habe strikte Anweisungen Ihres Seniorpartners. Tut mir leid, Herr Zauner.«

»Was? Was tut Ihnen leid?« Auf Norbert Zauners Stirn bildeten sich Schweißperlen.

»Dass ich Ihnen erklären muss, dass Ihre Kontovollmacht begrenzt ist. Sie können nicht mehr als zwanzigtausend Franken abheben. Sollten Sie größere Transaktionen vornehmen, so muss auch Ihr Partner gegenzeichnen. So ist es vor einem Jahr vereinbart worden, wie Sie sich gewiss erinnern werden.«

»Wie bitte? Davon weiß ich nichts.« An Norberts Stirn schwoll eine Ader an. Was hatte Ottmar da gedreht? Welches Schriftstück hatte der gewiefte Alte ihm untergeschoben? »Hören Sie, das muss ein Missverständnis sein«, murmelte er. »Rufen Sie meinen Partner an, der wird alles aufklären.«

Ein bedauerndes Schulterzucken begleitete die folgenden Worte: »Es ist, wie ich sagte: Sie haben keinen unbegrenzten Zugriff auf die Konten der Firma. Das Schreiben hier«, er wies auf ein Blatt Papier, das den Firmenkopf des Architekturbüros trug, »ist für mich und die Bank verbindlich.«

»Es ist auch meine Firma!«, schrie Norbert.

Vorsichtiges Kopfschütteln. »Ich glaube, das sieht Herr

Reichel anders. Und er hat uns ausdrücklich darauf aufmerksam gemacht, dass wir uns an diese Vereinbarung hier zu halten haben, sonst macht er uns regresspflichtig und beendet die Zusammenarbeit mit unserem Kreditinstitut.« Er zupfte an seiner Krawatte. Dieses Gespräch war ihm mehr als peinlich.

Norbert atmete heftig. »Das ist … ein Irrtum«, stieß er hervor. »Ein Irrtum, jawohl.«

»Das mag sein. Aber das bitte ich Sie mit Ihrem Kompagnon zu klären. Ich habe meine Anweisung, wie ich schon sagte.«

Wie er aus der Bank herausgekommen war, wusste Norbert hinterher nicht mehr. Er fühlte sich elend, alles drehte sich, und in seinem Hirn war nur noch ein Gedanke: Er musste an Geld kommen, egal wie! Dieser verfluchte Ottmar hatte ihm da ganz übel mitgespielt. Wie nur hatte es passieren können, dass er selbst diesen Wisch unterschrieben hatte?

Er knirschte mit den Zähnen. »Den Schrieb hat er mir untergeschoben, der Mistkerl«, murmelte er vor sich hin. »Aber das hat ein Nachspiel, ganz bestimmt. Das lass ich nicht mit mir machen!«

Ihm war ganz elend bei der Vorstellung, was Ronny und sein Auftraggeber mit ihm anstellen würden, wenn er nicht zahlen konnte. Nein, das malte er sich lieber nicht aus!

Noch dreimal rief er bei Andrea an – und bekam nie eine Verbindung. Wo steckte sie nur? War sie bei ihrem reichen Papa?

Verdammt, er musste unbedingt wissen, ob sie tatsächlich Geld besaß!

Und es gab nur einen Weg, das herauszufinden.

* * *

Ein fahler Mond stand am Nachthimmel und beleuchtete nur unzureichend den Weg hoch zum Haus, über dessen Tür eine kleine Lampe brannte. Alle Fenster des Chalets waren dunkel, und auch über der Garage brannte kein Licht.

Norbert zögerte noch einmal, sah sich um und tastete nach dem Stück Fleisch in seiner Tasche, das er mit Gift präpariert hatte. Der Hund sollte ihn nicht daran hindern, sich im Haus umzusehen!

Er ging zur Terrasse, die erst zur Hälfte neu gepflastert war.

Ohne zu zögern, griff Norbert nach einem Stein und warf ihn in die große Scheibe, die klirrend zerbarst.

Alles blieb still.

Schwer atmend lauschte er in die Dunkelheit. Kein Geräusch. Kein Bellen. Kein Nachbar, der aufmerksam geworden war.

Noch eine Minute zögern, dann stieg er vorsichtig über die Glassplitter hinweg ins Haus.

Die starke Stablampe glitt über Möbel und Wände, blieb an einem Bild haften, das über einem kleinen antiken Schreibtisch hing.

Sein Herz klopfte schneller, als er es abnahm – und in der nächsten Sekunde enttäuscht die Luft ausstieß. Es befand sich kein Safe hinter dem Bild.

Norbert Zauner suchte weiter. Vorsichtig zunächst, dann immer hektischer. Er warf eine Vase um, stieß zwei Stühle zur Seite, die polternd umfielen, und riss Wäschestücke aus einem hohen Wandschrank. Die Angst, entdeckt zu werden, wich der Panik, auch hier nicht an das benötigte Geld zu kommen.

Nach einer halben Stunde gab er entnervt auf. Nein, hier gab es nichts, was von Wert war. Keine Geldkassette. Kein Schmuck. Die paar Antiquitäten, die herumstanden, ließen sich nicht so schnell, wie es nötig war, zu Geld machen, selbst wenn es gelänge, sie aus dem Haus zu schleppen.

In dem Zimmer, in dem ganz offensichtlich Andrea schlief, durchsuchte er den Schrank ein zweites Mal, riss Kleider und Pullover heraus, nahm den hellbraunen Koffer vom Schrank und schlitzte ihn auf.

Nichts. Kein Versteck.

Er sah sich um. Auf dem Boden lagen die Sachen der jungen Frau. Einfache Klamotten. Nicht ein Designerteil war dabei. Nichts wirklich Teures, so viel verstand er von Mode. Und auch die Handtasche, die er durchwühlte, war ein simples Stück. Durchschnittsware.

Sein Herz pochte hoch im Hals. Er hatte das Gefühl, jeden Moment ersticken zu müssen, weil die Angst ihm die Kehle zuschnürte.

In einem Seitenfach der Handtasche entdeckte er eine schmale Brieftasche mit knapp dreihundert Euro. Peanuts. Aber besser als nichts.

Mit zitternden Fingern steckte er das Geld ein, dann schlich er sich aus dem Haus.

Die wenigen Scheine brannten in seiner Hosentasche. Er konnte es kaum erwarten, heimzukommen und sich umzuziehen.

Zwei Stunden später betrat er, elegant und lächelnd, das Spielcasino.

* * *

Langsam stieg die Sonne hinter den Bergen auf und tauchte die Spitzen in ein violettes Licht, das die ersten dunklen Schleier der Nacht vertrieb.

Faszinierend sah Andrea dem Naturschauspiel zu, sah, wie die Sonne sich immer mehr durchsetzte, wie das Violett sich in sattes Goldgelb wandelte und sich der helle Feuerball am Himmel immer höher schob.

Auf dem Klinikflur wurde es lebhaft, die Visite begann.

Andrea wartete gespannt auf das Resultat der letzten Untersuchung. Sie fühlte sich wieder gut, der leichte Kopfschmerz, den sie hin und wieder noch empfand, war zu ertragen. Schon fast eine Woche lag sie jetzt in der Klinik. Die Wunde am Hinterkopf war fast vollständig verheilt, und auch die diversen Hautabschürfungen, die sie sich bei dem Sturz zugezogen hatte, machten keine Probleme mehr.

»Wenn Sie versprechen, sich noch ein paar Tage zu schonen, dürfen Sie nach Hause«, erklärte der Arzt und kontrollierte routinemäßig noch einmal ihre Pupillenreflexe. »Die Werte sind gut, Sie haben sich sehr schnell erholt. Rascher, als ich zunächst dachte. Schließlich waren Sie fast zwei Tage ohne Bewusstsein.« Er lächelte knapp. »Sie haben sich gesund geschlafen, glaub ich.«

»Danke.« Andrea lächelte. »Ich bin sehr gut betreut worden hier.«

Kaum waren der Arzt und sein kleiner Tross hinausgegangen, stand sie auf und zog sich an. Sie konnte es kaum erwarten, zurück zum Chalet zu kommen. An die ersten Tagen, die sie in der Klinik hatte liegen müssen, hatte sie keine wirkliche Erinnerung, doch nach und nach war sie wach geworden und konnte sich über Julians Besuche freuen.

Er kam jeden Tag, brachte Blumen, Zeitschriften und Konfekt mit und bewies ihr mit jedem Wort, mit jeder Geste, wie viel sie ihm bedeutete.

Sie waren sich nahegekommen, und Andrea hatte ihm endlich von ihrer Zeit in New York und von der unglücklichen Beziehung zu Markus erzählt.

»Vergiss ihn. Er war deiner nicht wert.« Julian hatte sie

behutsam in die Arme genommen und geküsst. »Es fängt ein neuer Lebensabschnitt an. Für dich und für mich.« Sein Blick war voller Zärtlichkeit gewesen. »Willst du?«

Nur für einen kleinen Moment hatte sie gezögert, dann aber genickt. »Ja.«

Ja, sie wollte mit ihm zusammenbleiben. Auch wenn er viel zu leichtsinnig war. Er lebte in den Tag hinein, kannte keine Pflichten, schien mit dem wenigen, was er verdiente, zufrieden zu sein.

Andrea war sich bewusst, dass das eine Lebenseinstellung war, die sie auf Dauer nicht teilen konnte. Aber vielleicht änderte sich Julian ja auch. Vielleicht konnte sie ihn dazu bewegen, ernsthaft zu arbeiten. Er war klug, konnte so viel, wusste auf allen möglichen Gebieten Bescheid. Sicher gab es eine Aufgabe für ihn, die ihn ausfüllen würde.

Ob er überhaupt etwas gelernt hatte, wusste sie nicht. Er sprach weder über seine Familie noch über berufliche Dinge oder seine diesbezüglichen Pläne. Das Einzige, was sie von ihm wusste, war, dass er Betriebswirtschaft mit Schwerpunkt Marketing studiert hatte. Außerdem war er für einige Zeit im Ausland gewesen. Doch was er dort gemacht hatte, gab er nicht preis. Und Andrea war noch zu sehr mit sich selbst und dem Heilungsprozess beschäftigt, um ihn zu fragen. Sie nahm sich aber vor, später, wenn sie wieder im Chalet waren, eingehender nachzuhaken.

Ihr fiel auf, dass er gut angezogen war, wenn er in die Klinik kam. Ganz im Gegensatz zu den alten Jeans und den lässigen T-Shirts, die er im Chalet immer trug, kam er stets in sauberen Hemden zu Besuch.

Kurz überlegte sie, ob sie ihn anrufen sollte, doch dann ließ sie es. Sie wollte ihn überraschen!

Im Taxi lehnte sie sich entspannt zurück. Noch waren die

Straßen von Sankt Moritz recht leer. Etliche Geschäfte, vor allem die Luxusläden, waren jetzt, im Sommer, geschlossen. Die zahlungskräftige Kundschaft kam in den Wintermonaten.

»Bitte, halten Sie kurz drüben vor der Bäckerei«, bat Andrea den Fahrer.

Sie wollte ein paar der von Julian so geliebten Nussgipfel kaufen. Als zweites Frühstück waren sie ideal. Und inzwischen wusste sie diese Köstlichkeit auch zu schätzen.

Sie hatte das Taxi noch nicht erreicht, als ein schweres Motorrad mit überhöhter Geschwindigkeit auf sie zugerast kam. Aus den Augenwinkeln heraus bemerkte Andrea die weiße Maschine, und sie sah die Fahrerin im knallroten Lederdress. Unter dem roten Helm quoll weißblondes Haar hervor, das im Fahrtwind wehte, als sie sich jetzt viel zu spät in die Kurve legte.

All das nahm Andrea in Bruchteilen von Sekunden auf, sie sprang zur Seite und stürzte. Die Gebäcktüte zerplatzte, und die Nussgipfel kullerten über den Asphalt.

»So eine Irre!« Der Taxifahrer kam auf Andrea zu. »Haben Sie sich verletzt?« Er reichte ihr die Hand.

»Nein, nein, es geht schon.«

»Die müsste man aus dem Verkehr ziehen!« Der ältere Mann schüttelte den Kopf. »Aber so sind sie, diese verwöhnten jungen Dinger. Meinen, sich alles erlauben zu können. Und das nur, weil der Herr Papa im Geld schwimmt!« Er sah Andrea besorgt an. »Geht's wirklich?«

»Danke, ja.« Sie klopfte sich den Staub von der Hose. »Nur die Nussgipfel sind dahin.« Sie hob ihre Handtasche auf und klaubte das Gebäck zusammen, musste es aber dann in den nächsten Abfallkorb werfen. »Warten Sie bitte noch eine Minute, ich kaufe rasch Neue.«

Der Taxifahrer nickte nur und notierte sich im Wagen, was er gesehen hatte: eine weiße Harley mit deutschem Kennzeichen, eine rot gekleidete Fahrerin, die auffallend hellblondes Haar hatte. Man konnte nicht wissen, ob diese Details nicht doch noch mal wichtig wurden.

Der ewige Schnee auf der Berninagruppe glänzte im Sonnenlicht, als Andrea in Pontresina ausstieg und ganz automatisch hinüberschaute zu dem imposanten Bergmassiv, das das Tal und auch den historischen Ort beherrschte.

Sie hatte die Haustür noch nicht erreicht, als lautes Bellen ertönte. Im nächsten Moment stürmte Ben auf sie zu und begrüßte sie überschwänglich.

»Andrea!« Julian kam gleich hinter dem Hund aus der Tür und eilte auf sie zu, um ihr die Tasche abzunehmen. »Wieso hast du nichts gesagt? Ich hätte dich doch abgeholt!« Er umarmte sie, soweit das möglich war, denn der Hund gebärdete sich wie toll und versuchte immer wieder an ihr hochzuspringen.

»Lass mich leben!«, lachte Andrea, tätschelte ihn kurz und schmiegte sich dann an Julian. »Ich wollte dich überraschen.«

»Das ist dir gelungen.« Er küsste sie ausgiebig und ließ sie auch nicht los, als er sagte: »Allerdings gibt es hier auch eine Überraschung. Leider keine angenehme.«

»Was ist passiert?«

Julian führte sie ins Wohnzimmer. Dort hatte er zwar schon mit den Aufräumarbeiten begonnen, doch noch immer lagen etliche Sachen verstreut herum.

»Du meine Güte!« Andrea schlug die Hände vor den Mund. »Wie schrecklich! Wann ist das denn passiert?«

Julian zuckte mit den Schultern. »Genau kann ich es nicht sagen. Ich war nicht da. Als ich frühmorgens zurückkam, hab ich die Bescherung gesehen und gleich die Polizei gerufen. Die Beamten, die die Spuren gesichert haben, sind erst vor einer Viertelstunde weg.«

»Und Ben? Was war mit dem? Er hat doch sicher einen Heidenlärm gemacht.«

Julian schüttelte den Kopf. »Den hatte ich mitgenommen.«

»Wohin?«

Julian zögerte. »Zu … zu einem Freund«, antwortete er dann. »Wir haben was getrunken und uns verquatscht. Der Bequemlichkeit halber bin ich bei ihm geblieben.«

»Ach so.« Andrea biss sich auf die Lippen. Sie glaubte ihm nicht ganz, seine Erklärung war, das spürte sie, eine Ausrede. Für ein, zwei Sekunden flammte Misstrauen in ihr auf, doch dann sah sie Julians zärtliches Lächeln, das wie ein Streicheln auf ihrer Haut war, und sie hakte nicht weiter nach.

»Ist etwas gestohlen worden?«, fragte sie. »Ich weiß, ehrlich gesagt, nicht, was es hier Wertvolles geben könnte.«

»Na ja, der Sekretär hier ist schon eine Rarität.« Julian wies auf einen kleinen Biedermeierschreibtisch. »Aber den wollten die Kerle wohl nicht abtransportieren. Die Polizei vermutet, dass es Junkies waren, die nur nach Geld gesucht haben. Beschaffungskriminalität eben.«

»Ach so.« Andrea beugte sich noch einmal zu Ben herunter, der sich so fest an sie drückte, dass sie beinahe das Gleichgewicht verlor. »Du hast mich vermisst, was?« Sie lachte leise. »Ich dich auch. Hätte ich nie gedacht.«

»Ben hätte die Halunken sicher verbellt.«

»Oder sie hätten ihm was getan.« Andrea wandte sich um. »Ich geh mal in mein Zimmer und packe aus.«

»Vorsicht.« Julian war sofort neben ihr. »Erschrick nicht, die Typen haben bei dir besonders intensiv gewütet.«

»Warum denn das?« Stirnrunzelnd sah Andrea ihn an.

»Das ergibt doch keinen Sinn. Bei mir ist doch nun wirklich nichts zu holen.«

Julian antwortete nicht. Doch er überlegte, dass die Einbrecher Andrea vielleicht mit Christiane verwechselt hatten. Und bei der jungen Erbin eines Hotelbesitzers konnte man schon Wertsachen vermuten. Diese Vermutung äußerte er allerdings nicht laut, er wollte Andrea nicht zusätzlich verunsichern.

»Wenn du willst, helfe ich dir beim Aufräumen. Und dann fahren wir weg.«

»Weg? Wohin denn?«

Er lächelte. »Ins Unterengadin. Da ist es auch wunderschön, und ich weiß da ein Hotel, in dem du dich hervorragend erholen kannst.«

Andrea schüttelte den Kopf. »Das geht nicht«, lehnte sie ab. »Erstens müssen wir sehen, dass alles wieder in Ordnung kommt hier, und zweitens ...« Sie zögerte, fuhr dann aber entschlossen fort: »Zweitens hab ich kein Geld für irgendwelche großen Ausflüge. Ich bin froh, hier sein zu können.« Sie sah ihn liebevoll an. »Erholen kann ich mich hier doch auch. Sehr gut sogar.«

Julian zog sie an sich. »Ich weiß. Aber ich möchte dir gern auch diese Landschaft noch zeigen. Schloss Tarasp, zum Beispiel, ist vor gut tausend Jahren erbaut worden und wirklich sehenswert. In der Nähe gibt es ein sehr gutes Hotel mit ausgezeichneter Küche, und den Schweizer Nationalpark musst du auch gesehen haben. Die Natur da ist noch völlig unberührt, das ist einmalig in der Schweiz.«

»Aber ich ...«

»Keine Widerrede. Du musst die Gegend unbedingt kennenlernen. Das Munstertal ist auch etwas Besonderes. Aber das wirst du alles noch selber sehen.«

»Du tust fast so, als wärst du hier daheim.«

»Nein, das bin ich nicht. Aber ich liebe diese Landschaft, die einen ganz besonderen Reiz hat.« Er küsste sie rasch. »Heute räumen wir auf, die Glaser sind schon bestellt, und morgen geht's los.«

Andrea fügte sich. Eine gute Stunde brauchte sie, um in ihrem Zimmer wieder Ordnung zu schaffen.

»Es fehlt Geld«, stellte sie fest und hob ihre Handtasche hoch. »Wie ärgerlich. Dann hat der Einbrecher ja doch was erbeutet.«

»War's viel?«

»Na ja, wie man's nimmt. Knapp dreihundert Euro. Das Schweizer Geld hatte ich dabei.«

Julian hob ein paar Kissen auf und warf sie auf einen der Sessel. »Wahrscheinlich ist's ganz gut, dass die Kerle was erbeutet haben. Vielleicht hätten sie noch mehr beschädigt aus lauter Frust, wenn sie gar nichts gefunden hätten.«

»Das stimmt sicher.« Andrea legte ihre Pullis wieder in den Schrank zurück. »Vielleicht wasche ich das alles nach und nach«, meinte sie. »Der Gedanke, dass irgendwelche dreckigen Typen meine Sachen angefasst haben, ist mir zuwider.«

»Das kann ich verstehen. Aber erst mal ruhst du dich aus.«

Andrea widersprach nicht. Sie war tatsächlich erschöpft und froh, dass Julian ihr eine Liege in den Garten stellte, wo sie, mit einem leichten Plaid zugedeckt, ausruhen konnte.

Die Sonne stieg höher und höher am tiefblauen Himmel, nur hin und wieder segelte eine kleine weiße Schönwetterwolke über die Bergketten dahin, stieß an die gezackten Spitzen und verschwand dann wie eine Fata Morgana hinter den Wänden aus Gestein und glitzerndem Eis.

Andrea sah nachdenklich den kleinen Wolken zu, dabei

fragte sie sich zum wiederholten Mal, welches Geheimnis Julian verbergen mochte. Denn dass er ein Mann voller Rätsel und Widersprüche war, das stand für sie fest.

Aber er war auch der Mann, der ihr Herz gewonnen hatte.

13

»Ich hab's doch gewusst! Das ist sein neues Hotel!« Marietta sah hinüber zu dem langgestreckten, weiß gekalkten Gebäude mit den schmiedeeisernen Balkonen, das direkt am Moritzsee stand. Ein Garten, in dem Kunstobjekte aus Eisen und Holz stilvoll arrangiert waren, reichte bis zum Wasser. Holzbänke und Sitzgelegenheiten aus poliertem Stein luden zum Verweilen ein. Es war ein exklusives Anwesen, und Marietta dachte, dass allein das Grundstück ein Vermögen wert sein musste. Sie kniff die Augen zusammen und sah sich die Kunstobjekte genauer an. Ja, das waren genau die Arbeiten, von denen sie ein paar Fotografien in Julians Papieren gesehen hatte. Er hatte den jungen Künstler durch Zufall kennengelernt, hielt viel von ihm und hatte, wie sie jetzt sah, wohl ein paar Objekte von ihm erworben.

Vergeblich suchte sie nach einem Schild, auf dem der Name des Hotelbesitzers stand, doch sie war sich sicher, dass dieses Haus zum Steinhäuser-Konzern gehörte.

»Verdammt, Julian, warum machst du so ein Geheimnis draus?«, murmelte sie vor sich hin. »Es ist doch wirklich keine Schande, reich zu sein.« Ich würde alles dafür geben, fügte sie in Gedanken hinzu.

Nach einem letzten Rundblick startete sie die Harley und fuhr in die Tiefgarage, verschloss das Motorrad und ging hoch in die Lobby des Luxushotels.

Bei einem jungen Kellner mit kurz geschnittenen blonden Haaren bestellte sie ein Glas Champagner.

Manch interessierter Blick streifte die auffallend hübsche Frau in der engen roten Lederkluft, doch Mariettas Miene war so abweisend, dass niemand sie ansprach.

Gut eine Stunde wartete sie in der Lobby auf Julian, doch er ließ sich nicht blicken. Dabei hatte sie seinen Wagen in der Tiefgarage entdeckt, und der Kellner hatte ihr – nachdem ein großer Geldschein in seiner Hosentasche verschwunden war – verraten, dass der Juniorchef schon vor Wochen hier eingecheckt hatte.

»Aber ich hab ihn lange nicht mehr gesehen. Nur seine Suite ist noch belegt, abgereist ist er nicht«, hatte der Blonde hinzugefügt und sich vorsichtig umgesehen. Niemand sollte erfahren, dass er solche Interna ausplauderte, es könnte ihn den Job kosten.

»Bringen Sie mir doch noch ein Glas.« Marietta lächelte ihn so intensiv an, dass dem jungen Mann das Blut zu Kopf stieg. Er war noch neu im Job, und das Zusammentreffen mit schönen weiblichen Gästen irritierte ihn.

Marietta amüsierte sich insgeheim über seine Verlegenheit.

Dann aber wurde sie abgelenkt, denn eine Gruppe junger Männer betrat das Hotel. Sie gingen lachend zur Rezeption und checkten ein. Doch nur zwei von ihnen fuhren mit dem Lift hoch zu den Zimmern, die anderen drei sahen sich um – und kamen auf Marietta zu.

»Allein hier, Schönheit?« Ein schlanker Typ in schwarzen Designerjeans und offenem weißen Hemd trat dicht vor sie hin. »Das ist traurig, finde ich.«

Marietta lächelte und trank ihr Glas leer. »Manchmal bin ich gern allein.«

»Aber geh, das glaub ich nicht.« Er sah seine Freunde an. »Ihr doch auch nicht, oder?«

»Auf keinen Fall! Und Champagner sollte so eine schöne Frau schon gar nicht allein trinken.« Ein breitschultriger junger Typ mit rotem Haar grinste und setzte sich unaufgefordert neben sie. »Ich darf doch?«, fragte er dann erst.

»Du sitzt ja schon.« Marietta lächelte verhalten. Sie taxierte die drei Freunde und fand, dass sie gewiss über Geld verfügten, denn erstens waren sie gut gekleidet – lässig, aber teuer –, und zweitens war der Aufenthalt in diesem Hotel alles andere als billig. Flüchtig schoss ihr durch den Kopf, dass auch ihre Rechnung drüben im Kempinski stetig wuchs, was ihrem Kontostand gar nicht guttat!

»So ist er, unser Frankie, immer forsch und frech.« Ein extrem schlanker Mann mit langem braunen Haar, das er im Nacken zu einem Zopf gebunden hatte, lachte etwas zu laut. »Er kann einfach nicht anders.«

Marietta sah sich diesen Frankie genauer an. Wirklich gut sah er nicht aus, aber sein Lächeln war offen und auch ein bisschen draufgängerisch.

»Ja, ja, frech ist er, aber er hat ein gutes Herz«, meinte der Dritte im Bunde. »Du kannst es ausprobieren«, fügte er anzüglich hinzu.

»Und wie?« Marietta machte das Geplänkel Spaß. Julian war nicht hier, Norbert hatte sich nicht gemeldet und war auch nicht zu erreichen, was eine Unverschämtheit war. Was bildete er sich eigentlich ein? Für was hielt er sie?

Einen Augenblick verdunkelte sich ihre Miene.

»Hey, nicht grübeln.« Der Rothaarige lachte sie an. »Hast du Lust auf eine Bootstour? Sammys Segelyacht liegt drüben im Hafen. Sie ist in wenigen Minuten startklar.«

Marietta zögerte und spielte mit dem leeren Champagnerglas.

»Du hast recht!« Frankie winkte dem Kellner. »Erst mal trinken wir noch was. Bleiben wir bei Champagner?«

Doch Marietta winkte ab. »Danke, ich hab genug.« Sie machte eine kleine, geschickte Pause, dann fuhr sie fort: »Eine Bootsfahrt wär allerdings nicht schlecht. Das Wetter ist klasse, und ich hab bis zum Abend nichts mehr vor.«

»Ja dann ...« Frankie sprang auf und streckte ihr die Hand hin. »Nichts wie los!«

* * *

»Setz dich doch schon mal in den Wagen, ich sag nur noch kurz den Plattenlegern im Garten Bescheid, dass wir wegfahren.« Julian gab Andrea einen raschen Kuss und verstaute die beiden Reisetaschen im Kofferraum. Viel Platz war nicht in dem roten Cabrio, vor allem Ben benötigte seinen Freiraum auf dem Rücksitz.

»Sollen wir nicht doch lieber hierbleiben und ein Auge darauf haben, dass die Handwerker auch ordentlich arbeiten?«

»Aber geh, das tun sie auch ohne Aufsicht.« Julian ging mit langen Schritten auf die drei Männer zu, die am frühen Morgen gekommen waren, um die hintere Terrasse mit handgearbeiteten Terrakotta-Fliesen zu belegen. Diese wurden drüben in Italien gefertigt, und Julian wusste, dass sie ebenso rar wie teuer waren. Umso wichtiger war es, dass die Platten exakt verlegt wurden. Er sprach nur kurz mit den Handwerkern, denn alles war zuvor ausführlich geklärt worden, und er durfte sicher sein, dass die Arbeiten perfekt abliefen.

Als er sich unbeobachtet fühlte, griff er zum Handy und schaute auf die eingegangenen Nachrichten. Zwei kurze

Mails waren von seinem Vater, der ihn über ein paar abgeschlossene Verträge informierte. Dann hatte ein alter Freund versucht, ihn zu erreichen, und bat um Rückruf.

Und dann waren da drei Mails von Marietta: ›*Wo steckst Du, zum Teufel?*‹ – ›*Ich hab Riesensehnsucht*‹ und ›*Ich liebe Dich, Du Schuft*‹.

Tief seufzte Julian auf. »Sie rafft es immer noch nicht«, murmelte er und steckte das Handy in die Hosentasche, ohne die Mails zu löschen. Mit langen Sprüngen kam Ben auf ihn zugerast und bellte auffordernd. »Ja, ja, ich komm ja schon.«

Andrea saß mit geschlossenen Augen zurückgelehnt auf dem Beifahrersitz.

»Ist alles in Ordnung?«, fragte Julian. Er sah sie besorgt an. Sie war immer noch ein bisschen blass, und er hatte auf einmal Angst, dass er ihr mit diesem Ausflug zu viel zumutete.

»Aber ja! Ich hab nur nachgedacht.«

»Worüber?«

Über dich, wollte sie antworten, ließ es dann aber sein. »Ooch, nur so.«

Julian lachte. »Das klingt nicht aufregend.«

»Ich bin ja auch nicht aufregend.«

»O doch.« Er beugte sich zu ihr und sah ihr in die Augen. »O doch, das bist du. Du bist die schönste, aufregendste Frau, die mir je begegnet ist.«

Andrea wehrte verlegen ab. »Sag so etwas nicht. Das stimmt doch gar nicht.«

Zart strich er ihr über die Wange. »Und ob das stimmt.« Dann rief er nach Ben. »Los, auf deinen Platz. Sonst kommen wir nie hier weg!«

Nach wenigen Minuten Fahrt kamen sie am Hotel Walther vorbei, dessen spitzer Turm in der Morgensonne glänzte.

»Das sieht aus wie ein Märchenschloss«, meinte Andrea.

»Von außen stimmt das. Aber innen ist das Hotel perfekt renoviert und den modernen Zeiten angepasst worden. Dem Gast fehlt es an nichts. Es gibt einen exzellenten Wellnessbereich, und die Küche ist auch ausgezeichnet.«

»Woher weißt du das?«

Julian zuckte mit den Schultern. »Ich kenn die Besitzerfamilie.«

»Ach ja? Woher das denn? Ich denke, du bist nicht von hier?«

Julian biss sich auf die Lippen. »Ach, wahrscheinlich haben wir uns durch irgendwelche Handwerker kennengelernt. Oder durch Bekannte. Ich bin ja hin und wieder in der Gegend, hab auch schon wochenlang hier im Tal gejobbt. Sicher hat man mich mal ins Walther eingeladen.«

Andrea hakte nicht weiter nach, doch ihr wurde wieder einmal bewusst, dass sie nicht viel von Julian wusste. Ehe sie dazu kam, das Thema weiterzuverfolgen, erzählte Julian schon wieder Wissenswertes vom Unterengadin.

»Die Bewohner der beiden Landstriche sind sich nicht besonders grün«, sagte er. »Warum das so ist, kann ich dir nicht so genau erklären, aber es hat wohl etwas damit zu tun, dass es verschiedene Dialekte gibt – und dass die Bewohner des Oberengadin immer privilegierter waren als die Leute aus dem Unterengadin.« Er zuckte leicht mit den Schultern. »Trotzdem – Schloss Tarasp ist es wert, angeschaut zu werden. Und der Nationalpark ist auch etwas ganz Besonderes.«

Während der Fahrt machte er Andrea immer wieder auf besonders schöne Orte und alte Häuser aufmerksam, und sie sah sich interessiert um. Die Berge waren hier nicht mehr ganz so hoch und die Ebenen weitläufiger. Und es ließ sich deutlich erkennen, dass die Bewohner dieses Landstrichs nicht ganz so privilegiert waren wie die des Nobelskiorts

Sankt Moritz und seiner touristisch erschlossenen Umgebung.

»Gleich kommen wir nach Zernez«, sagte Julian und verlangsamte die Fahrt. »Der Ort ist seit jeher wichtig für die Region gewesen. Er besteht seit fast eintausend Jahren. Leider gab es Ende des 19. Jahrhunderts einen großen Brand, und die meisten Häuser wurden vernichtet. Deshalb gibt es hier nur noch wenige typische Engadiner Häuser. Aber trotzdem ist der Ort wunderschön.« Er hielt an einem freien Platz. »Möchtest du dir die Kirche ansehen? Oder das Rathaus? Das war einmal eine weit über die Grenzen hinaus bekannte Burg.«

Doch Andrea lehnte ab. »Lieber nicht. Wir können Ben nicht allein im Wagen lassen.«

»Dann sehen wir uns an, wo der Spöl in den Inn fließt. Da kann Ben sich ein bisschen austoben.«

»Das klingt gut.« Andrea sah sich nach Ben um, der sofort hellwach wurde, als er seinen Namen hörte. Begeistert rannte er über die Wiese und ließ sich nur ungern zurückrufen, zumal er schon Anstalten machte, ein kurzes Bad im glasklaren Wasser zu nehmen.

Als sie weiterfuhren, merkte Andrea, dass ihr die vielen Kurven, die sie durchfuhren, Kopfschmerzen verursachten. Aber sie sagte nichts, sondern schloss nur kurz die Augen.

Julian sah sie zärtlich von der Seite an. Sie war wunderschön, und er hätte am liebsten noch einmal angehalten, um sie zu küssen.

Unvermittelt schlief Andrea ein und erwachte erst, als Julian den Wagen anhielt und den Motor abstellte.

»Aufwachen.« Jetzt bekam sie doch einen kleinen Kuss. »Wir sind da.« Er wies nach rechts. »Schau, da liegt Schloss Tarasp.«

»O je, ich bin eingeschlafen. Tut mir leid.« Andrea zwinkerte ein bisschen. »Das ist mir noch nie passiert.«

»Macht doch nichts. Du hast nichts Wesentliches versäumt. Aber den Blick jetzt muss man genießen.«

Andrea stieg aus und sah hinüber zum Schloss, das auf einem kegelförmigen Felshügel stand. Es war eine imposante Burganlage mit etlichen Nebengebäuden.

»Und hier sollen wir übernachten?«, fragte sie ungläubig.

»Nein, wir schlafen im Hotel drüben im Ort.« Er legte den Arm um sie. »Obwohl, du wärst ein wunderschönes Burgfräulein.«

Andrea lachte. »Und du möchtest dann gern mein edler Ritter sein, ja?«

»Unbedingt. Ich würde für dich kämpfen, in Schlachten ziehen und dir all meine Trophäen zu Füßen legen.«

»Was mir in unseren modernen Zeiten heute alles entgeht …« Andrea lachte. »Aber unter anderem bleibt mir auch der Keuschheitsgürtel erspart.«

Julian zog sie fester an sich. »Für den nur ich einen Schlüssel gehabt hätte!«

»Du eitler Kerl!« Andrea lachte und drehte sich in seinem Arm, so dass sie direkt vor ihm stand. »Und du glaubst, damit wäre ich einverstanden gewesen?«

»Ganz bestimmt.« Langsam näherte sich sein Mund ihrem. »Weil du nämlich gewusst hättest, dass ich der einzige Mann bin, der dich glücklich machen kann.«

»Was du nicht sagst.« Sie bog den Kopf nach hinten und sah ihm in die Augen, aus denen alle Heiterkeit gewichen war. Eindringlich und sehr zärtlich sah er sie an.

Und dann war kein Raum mehr für verliebte Neckereien. Der Kuss wollte nicht enden, und Andrea spürte, dass sie ebenso erregt war wie Julian.

»Wir sollten uns das Hotel ansehen.« Ihre Stimme klang ein bisschen dunkler als sonst und verriet ihre Leidenschaft.

Sie brauchten mit dem Wagen nur ein paar Minuten bis zum Hotel, das unterhalb des Schlosses lag und erkennbar einst ein Engadiner Bauernhaus gewesen war. Die Fenster waren reich mit Blumen geschmückt und der Garten ein bunter Teppich aus Tulpen, Narzissen, Fliederbüschen und kleinen gelben Himmelsschlüsseln.

»Das ist ja das reinste Paradies.« Andrea sah sich begeistert um.

»Geh erst mal rein«, meinte Julian lächelnd. »Da wirst du noch mehr staunen.«

Er hatte wirklich nicht zu viel versprochen. Andrea bewunderte sofort die reich geschnitzten Holztüren und die liebevolle Dekoration, die ihr allenthalben ins Auge fiel.

»Die Suite, Herr Steinhäuser, nicht wahr?« Eine junge Frau lächelte Julian an.

»Danke.« Er nahm den Schlüssel und hob die beiden Reisetaschen auf. Ben blieb dicht hinter ihm; er fand sichtlich die Gerüche im Haus höchst aufregend. Da war ein ihm fremder Duft, den das Arvenholz ausströmte, doch auch aus dem Küchenbereich roch es verführerisch.

Seine beiden Menschen hatten dafür allerdings noch kein Interesse. Kaum hatte sich die Tür hinter ihnen geschlossen, zog Julian Andrea an sich.

»Endlich allein und ungestört«, flüsterte er.

»In einer Suite.« Andrea sah ihn ernst an. »Das ist total übertrieben. Hast du mal dran gedacht, was das kostet?«

Liebevoll strich er ihr übers Haar. »Hab ich. Und ich kann dir versichern, dass ich alles bezahlen kann. Mach dir keinen Kopf.«

»Ja aber …«

»Pst. Nicht denken. Nur küssen.« Und das tat er so leidenschaftlich, dass alles andere ausgeblendet wurde. Andrea spürte nichts anderes mehr als seine Lippen auf ihren, sie spürte seine Zunge, die ihren Mund vorsichtig erforschte und mit ihrer Zunge einen spielerischen Tanz vollführte. Sie spürte Julians Hände, die an ihrer Bluse nestelten, und auch ihr Begehren wurde angefacht.

Sie sanken auf das breite Arvenholz-Bett, und die blütenweiße Bettwäsche raschelte leise. Ben bellte einmal kurz, doch davon nahmen die beiden Verliebten nichts mehr wahr.

Behutsam, ein wenig zögernd noch, streifte Julian Andrea die Bluse ab, seine Hand umfasste ihre Brust und streichelte sie sanft. Dabei sah er sie unverwandt an. Ein wenig fragend, aber voller Liebe und Zärtlichkeit.

Andrea las in seinen dunklen Augen wie in einem Buch. Ein Lächeln glitt über ihr Gesicht, als sie die Hand hob und sacht über Julians Wange streichelte. »Komm«, flüsterte sie nur.

Die Welt stand still. Es gab nur sie beide. Dieses Glück, nach dem sie beide sich so sehr gesehnt, das sie gesucht und jetzt endlich gefunden hatten.

14

Irgendetwas schien in ihrem Kopf explodiert zu sein, und der Schmerz trieb Marietta Tränen in die Augen. Langsam und mühevoll richtete sie sich auf und sah sich um. Sie lag in einem fremden Bett, in einem engen Raum, der nur von einem schmalen Fenster unzureichend erhellt wurde. Braune, grobe Gardinen, die fast ganz zugezogen waren, hingen vor dem Fenster. Durch einen Spalt schien die Sonne und blendete sie so sehr, dass das Licht hinter ihren Augen diesen dumpfen Druck verursachte, der mehr als unangenehm war.

So wie das pelzige Gefühl und der schale Geschmack im Mund, die sie zu gern mit einem Schluck Wasser vertrieben hätte. Doch es gab nichts zu trinken in diesem kleinen Raum, der ihr wie ein Verlies vorkam.

Als sie aufstand, drehte sich sekundenlang alles um sie, und sie musste sich an einem kleinen Beistelltisch festhalten, um das Gleichgewicht nicht zu verlieren. Dabei sah sie an sich herunter – außer einem seidenen Schlüpfer trug sie nichts!

Sie blickte sich um – da auf dem Hocker lagen ihre Klamotten. Schnell zog sie sich das T-Shirt über, und noch ehe sie sich die enge Hose anziehen konnte, klopfte es.

»Hey, Süße, bist du endlich wach? Wir müssen los!«

Immer noch benommen ging sie zur Tür und öffnete. »Ja, was ist denn?«

»Das frag ich dich! Hast wohl gestern ein bisschen zu viel

von meinem guten Stoff abgekriegt.« Der rothaarige Mann im weißen Shirt lachte.

»Frankie ...«

»Richtig, Süße. Und jetzt mach, dass du von Bord kommst. Ich muss in vier Stunden in Davos sein, und vorher muss hier noch klar Schiff gemacht werden.« Er wies auf das zerwühlte Bett. »Du warst echt scharf.« Er griff nach ihrem Arm und zog sie kurz an sich. »Wir sollten uns bald mal wieder treffen. Bist echt eine Bereicherung unserer Clique.« Ein anzügliches Grinsen begleitete seine Worte.

Marietta nickte nur. Vage erinnerte sie sich daran, dass sie mit Frankie und seinen Freunden gestern lange gefeiert hatte. Und davor? Es war nicht einfach, sich zu erinnern. In Julians Hotel hatten sie sich kennengelernt, waren ein paar Stunden lang über den See gesegelt, dann hatten sie im Hafen geankert und Party gemacht.

»Das Bad ... ich muss ins Bad«, murmelte sie.

»Da ist die Tür.« Frankie wies auf eine schmale Mahagonitür mit Messingbeschlägen. »Beeil dich. Nobby und Jörg sind schon wieder im Spielcasino. Die kriegen den Hals nicht voll. Vor allem Nobby scheint gerade mal wieder eine Glückssträhne zu haben, der alte Gauner.« Sein Lachen klang hämisch. »Wurde auch Zeit, sonst hätte er sich vermutlich einen Heidenärger eingehandelt.«

»Nobby?« Marietta runzelte die Stirn. »Kenn ich nicht.«

»Sag das nicht.« Frankie hütete sich, ihr zu sagen, dass dieser Nobby in Wahrheit Norbert Zauner hieß und seit einem knappen Jahr zur Clique gehörte. Energisch schob er Marietta in Richtung Bad. »Es macht gar nichts, dass du dich nicht erinnern willst. Ist schon okay so. Mir soll's egal sein. Hauptsache, du hattest auch deinen Spaß. Wir sind jedenfalls auf unsere Kosten gekommen in den letzten Tagen.«

Wieder huschte ein hämisches Grinsen über sein Gesicht, das Marietta Gänsehaut verursachte. Rasch ging sie in das kleine Bad und drehte die Dusche auf.

Erst jetzt merkte sie, dass sie an einigen Stellen des Körpers rote Flecken hatte. Und ihr ganzer Unterleib schmerzte. Vorsichtig seifte sie sich ein. Was war nur passiert?

Sie erinnerte sich nur daran, dass Frankie einen Joint herumgehen ließ. Und dann hatten sie getrunken. Irgendwelche Drinks, die einer von Frankies Freunden gemixt hatte.

»Wenn diese Scheißkerle mir K.-o.-Tropfen da reingemischt haben, dann gnade ihnen Gott.« Sie drehte die Dusche noch stärker auf. »Ich zeig sie an. Verdammt, verdammt. Dass mir das passieren musste!«

Sie hielt den Rücken in den starken Wasserstrahl. Heiß prasselte das Wasser auf ihre Haut und verursachte ihr einen leichten Schmerz, der aber den anderen, tieferen Schmerz im Innern nicht zu übertünchen vermochte. Langsam konnte sie wieder klar denken und erkannte, dass sie bestimmt zwei, wenn nicht drei Tage lang auf der Jacht gewesen war.

»Mach endlich voran!« Frankie streckte den Kopf zur Tür herein. »Waschorgien kannst du daheim abhalten.«

»Was habt ihr mit mir gemacht, ihr Scheißkerle?« Marietta öffnete die Tür und sah Frankie wütend an. »Wie lange war ich hier?«

Er lachte. »Drei Tage. Und es ist nichts passiert, was du nicht genossen hättest. Aber jetzt ist erst mal Schluss mit lustig. Komm endlich raus. Ich hab zu tun.«

Zehn Minuten später waren sie an Land, und sie stand allein auf der Straße. Wütend. Verletzt. Verzweifelt.

* * *

Ein magisches Licht ließ den kleinen See in tiefem Blau erstrahlen. Bäume und Felsen, die in Ufernähe standen, spiegelten sich im klaren, ruhigen Wasser.

Eng umschlungen spazierten Andrea und Julian um das kleine Gewässer. Langsam neigte sich die Sonne gen Westen und überzog die Bergspitzen mit einem rosigen Schimmer.

»Wunderschön ist es hier.« Andrea bückte sich und pflückte ein paar der gelben Schlüsselblumen, die auf den Wiesen ringsum blühten. »Die hab ich schon immer gerngehabt«, sagte sie und legte noch ein paar hellgrüne Blättchen um die zarten Blüten.

»Du kannst deinen Beruf nicht verleugnen.« Liebevoll sah Julian sie an.

»Ich hab die Arbeit mit den Blumen immer sehr gern gemacht.« Sekundenlang verdunkelte sich Andreas Miene. »Sogar in New York. Aber da kennt man so was Schönes wie das hier gar nicht.« Sie hob ihr kleines Schlüsselblumensträußchen in die Höhe. »Traurig eigentlich. Da mussten es Orchideen, Rosen und Strelizien sein. Alles möglichst exotisch, das wurde gewünscht.«

»Denk nicht mehr an New York zurück. Denk an die Zukunft. An uns.« Julian legte wieder den Arm um sie.

»An uns ...« Leise und gedankenverloren wiederholte Andrea seine Worte. »Wie stellst du dir das vor? Ich muss zurück nach Köln, auf Dauer kann ich nicht so in den Tag hinein leben. Ich brauche einen Job, eine eigene Wohnung. Und du«, sie sah ihn nachdenklich an, »ich weiß immer noch nicht, wo genau du zu Hause bist und wovon du lebst.«

Julian verzog leicht den Mund. »Ich wohne mal in der Schweiz und dann wieder monatelang in München. Da bin ich geboren, da wohnt auch noch mein Vater.«

Es war das erste Mal, dass er von seinem Elternhaus sprach. »Und? Was ist mit ihm? Seid ihr zerstritten?«

Er schüttelte den Kopf. »Aber nein! Wir haben nur manchmal etwas unterschiedliche Auffassungen vom Leben. Vor allem von meinem Leben. Von meiner Zukunft, genauer gesagt.« Jetzt grinste er wieder, dieses jungenhafte, charmante Lächeln, dem Andrea nicht widerstehen konnte.

»Ich kann verstehen, dass er möchte, dass du einen richtigen Beruf ergreifst.«

»Aber den hab ich doch!« Er ließ sie los, ging ein paar Schritte und pflückte drei besonders große Schlüsselblumen, die er ihr mit einer kleinen Verbeugung überreichte. »Ich bin Hausmeister, Fahrer, Fremdenführer – und wenn's sein muss, auch Gartenarchitekt. Du siehst doch, dass ich im Chalet alles im Griff habe.«

Andrea schüttelte den Kopf. »Das ist kein Beruf. Und außerdem sollte ich eigentlich aufs Chalet und die Bauarbeiten aufpassen. Wie du zu diesem Job gekommen bist, will ich gar nicht so genau wissen.«

»Herr Altmann hat mich engagiert, das hab ich dir doch schon mal gesagt.«

»Ja, hast du. Aber ich denke, dass du dich da eingeschlichen hast. Christiane jedenfalls wusste nichts davon, dass du da bist.«

»Vielleicht deshalb, weil sie Typen wie mich grundsätzlich ignoriert.« Julian lachte. »Sie ist sicher ein sehr verwöhntes Persönchen, was?«

»Absolut nicht! Christiane ist unheimlich nett und nicht im Geringsten eingebildet. Schon als Kinder waren wir befreundet. Sie, aber auch ihre Eltern haben mich nie spüren lassen, dass ich nicht aus ihren Kreisen stamme.« Sie atmete zweimal tief durch. »Im Gegensatz zu vielen anderen Leuten.« Sie sah an ihm vorbei auf das blaue, stille Wasser, das sich jetzt, wo leichter Wind aufkam, zu kräuseln begann. »Ich bin froh und dankbar, dass Christiane mich hier wohnen lässt. Aber ich muss jetzt bald wieder zurück nach Deutschland und mich um Arbeit kümmern.« Sie sah Julian ernst an. »Willst du das nicht auch tun? Das Aufpassen in Pontresina ist doch nur ein Job, kein wirklicher Beruf.« Sie griff nach seiner Hand. »Du hast doch studiert, da gibt es für dich doch ganz andere Möglichkeiten.«

Er zögerte, nickte. »Ja, schon, aber es gibt Betriebswirte wie Sand am Meer, glaub mir.«

»Trotzdem ...«

»Ich weiß. Und ich werde mich bemühen, einen guten Job zu finden.« Er zog sie wieder in die Arme. »Geh nicht nach Köln zurück«, bat er. »Bleib hier bei mir. Oder komm nach München, da findest du sicher auch eine Anstellung als Floristin. Ich würde deinetwegen sogar in die Nähe meines Vaters ziehen.«

Andrea antwortete nicht.

»Sag was«, drängte er und strich ihr liebevoll eine helle Locke, die ihr der Wind ins Gesicht wehte, hinters Ohr.

»Lass mir Zeit«, bat Andrea. »Wir kennen uns doch erst kurze Zeit. Da kann man doch noch nicht an eine gemeinsame Zukunft denken.«

Sein Griff wurde fester. »Sieh mich an«, bat er. »Sieh mich an und sag mir, ob du mich liebst.«

Andrea biss sich auf die Lippen. Dann, ganz leise, sagte sie: »Ich liebe dich.«

»Und ich liebe dich. Ich weiß genau, dass du die Frau meines Lebens bist.«

Eine dunkle Wolke schob sich über die Sonne, und von einer Minute zur anderen frischte ein heftiger Wind auf.

Ben kam laut bellend vom Seeufer zurück und drängte sich zwischen das Paar.

»Lass uns ins Hotel gehen«, bat Andrea. »Wir sollten packen und nach Pontresina zurückfahren. Ich hab ein ganz schlechtes Gewissen, weil wir das Chalet und die Arbeiter unbeaufsichtigt gelassen haben.«

Julian schüttelte den Kopf. »Da ist alles in Ordnung. Ich hab heute Morgen telefoniert und gehört, dass die Pflasterer heute noch fertig werden. Wir können noch bleiben, mach dir keinen Kopf. Ich möchte dir noch so vieles zeigen. Auf jeden Fall fahren wir morgen ins Val Müstair, das Kloster dort musst du gesehen haben. Es gehört zum UNESCO-Weltkulturerbe.«

»Du interessierst dich für alte Klöster?« Andrea schüttelte sacht den Kopf. »Ehrlich, Julian, du überraschst mich immer wieder.«

Er lachte. »Gut so!« Von einer Sekunde zur anderen kehrte das übermütige Blitzen in seine dunklen Augen zurück. »Komm, ich weiß noch ein paar Dinge, mit denen ich dich überraschen kann.«

Andrea wurde rot, was er entzückt und gerührt zur Kenntnis nahm. Sie war einfach bezaubernd. Schön, schüchtern manchmal und dann doch wieder von einer Leidenschaft, die ihn atemlos machte.

Hand in Hand gingen sie zurück zum Hotel. Keine Minute zu früh, denn kaum hatten sie sich umgezogen, um an der gemütlichen Bar etwas zu trinken, begann es wolkenbruchartig zu regnen.

Das Wetter besserte sich erst am nächsten Vormittag wieder, als sie das Val Müstair erreichten und direkt gegenüber vom Kloster St. Johann parkten. Noch befanden sich etliche Pfützen auf dem Parkplatz, und Andrea war froh, dass sie schon morgens lange mit Ben spazieren gegangen war. Jetzt lag er entspannt auf dem Rücksitz und machte keine Anstalten auszusteigen.

»Das Kloster ist der bedeutendste Kirchenbau aus der Zeit vor der Jahrtausendwende«, erklärte Julian, als sie die grob gepflasterte Auffahrt zum Eingang hochgingen. »Es birgt kostbare Kunstschätze. Unter anderem herrliche Fresken.«

»Woher weißt du das alles?«

Er zuckte leicht mit den Schultern. »Drei Semester Kunstgeschichte. Aus Langeweile, nicht aus wirklichem Interesse«, fügte er schnell hinzu. »Glaub nicht, dass ich viel von dem verstehe, was sich hier an Schätzen hinter den Klostermauern verbirgt. Deshalb sollten wir eine Führung mitmachen.«

Andrea erwartete, gleich eine Nonne zu sehen, die ihnen alles Wissenswerte erklären würde, denn schließlich lebten auch heute noch etliche Benediktinerinnen im Kloster, wie sie an einer großen Tafel ablesen konnte. Doch es war eine weltliche Führerin, eine junge Kunsthistorikerin, die die Besucher willkommen hieß und durch die weitläufige Anlage führte.

»Karl der Große hat dieses Kloster vor genau 1200 Jahren gegründet«, berichtete sie gleich zu Anfang des Rundgangs und zeigte ihnen dann die beeindruckenden Innenräume und die Kirche mit den gut erhaltenen Fresken aus dem frühen Mittelalter.

»Kalt ist es hier immer«, erzählte sie unter anderem, »denn zum Schutz der Fresken darf hier nicht geheizt werden.«

»Ich mag mir gar nicht vorstellen, wie die Nonnen hier früher gefroren haben«, murmelte Andrea, die von der Besichtigung der Räume, in denen die Klosterfrauen einst gelebt hatten, sehr beeindruckt war.

»Das können Sie laut sagen.« Die junge Führerin lachte leise. »Es war bestimmt kein Zuckerschlecken. Vor allem für die einfachen Frauen nicht, die hierher kamen. Die Äbtissinnen, die alle aus adeligen Häusern stammten, waren da besser dran. Sie hatten ihren eigenen Bereich und konnten auch mit der Welt draußen Kontakt halten. Ganz anders erging es den Bauernmädchen, die oft ins Kloster gehen mussten, damit es daheim einen Esser weniger gab.«

Julian beugte sich zu Andrea, zwinkerte ihr zu und flüsterte: »Du solltest unbedingt mit mir kommen, bei mir musst du weder hungern noch frieren.«

»Danke fürs Angebot«, gab sie leise zurück und war froh, das beeindruckende, aber auf sie auch ein wenig bedrückend wirkende Klostergebäude wieder verlassen zu können.

Draußen hatte sich die Engadiner Sonne durchgesetzt. Die Berge des Unterengadin hoben sich wie gezackte steinerne Riesen vom blauen Himmel ab.

»Von hier aus ist es gar nicht mehr weit bis nach Südtirol«, sagte Julian. »Kennst du Bozen und Meran?«

Andrea schüttelte den Kopf. »Nein. Aber da fahren wir nicht auch noch hin.« Sie sah Julian ernst an. »Ich möchte zurück nach Pontresina. Es geht einfach nicht, dass wir so tun, als wären wir zum Vergnügen hier. Ich jedenfalls möchte im Chalet sein und auf alles achten.« Ein kleines Lächeln huschte über ihr Gesicht. »Wenn ich auch zugeben muss, dass du alles viel besser im Griff hast als ich.«

Julian gab ihr einen schnellen Kuss. »Du bist so schrecklich vernünftig!«

»Und du ganz schrecklich leichtsinnig.« Andrea stellte sich auf die Zehenspitzen, legte die Arme um seinen Nacken und küsste ihn, ungeachtet der Tatsache, dass in diesem Moment ein paar Autos auf den Parkplatz fuhren. »Wir passen überhaupt nicht zusammen.«

»Im Gegenteil. Wir ergänzen uns perfekt.« Julian lachte leise. »Beim Küssen, im Bett, bei ...«

»Sei still.« Andrea hielt ihm den Mund zu. »Du bist unmöglich!«

»Ich weiß. Und trotzdem liebst du mich.«

»Da bist du dir sicher?« Andrea ging auf das verliebte Geplänkel ein.

»Natürlich! Ganz sicher! Und deshalb werden wir jetzt zurück nach Tarasp fahren, dort hervorragend essen und dann ...«

»Koffer packen und abreisen.«

»Morgen. Glaub mir, ich bin von diesem Ausflug total erschöpft und muss mich eine Nacht lang ausruhen.« Er zwinkerte übermütig. »Es sei denn, es gibt da jemanden in meiner Nähe, der mich wach hält.«

»Das bild dir gar nicht erst ein. Ich bin noch Rekonvaleszentin und muss Ruhe halten.«

Für einen Moment wurde Julian ernst und sah sie besorgt an. Und erst, als er das schelmische Lächeln in ihren Augen sah, atmete er auf. »Biest.«

»Danke.«

»Na warte, wenn wir allein sind. Dann ...«

»Was dann?« Ganz dicht war ihr Mund vor seinem.

Julian hauchte ihr einen flüchtigen Kuss auf die Lippen, die so verlockend nah waren. »Wart's ab.«

* * *

Marietta sah sich ein letztes Mal in dem luxuriös eingerichteten Hotelzimmer um. Zu schade, dass sie von hier fortmusste. Ihre beiden Koffer waren schon auf der Bahn in Richtung München. Sie hatte nur noch die beiden Gepäcktaschen hier, die sie auf der Harley mitnehmen konnte. Darin war ihr »Notfallset«, wie sie es bezeichnete. Kosmetika natürlich, aber auch eine dünne Seidenhose und ein Hauch von einem Oberteil. Damit konnte sie sich in jeder noblen Bar oder im Restaurant sehen lassen.

»Julian, wo steckst du nur, zum Teufel?« Marietta biss sich auf die Lippen und zog den Reißverschluss ihrer roten Lederkluft hoch. Sie musste zurück nach München. In drei Tagen hatte sie ein wichtiges Shooting dort, danach sollte sie, so hatte es die Agentur ihr gestern mitgeteilt, für vier Tage nach Rom fliegen. Es war ganz gut, dass endlich wieder Geld aufs Konto kam. Die Wochen, die sie jetzt damit verplempert hatte, nach Julian zu suchen, waren verflixt teuer gewesen.

Und erfolglos!

Flüchtig dachte sie an Frankie und seine Freunde, doch diese drei Tage, von denen sie nicht einmal mehr genau wusste, wie sie vorübergegangen waren und was geschehen war, wollte sie möglichst rasch aus ihrem Gedächtnis tilgen. Gerade, als sie das Hotel verlassen wollte, klingelte ihr Handy.

»Hey, Süße, ich bin's.«

»Norbert?« Sie blieb mitten in der Hotellobby stehen. »Dass du dich noch mal meldest …«

»Ach Darling, ich hatte so viel zu tun.« Er machte eine kleine Pause. »Aber jetzt bin ich für dich da – wenn du noch willst.« Er lachte leise. »Hast du mich vermisst? Wenigstens ein bisschen?«

»Na ja, aber nur ein ganz kleines bisschen.« Marietta lachte. Von einer Sekunde zur anderen besserte sich ihre Laune. »Wo steckst du denn?«

»Ganz in deiner Nähe. Ich sitze im Waldhaus am See und genehmige mir gerade den besten Whisky, den die Bar aufzuweisen hat. Komm her und leiste mir Gesellschaft.«

Nur für zwei, drei Sekunden zögerte Marietta, dann stimmte sie zu. »Ich bin gleich bei dir.«

»Ich freu mich auf dich.« Es klickte, das Gespräch war beendet.

Marietta lachte und warf das lange blonde Haar in den Nacken. Norbert schien gut drauf zu sein. Er war es wert, dass sie ihre Abreise noch um ein paar Stunden verschob.

Norbert Zauner steckte sein kleines Smartphone grinsend in die Tasche seines Leinensakkos. Seine Glückssträhne hielt an. Und das nicht nur im Spielcasino.

Er war gespannt darauf, ob Marietta sich nicht doch an die heiße Nacht auf Frankies Boot erinnerte. Himmel, was hatten sie sich mit dieser heißen Wildkatze amüsiert! Marietta hatte die Pillen, die Frankie ihr in den zweiten Drink geschüttet hatte, ahnungslos geschluckt. Daraufhin war sie völlig enthemmt gewesen, und sie alle hatten ihren Spaß mit ihr gehabt.

Norbert Zauner spürte nicht den kleinsten Anflug eines schlechten Gewissens. Jeder war für sich selbst verantwortlich, war seine Devise. Er selbst hatte sich schließlich auch ganz allein an seinem eigenen Schopf aus dem Dilemma herausgezogen, in dem er wochenlang gesteckt hatte.

Die Nacht im Spielcasino, in der er mit Andreas gestohlenem Geld die ersten Einsätze gemacht hatte, war ein Griff in den Glückstopf gewesen. Er hatte gewonnen, immer wieder. Gegen drei in der Nacht war er versucht gewesen aufzuhören, schließlich sollte man das Schicksal nicht herausfordern.

Dann hatte er noch ein einziges Mal am Black-Jack-Tisch gespielt – und wieder gewonnen.

Seit dieser Nacht war er in Feierlaune.

Und wer war besser dazu geeignet als die scharfe Marietta, ihm dabei Gesellschaft zu leisten!

Er trank noch einen Whisky und sah hinaus auf den See, auf dem etliche Segelboote ihre Bahnen zogen. Im Augenblick herrschte Flaute, doch das störte die Segler nicht. Es war immer ein Vergnügen, sich auf dem tiefblauen Wasser aufzuhalten und sowohl die Sonne als auch den Blick auf das grandiose Alpenpanorama zu genießen.

»Hey, da bin ich.« Marietta beugte sich zu ihm und hauchte ihm Begrüßungsküsse auf die Wangen.

»Hallo, Darling. Toll siehst du aus. Dieser Motorraddress … echt scharf. Passt zu dir.«

Marietta runzelte leicht die Stirn. »Was soll das denn?«

Er lachte. »Ach, nur so. Stehst du nicht auf Komplimente?«

»Sollte es eins sein?« Sie glitt auf den Barhocker neben ihm.

»Aber ja!« Er lachte und winkte dem Barmann. »Schampus. Eine Flasche vom Besten.«

Doch Marietta winkte ab. »So viel trinken kann ich nicht.«

»Was ist denn mit dir los?« Norbert lachte und strich ihr eine Haarsträhne aus dem Gesicht. »Schampus geht doch immer.«

»Heute nicht. Ich muss gleich noch nach München fahren.«

»Heute?« Er wirkte enttäuscht. »Das ist schade. Ich dachte, wir könnten ein bisschen feiern. Ich hab nämlich eine Superstrecke im Moment. Alles läuft perfekt.«

»Sorry, aber ich muss wirklich gleich los. Termine.« Sie sah den Barkeeper an. »Ein Glas trinke ich aber gern.«

»Schade. Und ich kann dich auch nicht mit der Aussicht auf einen Segeltörn locken?« Er hob sein Glas.

Marietta zuckte zusammen, als er »Segeltörn« sagte. Sie presste die Lippen fest aufeinander und sah Norbert an, der gerade sein Glas anhob. An seinem kleinen Finger glitzerte ein goldener Ring mit einem eingravierten Z, das mit Brillantsplittern ausgelegt war.

Es war, als hätte jemand einen Vorhang vor Mariettas innerem Auge fortgerissen. Von einer Sekunde zur anderen kehrte bruchstückhaft die Erinnerung wieder zurück. Sie sah sich in einer Kajüte. Auf einem Segelboot. Auf Frankies Boot. Und sie sah diese Hand, die sich auf ihren Mund legte, während der Mann, dem die Hand gehörte, sie brutal und rücksichtslos vergewaltigte.

»Ist was? Du bist ganz blass auf einmal.« Norbert trank sein Glas in einem Zug leer.

»Nein … nein, gar nichts.« Marietta musste sich beherrschen, um nicht laut loszuschreien und in dieses selbstgefällig grinsende Gesicht zu schlagen. »Ich bin gleich zurück.« Ihre Knie zitterten, als sie vom Barhocker glitt und in Richtung der Waschräume ging.

Doch dann rannte sie los. Rannte aus dem Hotel und zu ihrer Harley.

Nur weg von hier. Weg von Norbert Zauner. Weg von den Erinnerungsfetzen, die ihr Übelkeit verursachten.

15

Andrea wurde wach, als der Wagen vor einer roten Ampel zum Stehen kam. Irritiert sah sie sich um.

»Wir sind ja schon bald da!«

Julian lächelte. »Du hast fast eine Stunde geschlafen.« Er sah sie kurz an, dann schaute er auf die gegenüberliegende Straßenseite – und erstarrte. »Das darf nicht wahr sein!«, murmelte er.

»Was meinst du?« Andrea richtete sich auf und sah in seine Blickrichtung. »Toll sieht die aus. Rote Lederkluft auf weißem Motorrad, das ist ein echter Hingucker.« Sie drehte sich kurz nach Ben um. »Das wär aber nichts für uns, nicht wahr, Ben?«

Ein kurzes »Wuff« sollte wohl Zustimmung bedeuten.

Die Ampel war noch nicht auf Grün umgesprungen, da gab die Harleyfahrerin Gas und stand in der nächsten Minute neben dem Cabrio.

»Du bist also doch hier!« Sie klappte das Verdeck des Helms hoch und taxierte erst kurz Andrea, dann wandte sie sich Julian zu. »Seit Tagen suche ich dich. Ich war auch in Garmisch, aber dein idiotischer Freund hat dich verleugnet.«

»Und warum suchst du mich?« Julian sah in den Rückspiegel, aber es war kein anderer Wagen hinter ihm, den er behindert hätte.

»Das fragst du noch?« Marietta kniff die Augen zu schmalen Schlitzen zusammen. »Wir sind zusammen. Ein verlobtes Paar. Du hast mir einen Ring geschenkt, vergessen?«

»Red doch nicht solch einen Unsinn! Das stimmt doch gar nicht!« Julian gab Gas, doch Marietta folgte ihm sofort. Sie fuhr so dicht vor ihm her, dass er das Cabrio schließlich an den Straßenrand lenkte und anhielt.

»Das muss ich klären.« Er legte die Hand auf Andreas Arm. »Glaub ihr nicht, bitte. Sie reimt sich da was zusammen – wohl, um dich zu treffen und mich in deinen Augen schlechtzumachen.«

Andrea antwortete nicht, doch aus ihrem Gesicht war alle Farbe gewichen. Starr blickte sie geradeaus. Sie hatte die Hände zu Fäusten geballt und presste sich die Fingernägel so fest ins Fleisch, dass es weh tat. Doch das war nichts gegen den Schmerz, der in ihrem Innern tobte.

Durch einen Tränenschleier sah sie, wie Julian erregt auf die schöne Frau in der roten Lederkluft einsprach. Er rüttelte sie an den Schultern, schüttelte immer wieder den Kopf und redete weiter auf die junge Frau ein. Die reagierte ebenfalls höchst aufgebracht und schrie etwas, das Andrea nicht verstehen konnte. Dann nahm sie den Helm ab. Ihr hellblondes Haar fiel als attraktiver Kontrast auf das rote Leder.

Andrea schluckte. Wie schön diese Fremde war! Aufreizend schön. Gertenschlank und fast so groß wie Julian. Sie selbst kam sich dagegen wie eine kleine graue Maus vor.

Bildfetzen schossen ihr durch den Kopf. Sie sah Markus vor sich, den sie einmal mit einer schönen jungen Kollegin beobachtet hatte. Die beiden waren in eine genauso hitzige Diskussion verstrickt gewesen wie Julian und die blonde Motorradfahrerin.

Die versuchte gerade Julian zu umarmen, doch der wehrte

sie heftig ab, redete wieder auf sie ein und drehte sich dann halb um.

»Bleib stehen, du Bastard!«, hörte Andrea die Blonde schreien. Schrill und so laut, dass es den Autolärm der Straße übertönte. Im nächsten Moment holte sie aus und schlug Julian ins Gesicht. Dann sprang sie auf ihr Motorrad, gab Gas und fuhr davon.

Langsam kam Julian zum Wagen zurück und ließ sich mit einem Seufzer hinters Lenkrad sinken.

»Wer war das?« Andreas Stimme war kaum zu verstehen.

»Eine Bekannte. Sie ist …« Julian brach ab, presste die Lippen so fest zusammen, dass sie nur noch einen schmalen Strich bildeten. Seine Finger zitterten, als er den Motor wieder startete. »Ich erkläre dir alles, wenn wir im Chalet sind.« Er sah sie an, bevor er losfuhr: »Glaub mir, Liebes, da ist nichts zwischen ihr und mir. Ich schwöre, dass ich ihr nie die Ehe versprochen habe.«

Andrea antwortete nicht, sie hielt den Kopf gesenkt und versuchte die Tränen, die hinter ihren Augen brannten, zurückzuhalten.

Sie schwiegen, bis das Chalet erreicht war.

Kaum hielt der Wagen, sprang Ben hinaus und rannte durch den Garten. Er schnüffelte und buddelte sogleich ein Loch unter einem frisch gepflanzten Rhododendronbusch, obwohl er genau wusste, dass das streng verboten war. Doch heute, welch ein Wunder, schimpfte niemand mit ihm. Ben legte sich in das Loch, den Kopf auf die dicken Pfoten gebettet, und sah zu seinen beiden Menschen hinüber, die ungewöhnlich still ins Haus gingen.

Erst als sie im Wohnraum standen, sagte Julian: »Das mit Marietta war ein Flirt, mehr nicht. Glaub mir, sie bedeutet mir nichts, und ich hab sie schon wochenlang nicht mehr gesehen.« Er wollte Andrea in die Arme nehmen, doch mit einer schnellen Bewegung entzog sie sich ihm.

»Und weil da nichts mehr zwischen euch ist, reist sie dir nach. Das soll ich wohl schlucken, ja?« Sie schüttelte den Kopf. »Nein, Julian, so blöd bin ich nicht.« Als er etwas erwidern wollte, hob sie abwehrend die Hand. »Nein, hör mir zu. Ich hab das alles hinter mir: Lügen, Ausreden, unglaubhafte Erklärungen. Das will ich nicht mehr. Das ertrage ich nicht noch einmal. Du hast mich von Anfang an belogen.« Aus tränennassen Augen sah sie ihn an. »Ich weiß nicht mal, wer du wirklich bist.«

»Ich bin der Mann, der dich liebt. Und ich habe dich nicht belogen, ich schwör's!« Wieder streckte er die Hand nach ihr aus. »Ich liebe dich! Dich allein! Die letzten Tage, unsere Nächte – das kannst du doch nicht so einfach vergessen, Andrea. Bitte!«

Aber Andrea schüttelte nur den Kopf, drehte sich um, rannte in ihr Zimmer und schloss ab, ehe er die Tür erreicht hatte.

Vergeblich versuchte Julian, mit ihr zu reden. Er pochte an die Tür, bat, erklärte. Ohne Erfolg.

Weinend lag sie auf ihrem Bett und schluchzte in die Kissen. Langsam ging der Tag in den Abend über. Julian fütterte Ben, der vor Andreas Zimmertür lag. Ein paarmal hatte er auffordernd gebellt, doch sie reagierte nicht.

Erst als im Ort die Lichter angingen, als auch die Lampen im Garten aufflammten, verließ sie das Zimmer.

»Endlich!« Julian, der im Wohnraum gesessen und wahllos in ein paar Zeitschriften geblättert hatte, sprang auf.

Andrea machte noch zwei Schritte auf ihn zu, dann blieb sie stehen und sah ihn an – mit rot verweinten Augen, blass, die Lippen fest zusammengepresst.

»Liebes, komm her.« Unendlich zärtlich klang Julians Stimme, und mit einem kleinen Schluchzen sank Andrea an seine Brust. »Ich liebe dich. Dich allein.« Er küsste ihr Haar, hob ihr Gesicht an und küsste die zuckenden Lippen.

Andrea hielt still, doch sie erwiderte seinen Kuss nicht. »Du weißt nicht, wie das ist«, sagte sie nach einer Weile und sah ihn an, »belogen und betrogen zu werden. Ausgelacht zu werden, weil man so naiv und dumm war.« Sie biss sich auf die Lippen. »Das hab ich alles hinter mir. Und ich hab mir geschworen, dass mich kein Mann mehr so verletzen wird. Nie mehr.«

»Das würde ich niemals tun. Glaub mir, diese kurze Affäre mit Marietta ist vorbei. Sie bedeutet mir nichts mehr, hat mir im Grunde nie etwas bedeutet. Gar nichts.«

»Sie ist eine wunderschöne Frau.«

»Du bist schön. Liebenswert und schön. Marietta ist ein Model, das sich lange stylen muss, um so gut auszusehen. Sie kann sich gar nicht mit dir vergleichen.«

»Sie ist dir nachgereist. Hat dich gesucht. Das tut man doch nicht, wenn man nur miteinander geflirtet hat!«

Julian zuckte mit den Schultern. »Ich weiß nicht, warum sie behauptet hat, mit mir verlobt zu sein. Das stimmt einfach nicht. Zugegeben, ich hab ihr mal ein paar Ohrringe geschenkt, weil sie die toll fand. Aber keinen Ring, das schwör ich dir.« Er sah Andrea eindringlich an. »Ich will nichts von ihr. Und das weiß sie auch.«

Er war versucht zu erklären, dass Marietta nur auf sein Geld aus war, doch mit dieser neuen Beichte hätte er Andrea sicher noch mehr geschockt. Wer er genau war und was ihm alles gehörte, würde er ihr lieber zu einem geeigneteren Zeitpunkt eröffnen.

Andrea nickte nur. Aber wenn sie auch nicht weiter insistierte – ihre Zweifel blieben bestehen. Warum hatte diese Marietta so großes Interesse an Julian? An einem Mann, der zwar gut aussah, aber doch nichts besaß? Der einer so verwöhnten Frau, wie Marietta es sicher war, doch gar nichts bieten konnte?

Ein langer, nachdenklicher Blick streifte Julian, dann ging Andrea zum Fenster und sah hinaus in die Dämmerung.

Dunkel, wie steinerne Wächter, wirkten die Berge, nur vereinzelt sah man an ihren Hängen ein Licht, das in einer der vielen Hütten brannte.

»Du hast noch gar nichts gegessen. Es ist Käse da, etwas Schinken und Brot.« Julian trat hinter sie und legte ihr die Hände auf die Schultern.

»Ich hab keinen Appetit, danke.«

»Aber einen Wein trinken wir, ja? Ich hol uns eine Flasche.«

Andrea schüttelte den Kopf. Langsam drehte sie sich um. »Nein, Julian. Ich möchte keinen Wein. Und schon gar keinen Wein, der mir nicht gehört. Du tust so, als sei alles hier dein Eigentum. Das geht doch nicht!«

Julian zögerte. Sollte er ihr die Wahrheit sagen? Sollte er endlich aufklären, wer er war – und warum er hier war?

Nein, er verwarf den Gedanken gleich wieder. Für noch mehr Erklärungen und Geständnisse war Andrea heute sicher nicht bereit. Aber morgen, morgen würde er ihr alles sagen!

»Aber das ist doch jetzt egal, wem der Wein gehört. Ich kaufe neue Flaschen, wenn's dich beruhigt.«

»Nein, Julian, auch das ist nicht egal.« Sie strich ihm kurz über die Wange. »Und jetzt lass mich allein. Bitte. Ich … ich brauche ein bisschen Zeit für mich.«

Er wollte widersprechen, doch dann nickte er nur. »Gut. Wie du willst.«

* * *

Mitternacht war vorbei. Bestimmt zum hundertsten Mal sah Andrea auf den Radiowecker, der neben ihrem Bett stand und dessen Zahlen so grell in die Dunkelheit blinkten, dass es wie Hohn wirkte.

Ben, der vor ihrem Bett lag, hob kurz den Kopf und stieß ein verschlafenes Brummen aus, als sie sich wieder einmal auf die andere Seite wälzte.

Schließlich hielt Andrea es nicht mehr aus und stand auf. Schnell zog sie sich einen Pulli über das kurze Sleepshirt, dann ging sie hinüber zu den Garagen.

In einem der beiden Zimmer, die Julian bewohnte, brannte noch Licht! Ein breiter Streifen fiel durch die hellen Vorhänge, die nicht ganz zugezogen waren. Er fand also auch keine Ruhe!

Das Licht der neu installierten Bewegungsmelder flackerte auf, als sie durch den hinteren Eingang trat und die Tür, die Julian auch heute wieder nicht abgeschlossen hatte, aufstieß.

Mitten im Gehen blieb sie stehen, als sie ihn sprechen hörte.

»Das kann ich nicht machen. Der Plan muss geändert werden, tut mir leid.« Er machte ein paar nervöse Schritte auf und ab, Andrea konnte es genau hören. Dann sprach er weiter, diesmal noch lauter als zuvor: »Sorry, aber das musst du doch verstehen. Ich bin nun mal kein Hausverwalter, und auf Dauer halte ich die Rolle nicht mehr durch, zumal es gar keinen Sinn ergibt. Sie kommt nicht her, glaub mir. Und deshalb spiele ich nicht mehr mit.« Wieder ein paar Schritte, die sich jetzt der Tür näherten. »Sei nicht sauer und genieß deine Einladung in den Rainbow Room. Bis bald.«

Andrea hielt den Atem an. Mit wem telefonierte Julian mitten in der Nacht? Wer war gerade in New York und hatte eine Einladung in den Rainbow Room? Und – welcher Plan sollte geändert werden?

Mit einem Ruck drückte sie die Tür auf. Julian stand in dem kleinen Wohnraum, das Mobiltelefon noch in der Hand.

»Wer war das?« Sie deutete auf das Handy.

Julian biss sich auf die Lippen. »Uninteressant«, murmelte er und kam auf Andrea zu. »Du bist gekommen.« Er wollte sie an sich ziehen, doch sie wich einen Schritt zurück.

»Wer war das? Und welcher Plan geht nicht auf?« Ernst sah sie ihn an. »Lüg mich nicht wieder an!«

Julian schüttelte den Kopf. »Das ist wirklich nicht wichtig. Nicht für uns.« Liebevoll sah er sie an. »Ich hatte einem alten Freund etwas versprochen, doch das Versprechen kann ich nicht einhalten. Nicht, nachdem wir uns begegnet sind und ich mich Hals über Kopf in dich verliebt habe.«

»Ihr hattet einen Plan.« Andrea verschränkte die Arme vor der Brust. Obwohl es nicht kalt war, fror sie auf einmal ganz schrecklich. Es war eine innere Kälte, die sich immer rascher in ihr ausbreitete. »Was wolltet ihr? Die Altmanns betrügen? Wie?«

»Unsinn!« Julian machte wieder zwei Schritte auf sie zu, doch Andrea hob abwehrend die Hände.

»Fass mich nicht an!«, zischte sie.

»Liebes …«

»Was wolltet ihr? Sag mir das endlich.«

Julian streckte die Hand nach ihr aus. »Also gut, ich erzähl dir alles. Aber in Ruhe. Setz dich.« Er deutete auf den braunen Zweisitzer unter dem Fenster.

Zögernd ging Andrea zu dem kleinen Sofa. Julian ließ sich dicht neben ihr nieder und nahm ihre Hände in seine. Dem ersten Impuls folgend wollte Andrea ihm ihre Finger entziehen, doch dann hielt sie inne.

»Es ist im Grunde ganz einfach.« Julian räusperte sich. »Robert Altmann und mein Vater kennen sich sehr gut. Deshalb bin ich hier.«

»Um auf die Handwerker aufzupassen.« Andrea atmete auf. Er war also kein Verbrecher. Kein Hochstapler oder Dieb, der sich hier eingenistet hatte und das Haus leer räumen wollte.

»Nicht so ganz.« Julian atmete ein paarmal ein und aus. »Es geht nicht allein ums Haus, sondern vor allem um Christiane.«

»Wieso um Christiane?«

Julians Griff um ihre Hände wurde fester. »Es ist so ...« Er seufzte. »Verflixt, das ist nicht so einfach zu erklären. »Also ... ich heiße Julian Steinhäuser und sollte hier eigentlich mit Christiane zusammentreffen. Ihr Vater hat sie hergeschickt, damit wir uns auf neutralem Terrain kennenlernen und ...«

»Was?« Andrea wollte aufspringen, doch Julian hielt sie zurück.

»Mein Vater besitzt ein paar Hotels, so wie die Altmanns«, sagte er. »Hast du noch nie von der Steinhäuser-Gruppe gehört?«

Andrea schüttelte den Kopf.

»Egal. Jedenfalls haben unsere beiden Väter sich in den Kopf gesetzt, die Hotelketten zu fusionieren. Am besten geht das natürlich durch eine Heirat.«

»So ein Unsinn! Wir leben doch nicht mehr im Mittelalter.« Erst nach und nach wurde Andrea klar, was er ihr da gerade gestanden hatte. »Du bist also ... reich?«

Julian nickte. »Kann man so sagen.«

»Und hast bei mir so getan, als wärst du auf den Job hier angewiesen.«

»Das hab ich nie behauptet. Das hast du dir so gedacht. Und ich ... na ja, ich hab keinen Versuch unternommen, dir zu widersprechen.« Er zuckte leicht mit den Schultern. »Das ist mit eins der Vorurteile, die ich so hasse: Man fährt Fahrrad, trägt keine Designerklamotten, lebt relativ einfach, also ist man nicht sehr wohlhabend.«

»Und kann sich auf Kosten eines Dummchens, wie ich eins bin, bestens amüsieren.« Andrea entriss ihm ihre Hände. »Gratuliere, das ist dir ja gut gelungen. Und ich bin mal wieder voll auf irgendwelche Lügen reingefallen.« Sie lief zur Tür, doch bevor sie sie erreicht hatte, war Julian bei ihr und hielt sie an den Schultern zurück.

»Das stimmt doch nicht. Ich liebe dich, Andrea. Aufrichtig. Und ich fand es toll, dass du dich auch in mich verliebt hast. In mich, Julian. Nicht in den Erben der Steinhäuser-Hotels.« Er zwang sie, ihn anzusehen. »So geht es mir seit Jahren immer wieder: Die Frauen, die sich für mich interessieren, wollen im Grunde nur mein Geld. So wie Marietta.« Er lachte bitter auf. »Glaub mir, wenn ich nur ein Maurergehalt hätte oder das Einkommen eines Lehrers, wäre ich für sie uninteressant. Dann wäre sie mir mit Sicherheit nicht nachgereist.« Er zuckte mit den Schultern. »Sie muss alle Steinhäuser-Hotels abgeklappert haben. Außer meinem besten Freund weiß aber niemand, dass ich hier bin.«

»Und Herr Altmann.«

»Natürlich, der auch. Aber der hält sich für ein paar Wochen in New York auf.« Sekundenlang glitt ein Schatten über sein Gesicht. »Ich glaube, er hat finanzielle Probleme. In Amerika hat er zwei gute Bekannte, die investieren sollen.«

»Das kann ich nicht glauben!« Andrea schüttelte den Kopf. »Den Altmanns ging es immer hervorragend.«

»Ja, aber die Zeiten haben sich geändert. Vor allem im Hotelgewerbe. Da muss man regelmäßig investieren, wenn man zu den Top-Häusern gehören will. Und man munkelt, dass Robert Altmann das nicht rechtzeitig getan hat.« Er zuckte leicht mit den Schultern. »Das Zusammenlegen unserer Firmen wäre optimal für ihn. Aber«, er sah Andrea zärtlich an, »das kann er vergessen. Ich werde seine Tochter auf keinen Fall heiraten.«

* * *

Langsam schob Andrea die Decke zur Seite und stand auf. Julian schlief fest, das Gesicht halb im Kopfkissen vergraben. Sie blickte ihn lange und nachdenklich an. Vor ein paar Stunden noch hatten sie sich leidenschaftlich geliebt, sie war glücklich gewesen in seinen Armen und hatte seinen unzähligen verrückten Worten, mit denen er ihr seine Liebe schwor, geglaubt.

Jetzt, im fahlen Licht des frühen Morgens, sah alles anders aus. Realer. Nichts war mehr verklärt von romantischen Gefühlen. Alles war sachlicher. Schmerzhafter.

Und sie war voller Zweifel, die wie ein schleichendes Gift an ihr nagten.

Warum hatte Julian ihr nicht von Anfang an gesagt, wer er war? Warum diese Komödie? War sie doch nichts weiter als ein Spielzeug für den Millionärssohn gewesen? Ein netter, harmloser Flirt, während er die Sonne im Engadin genoss?

Oder hatte er sich so leidenschaftlich in sie verliebt wie sie sich in ihn?

Sie wusste es nicht.

Andreas Blick verschleierte sich, als sie ein letztes Mal zu dem Schlafenden hinübersah. Tränen brannten hinter ihren Augen, und sie war versucht, zu ihm zu gehen und sich wieder an ihn zu kuscheln.

Aber dann gewannen Angst, Zweifel, Mutlosigkeit und ein Anflug von Trotz die Oberhand.

Sei vernünftig und geh, ermahnte sie sich. Fall nicht noch einmal auf schöne Worte herein, die sich letztendlich doch nur als leere Versprechungen erweisen. Wenn die Zeit hier oben in den Bergen vorbei ist, wenn Julian wieder in seinen Hotels arbeiten muss und in einer Welt voller Luxus lebt, wird er dich nicht mehr kennen. Du gehörst nicht zu seinen Kreisen.

Bilder aus der Zeit in New York stiegen in ihr auf und bestärkten sie in ihrem Vorhaben, Julian zu verlassen. Sie hatte bittere Erfahrungen damit gemacht, wie sehr man ausgegrenzt wurde, wenn man nicht »dazugehörte« – zur sogenannten besseren Gesellschaft.

»Sei vernünftig«, ermahnte sie sich laut. »Geh fort. Schnell.«

Ihr Herz krampfte sich zusammen, als sie ins Chalet hinüberlief, wo sie von Ben begeistert begrüßt wurde. Der Hund sprang an ihr hoch, und diesmal wehrte sie ihn nicht ab, sondern beugte sich über ihn und barg ihr Gesicht in seinem dichten, dunklen Fell.

»Ruhig«, ermahnte sie ihn und hielt Ben die Schnauze zu. Das Hundegebell würde Julian noch wecken!

Ihre wenigen Klamotten waren rasch gepackt. In einer Schublade des schönen alten Sekretärs fand sie Briefpapier.

Kurz zögerte sie, dann warf sie die Zeilen, die ihr in den Sinn kamen, aufs Papier. Nur nicht lange nachdenken, die Zeit drängte!

Es war eine schöne Zeit mit Dir hier oben. Danke für alles. Aber ich muss gehen, such mich nicht. – Andrea

Sie saß schon im Wagen und fuhr in Richtung Autobahn, als ihr einfiel, dass Julian sie durch Christiane leicht ausfindig machen könnte.

»Falls er das überhaupt will«, murmelte sie deprimiert vor sich hin.

Die Sonne stieg höher und höher, und der ewige Schnee auf den Dreitausendern glitzerte, als sei er mit einer Decke aus feinen Diamantsplittern überzogen.

Als das Ortsschild »Filisur« vor ihr auftauchte, drosselte sie das Tempo und sah sich, als sie den Ortskern erreicht hatte, nach Norbert Zauners schwarzem Sportwagen um.

»Natürlich ist er nicht hier«, murmelte sie und hielt an, um sich eine Flasche Wasser und etwas zu essen zu kaufen. Auch für Ben hatte sie nichts dabei, das Futter für den Hund hatte sie total vergessen.

Vor einer kleinen Bäckerei hielt sie an und kaufte drei frische Brötchen. Sie selbst hatte keinen Appetit, doch für Ben war so ein Brötchen ein wahrer Leckerbissen!

»Ja hallo! Du bist doch die Bekannte vom Norbert, gell?« Ein breitschultriger Mann kam auf ihren Wagen zu. »Ich hab dich am Hund wiedererkannt.« Er lächelte. Ein schmales, trauriges Lächeln. »Mir gehört die Lotti, erinnerst du dich?«

»Aber ja!« Andrea sah sich um. »Wo ist denn Ihr Hund?« Ihr fiel es schwer, einen Fremden zu duzen, dabei war es hier in den Bergen nicht unüblich.

»Drüben im Haus. Unserer Mutter geht's nicht gut, die

Lotti liegt seit drei Tagen schon neben ihr und rührt sich kaum von ihrem Bett fort.«

»Das tut mir leid.«

»Mir auch.« Er biss sich auf die Lippen und blinzelte die Tränen, die plötzlich in seinen Augen glitzerten, fort. Dann griff er nach Andreas Hand. »Weißt du, wo der Norbert steckt? Wir versuchen ihn seit Tagen zu erreichen, aber er meldet sich einfach nicht.« Er duzte sie unbekümmert weiter.

»Tut mir leid, ich hab keine Ahnung.« Andrea sah bedauernd zu dem breitschultrigen Mann hoch. »Wir haben seit etlichen Tagen keinen Kontakt mehr.«

»Ist sicher auch besser so für dich.« Der junge Bauer streckte ihr die Hand hin. »Der Norbert ist ein Windhund. Ein charmanter Windhund, der es versteht, die Leute zunächst mal für sich einzunehmen. Wir, die Familie, haben ihm auch immer wieder verziehen, wenn er Scheiße gebaut hat. Ich fürchte, er steckt auch jetzt wieder in den größten Schwierigkeiten und ist deshalb untergetaucht.« Seine Miene wurde eisig. »Es wäre nicht das erste Mal. Er bricht unserer Mutter das Herz, dieser Mistkerl. Immer diese Lügen, diese Hochstapeleien.« Ein forschender Blick streifte Andrea. »Du hast ihm doch wohl kein Geld gegeben, oder?«

»Aber nein! Warum auch?«

»Weil er ein Spieler ist. Ein Spieler und Dieb. Er hat die Mutter um ihr ganzes Erspartes betrogen. Das haben wir vor ein paar Tagen herausgefunden. Seitdem liegt sie im Bett. Norbert war immer ihr Liebling, sie kann nicht verwinden, was er ihr angetan hat.« Er biss sich auf die Lippen und machte zwei Schritte zur Seite. »Tut mir leid, das wollte ich gar nicht sagen. Aber ich bin so wütend auf den Scheißkerl.«

»Ich hab ihn wirklich nicht mehr gesehen.« Andrea umklammerte die Brötchentüte so fest, dass ihre Fingerknöchel weiß hervortraten. »Ich … ich bin gerade auf dem Weg zurück nach Deutschland.«

»Dann gute Fahrt. Und nix für ungut. Vergiss einfach das alles hier. Ich wollte dir eigentlich auch nicht sagen, was mit Norbert ist, aber ich bin so stinkwütend …« Er wischte sich mit der großen Hand über das Haar, das genauso hell war wie das seines Bruders.

Andrea nickte. Wenn das Vergessen nur so einfach wäre, dachte sie, während sie auf die Hauptstraße zurückfuhr. Was war mit Norbert passiert? Sie hatte gedacht, er müsse arbeiten und hätte sich deshalb nicht mehr bei ihr gemeldet. Und das hatte ihr auch überhaupt nichts ausgemacht, schließlich war sie mit Julian zusammen gewesen.

Julian …

Sie griff zum wiederholten Mal nach ihrem Handy. Wieder vier Anrufe von ihm! Sie hatte die Mailbox eingeschaltet, doch jetzt löschte sie die Anrufe, ohne Julians Nachrichten abzuhören.

* * *

Immer wieder drehte Andrea den hellen Stab in den Fingern hin und her. Sie biss sich auf die Lippen und stöhnte auf, als sie das kleine Kreuzchen sah.

»Positiv«, murmelte sie und ließ den Schwangerschaftstest so hastig fallen, als hätte sie sich daran verbrannt.

Sie brauchte eine geraume Weile, ehe sie sich wieder gefangen hatte. Wie von einem Wirbelsturm aufgescheucht flogen Gedankenfetzen durch ihren Kopf.

Ein Kind!

»Unmöglich«, murmelte sie vor sich hin. »Das geht doch nicht! Wie soll ich das packen?«

Ihr Puls raste, und sie hatte das Gefühl, keine Luft zu bekommen. Immer wieder starrte sie auf das kleine, helle Plastikgebilde, und das Kreuz in dem kleinen mittleren Feld schien ihr höhnisch entgegenzublitzen.

So, als hätte sie Magenkrämpfe, beugte sich Andrea in ihrem Stuhl vor, verschränkte die Arme auf dem Tisch und legte den Kopf darauf. Hinter ihren Augen brannten ungeweinte Tränen, und sie war kaum imstande, einen klaren Gedanken zu fassen. Nur die eine Frage drängte sich auf: Wie hatte das nur passieren können?

»Ich weiß es nicht«, murmelte sie vor sich hin. Julian und sie hatten doch verhütet! Da konnte sie doch nicht schwanger sein!

Nein, fiel ihr ein, an ihrem letzten gemeinsamen Abend waren sie unvorsichtig gewesen. Sie hatten an alles, nur nicht an Verhütung gedacht!

Eine Weile saß sie da und dachte an diese Nacht, an Julian, an seine Zärtlichkeiten, an seine Liebe und Leidenschaft, die auch sie mitgerissen hatte.

Dann dachte sie daran, wer er war – und dass er ihr verschwiegen hatte, aus welcher Familie er stammte und was ihn im Grunde ins Engadin geführt hatte. War er nicht genauso berechnend und materiell eingestellt wie Christianes Vater? Wenn nicht, warum hatte er sich überhaupt auf diesen irren Plan eingelassen? Doch sicher auch nur aus materiellen Erwägungen heraus.

Sollte sie ihm unter diesen Umständen eingestehen, dass sie ein Kind von ihm erwartete?

»Unmöglich! Er denkt doch bestimmt, dass ich diese Schwangerschaft mit Absicht provoziert habe.« Tränen stiegen in ihr auf und schnürten ihr die Kehle zu.

Lange saß sie an ihrem schmalen Küchentisch und hatte

kein Gefühl mehr für Zeit und Raum. Immerzu starrte sie auf den Schwangerschaftstest, sie sah das kleine Kreuz, dann gingen ihre Gedanken zurück an die Zeit in der Schweiz. Wie glücklich war sie mit Julian gewesen! Und wie enttäuscht und verletzt, als sie erfuhr, wer er war – und dass er wohl nur mit ihr gespielt hatte. Seine Schwüre und dass er sie aufrichtig liebte – das konnte sie einfach nicht glauben.

»Ich hab's ja gleich gewusst, der Typ macht nur Probleme«, murmelte sie sarkastisch vor sich hin, als sie aufstand und den Schnelltest in den Mülleimer warf.

* * *

»Du siehst schrecklich aus. Ist dir immer noch übel?« Besorgt beugte sich Christiane Altmann zu der Freundin hinüber, die hinter dem Empfangstresen des Fitnesscenters saß und Zahlen in den Computer eingab.

»Leider. Ich weiß auch nicht, wann das mal aufhört. Schließlich bin ich schon im fünften Monat.« Ein kleines Lächeln glitt über Andreas Gesicht. »Der Junior ist ziemlich aufmüpfig, glaub ich.« Kurz strich sie sich über den noch flachen Bauch.

»Man sieht dir die Schwangerschaft immer noch nicht an.« Christiane griff nach der Karaffe mit dem schmackhaften Fruchtcocktail, der wie immer auf dem Tresen stand und den die Besucher des Fitnessclubs so gern tranken. Sie goss sich ein Glas ein. »Magst du auch?«

Andrea schüttelte den Kopf. »Danke, lieber nicht.«

»Du brauchst aber Vitamine. Und was Gescheites essen musst du auch! Glaub bloß nicht, dass ich nicht sehe, dass du dich schminkst, um gut auszusehen. Aber die Schatten unter den Augen sind trotzdem da. Und deshalb wird das hier jetzt gegessen.«

Sie griff in ihre Tasche, ein voluminöses Ding aus grünem Veloursleder, das sie seit ein paar Tagen mit sich herumschleppte. Davor war eine Tasche, auf deren Vorderseite Tiere und Pflanzen aufgedruckt waren, ihre Favoritin gewesen. Christiane sammelte Taschen wie andere Leute Briefmarken und besaß weit über hundert Exemplare in den unterschiedlichsten Größen und Materialien.

»Hier, Schwarzbrot mit Leberwurst. Ich hab auch Putenbrust. Oder lieber ein Käsesandwich? Frischen Obstsalat hab ich dir auch gemacht.« Sie zog eine Frischhaltebox aus der Riesentasche. »Ich hab alles dabei.«

»Danke.« Andrea wandte sich angewidert ab. »Schon beim Gedanken an Leberwurst wird mir übel. Und einen Apfel hab ich gerade eben noch gegessen. Obwohl ich von Obst zurzeit leicht Sodbrennen bekomme.«

Christiane kam um die Theke herum und setzte sich ungeniert auf die Tischplatte. Sie schlug die langen Beine übereinander und sah Andrea eindringlich an. »Wann sagst du es ihm endlich?«

»Gar nicht! Das weißt du doch! Hör bitte mit dieser Fragerei auf, sonst kündige ich dir die Freundschaft!« Unvermittelt brach sie in Tränen aus.

»Ach Süße, das wollte ich nicht. Reg dich nicht auf und hör auf zu weinen. Ich bin ja schon still.«

Noch zweimal schluchzte Andrea auf, dann hatte sie sich wieder im Griff. »Geht schon«, murmelte sie.

»Es tut mir alles so leid. Wenn ich gewusst hätte, was dir im Engadin passiert, wäre ich nicht auf die Idee gekommen, dich dorthin zu schicken.« Gedankenverloren drehte Christiane an dem breiten, mit kleinen Brillantsplittern verzierten

Ring an ihrer linken Hand. »Andererseits war's gut, dass jetzt endlich Klarheit herrscht und mein Vater erkannt hat, dass er mich nicht verkuppeln kann. So eine verrückte Idee von ihm, Julian dorthin zu schicken, damit er so tut, als müsse er die Handwerker beaufsichtigen. Und ich sollte dasselbe tun! Mein Vater ist als Kuppler wirklich nicht zu gebrauchen.« Sie lachte leise. »Aber inzwischen hat er begriffen, dass ich nur Bernd liebe. Er kommt mit ihm sogar ganz gut klar. Geschäftlich liegen sie auf einer Wellenlänge. Und wenn Bernd sich wirklich eines Tages ins Hotelfach einarbeiten will ...«

»Das macht er bestimmt.« Andrea sah zu der Freundin hoch. »Er ist ein toller Typ.«

»Stimmt. Ich kann's kaum erwarten, ihn zu heiraten.« Ein glückliches Lächeln glitt über ihr immer noch braun gebranntes Gesicht. »Noch vier Wochen. Ich bin total aufgeregt!« Sie beugte sich vor und umarmte Andrea. »Und es ist wunderbar, dass du meine Trauzeugin sein willst.«

»Ehrensache.« Andrea griff zum Telefon, das gerade läutete. »Und jetzt lass mich arbeiten. Ich brauche schließlich den Job, den mir dein Bernd netterweise gegeben hat.«

»Das war ja wohl das mindeste, was wir tun konnten. Nach allem, was passiert ist.« Sie trank noch einen Schluck. »Wenn ich mich an den Disput mit meinem Vater erinnere«, sie lachte leise, »und an sein verstörtes Gesicht, als ich ihm von meiner Verlobung erzählt hab ...«

Andrea beendete das Telefongespräch und sah dann wieder zu ihrer Freundin auf. »Ich kann mir lebhaft vorstellen, wie perplex dein Vater war. Es ist ja auch eine zu verrückte Geschichte.«

»Verrückt war Paps, dass er sich so einen Mist überhaupt ausgedacht hat.«

»Er hat es gut gemeint. Aber dass Julian sich darauf eingelassen hat, ist unverzeihlich.«

»Ich glaube nicht, dass er wirklich daran gedacht hat, mit mir zu flirten. Er wollte meinem Vater einen Gefallen tun und im Chalet nach dem Rechten sehen, schließlich war ja auch in seinem Hotel in Sankt Moritz einiges zu tun. Er hat einfach zwei Fliegen mit einer Klappe geschlagen.«

»Nimm ihn nicht in Schutz!«

»Ja, ja, ich weiß, du bist noch sauer auf ihn. Aber das legt sich.« Christiane rutschte vom Tresen. »Hier, iss wenigstens einen Happen. Du nimmst immer mehr ab, statt zuzunehmen.«

»Unsinn. Ich hab schon fast vier Kilo zugelegt.«

»Das will ich auch hoffen. Schließlich soll es meinem Patenkind an nichts fehlen.« Christiane umarmte die Freundin. »So, jetzt muss ich wieder los. Grüble nicht so viel, denk positiv. Alles wird gut.«

»Ja. Danke.« Andrea hob kurz das Brot zum Mund, nahm allerdings nur einen kleinen Bissen davon. Während sie der Freundin nachsah, die winkend den Raum verließ, erinnerte sie sich zurück an alles, was in den letzten Wochen geschehen war.

Nachdem sie aus dem Engadin zurückgekommen war, hatte sie anderthalb Wochen in einer kleinen, preiswerten Pension im Bergischen Land gewohnt, bis Christiane von den Seychellen zurückkehrte, wo sie zwei Wochen länger als geplant geblieben war.

»Ruf mich bitte an, sobald Du daheim bist«, hatte sie ihr gemailt, und die Freundin meldete sich wirklich gleich nach ihrer Rückkehr.

»Ich war nicht allein in eurem Haus«, berichtete Andrea, nachdem sie sich begrüßt hatten. »Dein Vater hatte Julian

Steinhäuser gebeten, sich um die Bauarbeiten zu kümmern.« Forschend sah sie Christiane an, die bei der Nennung des Namens tief ein- und ausatmete.

»So ein alter Kuppler! Aber aus diesen Plänen wird nichts.« Lachend zeigte sie der Freundin ihren Verlobungsring.

Andrea gratulierte, doch Christiane merkte sofort, dass etwas nicht stimmte. »Was hast du?«

Nach und nach erfuhr sie, was in Pontresina geschehen war – und dass Andrea sich in Julian verliebt hatte.

»Und jetzt …« Andrea biss sich heftig auf die Unterlippe, »jetzt fürchte ich, dass ich schwanger bin.«

»Schwanger? Von Julian Steinhäuser?« Christiane umarmte sie lachend. »Das ist ja herrlich! Gratuliere!«

»Dazu gibt es nun wahrhaftig keinen Grund.« Andreas Miene wurde eisig. »Er und ich, das geht gar nicht. Und das will er sicher auch nicht. Ich war eine nette Bereicherung seines Engadin-Aufenthalts, mehr nicht.«

»So ist Julian nicht!«

»Du kennst ihn doch kaum.«

»Ja, das stimmt schon, aber ich weiß, dass er ein toller Typ ist und grundehrlich. Mein Paps jedenfalls schwärmt mir seit Monaten von ihm vor. Aber ich bin vergeben.« Sie sah Andrea an. »Ruf ihn an. Sag ihm, was mit dir los ist.«

»Nein. Er und ich … das passt nicht zusammen.« Ihre Miene wurde eisig. »Ich bin ein gebranntes Kind, wie du weißt. Und ich lass mich nicht mehr manipulieren.«

»Das hat Julian doch gar nicht getan! Er wollte doch nur um seiner selbst willen geliebt werden, deshalb hat er dir nicht alles von sich erzählt.«

»Unsinn! Spätestens in Tarasp hätte er mir alles gestehen müssen. Aber er hat sich bestimmt herrlich auf meine Kosten amüsiert.« Wieder wurde ihr Gesicht hart und undurchdringlich. »Nie wieder geht ein Mann so mit mir um.« Sie sah die Freundin ernst an. »Und wenn du nicht willst, dass ich nie wieder mit dir rede, dann sagst du ihm auch nicht, wo ich bin.«

»Aber das Baby ...«

»Das wird eine gute Mutter und eine tolle Patentante haben. Mehr braucht es nicht.«

Sie redeten noch tagelang über die Geschehnisse im Engadin. Andrea erzählte der Freundin nach und nach immer mehr, und Christiane verstand einfach nicht, warum Andrea nicht an Julians Liebe glauben wollte. Aber in diesem Punkt ließ Andrea nicht mit sich reden. Stattdessen überlegte sie, ob es nicht besser wäre, das Baby nicht zu bekommen.

Doch letztendlich hatte sie Skrupel vor einem solchen Schritt, und irgendwie, in einem winzigen Eckchen ihres Herzens, freute sie sich auf das Kind.

Von Julian wurde schließlich nicht mehr gesprochen. Christiane versprach, ihn nicht zu informieren und erst recht nicht darüber Auskunft zu geben, wo sich Andrea aufhielt.

Bernd Geisner wurde Andrea rasch ein guter Freund. Er überließ ihr ein Apartment, das ihm gehörte und zum Glück gerade nicht bewohnt war, und er gab ihr einen Job.

»Hallo, Andrea. Kannst du mir sagen, wann der Chef zu sprechen ist? Es ist dringend.« Einer der Mitarbeiter des Fitnesscenters stand vor ihr und riss sie aus ihren Gedanken. Es war Volker, ein schlaksiger Typ mit feuerroten Haaren und einem hellroten Dreitagebart.

»Leider erst morgen früh. Kann ich dir helfen?«

»Nein, danke.« Volker wandte sich halb ab. »Oder doch!« Er lächelte sie an. »Geh mit mir essen. Heute Abend.«

Andrea schüttelte den Kopf. »Tut mir leid, ich kann nicht.«

»Das sagst du seit Tagen!«

»Es ist so. Sei nicht bös, Volker.«

»Du magst mich nicht.«

»Doch, ich mag dich. Aber ich gehe grundsätzlich nicht mit Kollegen aus.« Sie wandte sich den drei Aktenordnern auf ihrem Schreibtisch zu. »Und jetzt entschuldige mich – ich hab zu tun.«

Volker drehte sich um. »Zicke.«

»Wenn du meinst.« Andrea hatte das leise vor sich hingemurmelte Wort gehört.

»Sorry, war nicht so gemeint.«

»Schon gut.« Andrea legte die linke Hand auf ihren Bauch. Der kleine Kerl, der da in ihr heranwuchs, meldete sich seit ein paar Tagen mit recht kräftigen Tritten. Es war ein wunderschönes Gefühl, und wieder einmal bedauerte sie es, dass sie diese Empfindungen nicht mit Julian teilen konnte.

Für einen kurzen Moment überkamen sie Wehmut und Traurigkeit. Sie konnte Julian einfach nicht vergessen, konnte die Liebe zu ihm nicht aus ihrem Herzen verbannen. Wie denn auch, wo der Junior in ihrem Bauch sie stets an die wunderbarsten, aufregendsten, zärtlichsten – und unglücklichsten Stunden ihres Lebens erinnerte.

Oft, wenn sie allein in ihrer kleinen Wohnung lag und nicht schlafen konnte, war sie versucht, Julian anzurufen. Die Sehnsucht nach ihm wurde nicht weniger.

Aber sie rief nicht an, so, wie sie auch all seine Anrufe ignoriert hatte. Es konnte keine Gemeinsamkeit für sie geben. Welten lagen zwischen ihrem einfachen Leben und seinem Leben in Luxus und mit Freunden aus der High Society.

Nein, das wollte sie nie wieder erleben, dieses geringschätzige Lächeln von Menschen, die sich etwas Besseres dünkten, nur weil sie Geld oder einen besonders guten Job hatten!

Schließlich besorgte sie sich einen neuen Handyvertrag mit neuer Nummer. Jetzt war sie unerreichbar! Und irgendwann, da war sie sicher, würde Julian es aufgeben, nach ihr zu suchen. In seinem Leben gab es bestimmt viele Mariettas. Oder reiche junge Frauen, die gesellschaftlich und geschäftlich besser zu ihm passten als eine Floristin.

Der Gedanke tat weh!

* * *

»So eine Irrsinnsidee, mitten im November zu heiraten! Im Mai heiraten vernünftige Menschen! Da ist es sonnig und warm, die Gäste können bequem draußen sitzen oder etwas durch den Park flanieren, und auf der Hotelterrasse könnte man noch extra Tische und Heizpilze aufstellen, falls es am Abend doch kühler werden sollte.« Robert Altmann wies hinaus in den weitläufigen Park, der von einer weiß glitzernden Reifschicht bedeckt war. »Stattdessen herrschen arktische Temperaturen!«

Er winkte einen der Kellner heran. »Schauen Sie bitte mal nach, ob noch genügend Kanapees vorhanden sind. Und da draußen gehen die Fackeln aus.« Er wies nach links, wo gerade zwei der hohen Pechfackeln, mit denen die Auffahrt zum Parkhotel gesäumt war, von einem starken Windstoß ausgeblasen worden waren. »Das darf doch nicht sein! Warum hat man keine Windlichter genommen bei diesem Wetter?« Er wartete keine Antwort ab, sondern ging ein paar Schritte weiter.

Andrea schmunzelte verhalten und griff nach dem Arm des Hoteliers. »Christiane wollte aber nicht mehr bis zum

Mai warten, und das muss man akzeptieren. Außerdem ist die Location optimal. Und ganz wunderbar geschmückt. Alle, die ich bisher gehört habe, sind begeistert.«

Sie wies hinüber zur großen Eingangshalle des Hotels, die mit weißen Orchideenrispen, Amaryllis, Efeuranken und kleinen Tuffs aus roten Rosen wundervoll dekoriert war. »Da kommt Christiane gerade! Sie sieht fantastisch aus! Und wie sie strahlt!«

»Ja, ja, schon gut, du musst gar nichts mehr sagen. Ich bin ja auch ganz zufrieden. Letztendlich will ich ja auch nur, dass meine Kleine glücklich ist.«

Mit einem kleinen, wehmütigen Lächeln sah der Hotelier hinüber zu seiner Tochter, die in diesem Moment von zwei älteren Damen angesprochen wurde, die ihr gratulierten. Sie sprach lächelnd ein paar Worte mit ihnen, dann winkte sie Andrea und ihrem Vater kurz zu, ehe sie sich den nächsten Gratulanten zuwandte.

Die Braut sah bezaubernd aus in ihrem engen weißen Kleid mit den langen Flügelärmeln, das ihre schlanke Gestalt noch unterstrich. Die schwere Seide knisterte bei jedem Schritt und schimmerte im Schein der Kerzen, die in hohen Leuchtern brannten. Das Oberteil des Brautkleids, das einen dezenten runden Ausschnitt aufwies, war mit kleinen Blüten aus Perlen bestickt. Ins hochgesteckte Haar der Braut hatte die Stylistin kunstvoll Rosenblüten eingesteckt, und schmale Perlenkämme hielten den kurzen Schleier fest.

»Sie ist glücklich, nur das zählt doch.« Andrea drückte Robert Altmanns Arm ein wenig fester. »Und ich bin sicher, dass Bernd der Richtige für Christiane ist.«

Robert Altmann, in einem Stresemann perfekt gekleidet, nickte und strich sich kurz über das noch volle, dunkle Haar, das von einzelnen weißen Fäden durchzogen war. »Ich hoff's von Herzen.« Er wandte sich Andrea zu und sah sie forschend an. »Und was ist mit dir? Hast du dich wieder eingelebt in Deutschland?«

»Natürlich! Und daran haben Christiane und Bernd großen Anteil. Sie haben mir sehr geholfen in der ersten Zeit.« Kurz überzog ein Schatten ihr Gesicht.

»Und – es geht dir gut?« Forschend sah er sie an. Er kannte Andrea seit ihren Kindertagen und mochte sie sehr gern. »Sag mir, wenn ich etwas für dich tun kann. Du weißt, du kannst auf mich genauso zählen wie auf Christiane. Wenn du was brauchst, genier dich nicht und sag es.«

»Danke, ich hab alles. Und es geht mir wirklich gut.« Andrea lächelte zu ihm auf. »Ich freu mich so für die beiden. Sie sind ein tolles Paar. Und es ist ein wunderschönes Fest.«

»Du hast recht, es ist eine gelungene Feier. Zumindest hat bis jetzt alles geklappt.« Der Hotelier lächelte versöhnlich. »Das hat sie wirklich gut organisiert, meine Tochter. Es wird vielleicht doch noch eine ordentliche Hotelchefin aus ihr.« Er löste sich von Andrea. »Du, ich muss da drüben mal jemanden begrüßen. Entschuldige mich.«

»Schon gut, ich komme zurecht.«

»Ruh dich zwischendurch ein bisschen aus. Ich hab dir ein Zimmer im Westflügel reservieren lassen.«

»Aber das war doch nicht notwendig! Ich wollte gleich nach dem Essen heimfahren, trinken werde ich sowieso nichts.«

Er strich ihr kurz über die Wange. »Keine Widerrede. Es ist schon alles geregelt.« Er zwinkerte ihr zu. »Du solltest Christiane kennen, sie hat für alles gesorgt.«

»Danke. Ich weiß gar nicht, was ich sagen soll.«

»Nichts. Du genießt einfach den Tag.« Er nickte ihr noch einmal zu, dann ging er zu einer kleinen Gruppe von Herren, die sich gerade zutranken und ihm dann wortreich gratulierten.

Andrea schlenderte langsam weiter durch die Halle, die in einen ebenso festlich geschmückten großen Raum überging, dessen Fenster bis zum Boden reichten. Von hier aus hatte man einen guten Blick hinüber zum Park. Lampions hingen in den Ästen der kahlen Bäume, und Pechfackeln erleuchteten die drei breiten Wege, die zu einem künstlich angelegten Teich führten. Im Sommer standen hier Bänke, jetzt saß nur das alte Schwanenpaar, das seit vielen Jahren hier lebte, am Rand des Teichs und äugte neugierig hinüber zum Hotelgebäude.

»Darf's ein Glas Champagner sein?« Ein Kellner hielt ihr ein Tablett entgegen, auf dem sich hohe Champagnerkelche, aber auch Gläser mit Orangensaft und Rotwein befanden.

»Danke nein. Aber ein Glas Wasser hätte ich gern.«

»Kommt sofort.«

Andrea lehnte sich an eine der hohen Flügeltüren und sah zu den etwa hundertfünfzig Gästen hin, die sich angeregt unterhielten. Kellner mit Getränken und Platten, auf denen delikate kleine Appetithappen arrangiert waren, gingen hin und her, darauf bedacht, dass es den Gästen an nichts fehlte.

Vor drei Stunden war die kirchliche Trauung gewesen, nun gab es erst einmal einen Stehempfang, hinterher würde man zu Tisch gehen. Im Hauptrestaurant des Parkhotels war bereits alles vorbereitet.

Das Hotel, eines der Aushängeschilder der Altmann-Gruppe, das etwas außerhalb der Stadt lag, war heute ganz für die private Feier reserviert. Viele der Gäste würden über Nacht bleiben, und im größten der beiden Konferenzsäle bauten bereits ein halbes Dutzend Musiker ihre Instrumente auf. Sie sollten nach dem Essen zum Tanz aufspielen.

»Bitte, Ihr Wasser.« Der Kellner trat von der Seite an Andrea heran.

»Danke.« Sie drehte sich langsam zu ihm um – und erstarrte.

»Nein!« Sie glaubte zu träumen. Das Glas in ihrer Hand zitterte, und ein paar Wasserspritzer verursachten kleine Flecken auf ihrem apricotfarbenen Kleid. Sie hatte lange danach gesucht, und es stand ihr nicht nur sehr gut, sondern kaschierte auch den noch kleinen Babybauch.

Mit beiden Händen umklammerte sie das Glas, unfähig, sich zu rühren. Aus großen Augen, die dunkel waren vor Aufregung, sah sie Julian entgegen, der quer durch den Saal auf sie zukam.

Auch ihm sah man an, wie erregt er war. Seine Wangenmuskeln zuckten, die Lippen waren fest zusammengepresst, und seine dunklen Augen schienen in dem gebräunten Gesicht zu brennen.

»Andrea!« Noch war er zwei Meter von ihr entfernt, aber schon streckte er die Arme nach ihr aus.

Langsam, wie in Zeitlupe, schüttelte Andrea den Kopf. Sie konnte nichts sagen und sah ihn nur an.

Dann, von einer Sekunde zur anderen, brach sie zusammen.

* * *

»O mein Gott!« Julian war mit einem langen Schritt bei ihr, doch er konnte sie nicht mehr rechtzeitig auffangen. Mit geschlossenen Augen und gespenstisch blass lag Andrea vor ihm.

»Einen Arzt! Wir brauchen einen Arzt!« Kurz sah er sich um, schaute in fremde Gesichter, in denen Panik, Bestürzung und Mitleid zu lesen waren.

»Hab schon angerufen.« Ein junger, schlaksiger Typ in schwarzer Hose und lilafarbenem Hemd hob sein Smartphone hoch.

Julian nickte dankend, er hob Andrea auf und trug sie durch eine Gasse von bedrückt dreinschauenden Hochzeitsgästen in einen kleinen Nebenraum.

»Kann ich noch was helfen? Ich bin Medizinstudent. Allerdings erst im vierten Semester.« Der junge Mann im lilafarbenen Hemd war ihm gefolgt und half jetzt, Andrea in einen breiten Sessel zu legen. Dann schob er einen zweiten Sessel so zurecht, dass er ihre Beine darauf legen konnte. »Sie ist die Trauzeugin.«

»Ich weiß.« Julian hielt Andreas Hände, zog eine nach der anderen an die Lippen. Dann klopfte er vorsichtig auf ihre linke Wange, aber Andrea reagierte nicht.

Der Medizinstudent tastete nach ihrem Puls. »Nicht allzu schlecht«, murmelte er.

Julian schien ihn gar nicht zu hören. »Verdammt, wann kommt denn der Arzt endlich?«

»Das dauert sicher noch ein paar Minuten. Ich hab ja gerade erst telefoniert. Aber – da ist sie ja schon wieder!« Er beugte sich ein wenig weiter zu Andrea herab. »Hören Sie mich?«

Nur ein Flattern der Augenlider deutete an, dass sie ihn verstanden hatte.

»Gut. Es ist nichts passiert, bleiben Sie einfach ein Weilchen ruhig liegen und erholen Sie sich. Übrigens, ich heiße Gerold und bin ein Vetter des Bräutigams.« Er richtete sich wieder auf und ging zur Tür. »Ich hol mal ein frisches Glas Wasser.«

»Danke.« Als sie allein waren, nahm Julian Andrea in die Arme. Sie hielt die Augen geschlossen, doch er merkte, dass sie wieder bei Bewusstsein war. »Warum hast du das getan?«, fragte er und strich ihr zärtlich über die Wange. »Warum bist du heimlich davongelaufen?«

Langsam, in Zeitlupentempo, hob sie die Lider. »Weil …« Sie biss sich auf die Lippen, atmete zweimal tief durch und fuhr dann fort: »Weil wir nicht zusammen passen. Und weil du mich belogen hast.«

»Aber ich hab dir doch alles erklärt!« Julian schüttelte den Kopf. »Wie kannst du nur an mir zweifeln?« Sein Griff wurde fester. »Ich liebe dich, Andrea, und ich bin durch die Hölle gegangen, weil ich dich nirgendwo finden konnte.«

Noch bevor sie antworten konnte, öffnete sich die Tür wieder, und der Notarzt kam herein. Kurz stellte er sich vor und bat: »Lassen Sie uns bitte allein.«

Julian zögerte. Es war deutlich zu erkennen, dass er seinen Platz so dicht bei Andrea nur ungern aufgab. Doch der Notarzt wies knapp zur Tür.

»Sie haben also schlappgemacht.« Dr. Eberhart lächelte verhalten. Er war ein älterer, grauhaariger Mann mit dicker Hornbrille. »Das ist doch eigentlich das Privileg der Braut.«

Andrea, die sich wieder kräftiger fühlte, richtete sich auf. »Ich weiß gar nicht, wie das passieren konnte.«

»Ich schon. Seit fast dreißig Jahren bin ich im Beruf, und ich hab schon mehr als eine Schwangere betreut.« Forschend sah er sie an. »Im wievielten Monat sind Sie?«

»Im sechsten. Fast.«

»Und Sie essen vernünftig? Jetzt ist nicht die Zeit für Diäten.« Er wies auf ihren Bauch.

»Ich lebe ganz gesund«, versicherte Andrea. »Es war nur …« Sie biss sich auf die Lippen. »Ich hab mich erschrocken, das ist alles.«

»Aha. Nun, Aufregung ist Gift für Sie. Sie brauchen ein

ruhiges, harmonisches Umfeld.« Er richtete sich auf und wies einen der Sanitäter, die ihn begleitet hatten, an, ihm ein Medikament aufzuziehen. »Das ist nur was zur Stärkung. Dem Baby schadet es nicht.«

Rasch war die Spritze gesetzt, und nachdem er ihren Puls nochmals kontrolliert hatte, verabschiedete sich der Arzt.

Draußen vor der Tür stand Julian und sah ihm angespannt entgegen. »Und? Was fehlt ihr?«

»Gar nichts.« Dr. Eberhart lächelte verhalten. »Sind Sie der Vater?« Er wartete keine Antwort ab, sondern fuhr fort: »Ihre Frau braucht ein bisschen Ruhe, das ist alles. Keine Sorge, beiden geht es gut.«

»Danke. Danke sehr«, stammelte Julian und hastete zurück zu Andrea.

Er sank neben dem Sessel auf die Knie. »Sag, stimmt das? Du bekommst ein Baby?«

Sie nickte nur.

»Und warum hast du mir nichts davon gesagt? Warum, Andrea? Verdammt, ich hab ein Recht darauf, das zu wissen!« Wieder nahm er ihre Hände und drückte sie fest an seine Brust. In seinen Augen glitzerte es verdächtig. Er war vollkommen aufgewühlt, aber auch zornig auf Andrea, die ihm so wenig vertraute. »Du kannst doch nicht wirklich so sehr an mir gezweifelt haben! Verdammt, was soll ich denn noch tun, damit du an meine Liebe glaubst?«

Andrea sah an ihm vorbei zu Boden. »Nicht nur an dir, auch an mir hab ich gezweifelt«, flüsterte sie. »Ich hatte Angst. Angst vor zu viel Glück.« Sie sah ihn an, und in seinen Augen las sie all die Liebe, die auch sie spürte. »Das Baby … es ist bestimmt in unserer letzten Nacht gezeugt worden. Zuerst war ich geschockt, aber dann hab ich mich auf unseren Sohn gefreut.«

»Einen Sohn! Ich krieg einen Sohn!« Strahlend zog er sie hoch und hielt sie für ein paar Sekunden fest. »Ich werde Vater! Juhu!« Lachend schwenkte er sie einmal durch die Luft. »Himmel noch mal, ich bin ja so glücklich!«

»Lass mich runter!«

»Entschuldige. Ich bin ein Trottel!« Behutsam stellte er sie wieder auf die Füße. »Geht's dir gut? Ist alles in Ordnung?«

»Ja.«

Wieder zog er sie an sich.

»Na, endlich!« Christiane stand unter der Tür und lachte. »Ich hab schon gefürchtet, dass ihr euch die Augen auskratzt.« Sie kam auf das Paar zu. »Und? Geht's dir jetzt besser?« Sie strich Andrea über den Arm.

»Ja. Aber wieso ist Julian auf einmal hier?« Ohne sich aus seinem Arm zu lösen, sah sie die Freundin an.

Christiane lachte. »Du glaubst doch nicht im Ernst, dass ich tatenlos zusehe, wie du immer stiller und blasser wirst, du dickköpfiges Etwas! Allerdings war es gar nicht so einfach, den Juniorchef der Steinhäuser-Gruppe aufzuspüren.«

»Wo warst du denn?«, fragte Andrea.

»Am Südpol und in den Anden.«

»Quatsch!« Sie machte sich lächelnd aus seiner Umarmung frei und richtete ihr Kleid.

»Doch, das stimmt. Er war wirklich für Wochen untergetaucht.« Christiane ging zu Julian und begrüßte ihn mit einem Wangenkuss. »Ich hab deinen Vater nach allen Regeln der Kunst becirct, ehe er endlich rausrückte, wo du dich rumtreibst.«

»Ich weiß. Und ich hab mir noch tagelang anhören müssen, welch tolle Frau ich da verschmäht habe.« Julian lachte.

»Deine Hartnäckigkeit hat ihn schwer beeindruckt, und er war sicher, dass du genau die Richtige für mich wärst. Erst als wir deine Hochzeitsanzeige erhielten, hat er eingesehen, dass du für mich verloren bist.«

»Und du für mich.« Christiane lachte. »So bleiben wir weiterhin befreundete Konkurrenten.« Kurz wurde sie ernst. »Danke übrigens.«

»Wofür?«

»Tu nicht so. Ich weiß genau, dass du bei den Banken ein gutes Wort für uns eingelegt hast. Und dass die Steinhäuser-Gruppe jetzt Anteile an zwei unserer Hotels hält, ist mir auch bekannt. Ich bin zwar nicht ganz so sehr an den Hotels interessiert wie mein Vater, aber Geschäftsfrau bin ich auch.«

»Ich helfe gern.«

»Aber dein Vater …«

»Der hat diesmal getan, was ich ihm geraten habe.« Er wandte sich wieder an Andrea und streichelte ihr das Haar. Er musste ständig ihre Nähe, die er so lange vermisst hatte, spüren.

Andrea streckte die Hand nach Christiane aus. »Danke. Das war einfach … unglaublich von dir. Und von dir auch. Es ist schön, dass du den Altmanns hilfst.«

»Geht schon in Ordnung.« Julian winkte ab. »Das ist jetzt im Moment völlig uninteressant.«

»Und du? Wieso hast du dich nicht an dein Versprechen gehalten? Du solltest ihn doch nicht informieren!« Andrea versuchte, zornig zu wirken, doch das Strahlen ihrer Augen strafte ihre Worte Lügen.

»Das war reiner Egoismus.« Christiane lachte. »Oder glaubst du wirklich, ich könnte an meinem schönsten Tag unbekümmert feiern und dabei zusehen, wie unglücklich meine beste Freundin ist? Und das nur, weil sie so stur ist und nicht an die große Liebe glauben will?«

»Ach, du!« Lachend und weinend zugleich umarmte Andrea die Braut. »Du bist verrückt, aber die beste Freundin der Welt. Danke!«

»Aber ich hatte wirklich Angst, dass du es nicht rechtzeitig schaffst.« Christiane sah Julian vorwurfsvoll an. Er trug einen nachtblauen Smoking und sah aus wie ein Traumprinz.

»Es war auch ziemlich knapp. Ich hab in Buenos Aires Himmel und Hölle in Bewegung gesetzt, um noch einen Flug zu ergattern.«

»Ja, und dann wollte er gestern Nacht schon zu dir. Aber das hab ich ihm ausreden können. Auf diese Überraschung hab ich mich fast so sehr gefreut wie auf das Jawort auf dem Standesamt.«

»Verrückt. Es ist alles total verrückt«, murmelte Andrea.

»Es ist verrückt, aber herrlich. So wie das Leben, wie die Liebe!« Christiane hakte sich bei Andrea und Julian ein. »Und jetzt kommt, ihr beiden, gleich fängt das Essen an, und vorher muss Julian unbedingt noch meinen Mann kennenlernen!«

Julian zögerte. Er wäre viel lieber noch mit Andrea allein geblieben, aber er sah ein, dass er Christiane nicht enttäuschen durfte.

»Wir verschwinden aber gleich nach dem Essen«, raunte er Andrea zu. »Ich muss endlich mit dir allein sein. Mein Gott, du hast ja keine Ahnung, wie sehr ich dich vermisst hab. Wie konntest du mich so quälen? Ich hab gelitten wie ein Hund, als ich dich nirgendwo finden konnte.«

»Es tut mir leid, dass ich an dir gezweifelt hab.« Sie strich ihm über die Wange. »Es war eine Scheißzeit. Wenn das

Baby nicht gewesen wäre …« Sie brach ab. »Ich liebe dich«, sagte sie und küsste ihn rasch noch einmal. »Aber wir gehen erst nach dem Brautwalzer«, murmelte sie dicht an seinem Mund.

Julian seufzte auf. »Das fängt ja gut an – du hast schon wieder das Sagen!«

16

Eine dichte weiße Schneedecke lag über dem Engadin. Die Berge ragten als weiße Wächter in den stahlblauen Schweizer Himmel, und eine helle Wintersonne ließ die Eiskristalle an den Bäumen und Sträuchern wie viele tausend Diamanten glitzern.

Die Tannen und Arvenbäume trugen schwere Schneehauben, und die kleinen Bergseen waren zum größten Teil schon zugefroren. Nur der große Silser- und Silvaplanersee waren sonst noch eisfrei.

»Ein Wintermärchen«, murmelte Andrea, als sie zum ersten Mal auf den Balkon der Hotelsuite trat und auf den Moritzsee hinunterschaute, der wie eine polierte weiße Porzellanfläche wirkte. Nur ein kleiner Teil war noch eisfrei, und hier paddelten die Entenfamilien, die am See heimisch waren, in ihrem eingeschränkten Winterrevier umher.

Julian trat hinter sie und legte die Arme um ihre Mitte. »Glücklich?«

»Sehr.«

»Ich auch. Und nur das zählt jetzt noch. Alles andere sollten wir vergessen.« Er küsste sie zart hinters Ohrläppchen, genau wissend, dass Andrea darauf besonders stark reagierte.

Und schon drehte sie sich halb nach ihm um. »Du bist unersättlich«, murmelte sie lächelnd.

»Ich hab eben Nachholbedarf.« Er knabberte kurz an ihrem Ohrläppchen, ehe er ihren Kopf sanft zu sich drehte und sie küsste.

Andrea lehnte sich an ihn. Seit vorgestern hatte ihr Leben eine rasante Wende genommen. Vier Stunden lang hatten sie mit Christiane und Bernd gefeiert und dann still und heimlich die Hochzeitsfeier verlassen.

Die Nacht in Andreas kleinem Apartment war erfüllt gewesen von Liebe und Zärtlichkeit. Julian musste sie immer wieder ansehen, küssen und ihr versichern, wie sehr er sie liebte.

»Du darfst nie, nie wieder an mir und meinen Gefühlen zweifeln«, sagte er, bevor Andrea in seinen Armen einschlief. Eine Weile lag er noch wach und betrachtete das schmale Gesicht. Lange Wimpern warfen Schatten auf die Wangen, die Lippen waren leicht geöffnet und die Mundwinkel ein wenig nach oben gezogen. Es sah aus, als lächle Andrea im Schlaf.

Auch Julian lächelte zufrieden, ehe er endlich einschlief.

Als Andrea am späten Vormittag erwachte, hatte Julian schon alles für die Abreise ins Engadin vorbereitet.

»Du musst gar nichts mehr tun, Langschläferin«, sagte er und umarmte sie. »Ich hab gepackt, was du unbedingt brauchst. Und was fehlt, kaufen wir einfach in Sankt Moritz.«

»Aber …«

»Vergiss dieses Wort!«

»Ich hab einen Job! Den kann ich doch nicht so einfach aufgeben! Ich war so froh, dass Bernd mir die Anstellung in seinem Fitnesscenter gegeben hat – obwohl ich schwanger bin.«

»Keine Sorge, es ist schon alles mit Bernd geklärt. Du bist ab sofort nicht mehr bei ihm angestellt.«

»Das ist eine Intrige! Ein Komplott!«

»Stimmt.« Übermütig küsste er sie.

Was hätte Andrea noch einwenden können? Es war einfach alles perfekt, so wie es war.

Und jetzt waren sie wieder im Engadin und bewohnten eine wunderschöne Suite in einem Hotel in Sankt Moritz, das Julian gehörte. Andrea konnte sich am Zauber der wunderschönen Landschaft gar nicht sattsehen.

»Fühlst du dich fit genug für einen Ausflug?«

»Wohin soll's denn gehen?«

»Hoch zum Corviglia. Heute ist gute Fernsicht, und wir können bequem mit der Gondel hoch zu unserem Hausberg fahren. Aber nur, wenn es nicht zu anstrengend für dich ist.«

»Ich bin nicht krank, nur schwanger!« Sie sah zu ihm auf. »Wenn du willst, kannst du ruhig ein paar Abfahrten machen. Ich weiß inzwischen, dass du ganz hervorragend Ski fährst.«

»Auf keinen Fall! Das kann ich immer noch machen. Heute zeig ich dir die Bergwelt von dort oben. Wir essen beim Reto Mathis. Sicher können wir auf der Terrasse sitzen.«

Krampfhaft überlegte Andrea, was sie anziehen könnte. Oben auf dem Berg, in fast zweieinhalbtausend Metern Höhe, war es trotz des Sonnenscheins sicher kalt.

»Wo ist denn mein blauer Anorak? Hast du den nicht eingepackt?«

»Nein. Nimm das hier.« Julian hielt ihr eine helle Lammfelljacke mit Kapuze hin. »Die wärmt euch besser.«

Im ersten Impuls wollte Andrea widersprechen und sagen, dass sie keine Geschenke von ihm annehmen würde. Erst recht keine so kostspieligen. Aber sie musste sich wohl umstellen, wenn sie sich in Julians Welt zurechtfinden wollte.

Die Jacke passte perfekt, und die Strickmütze aus nougatfarbener leichter Kaschmirwolle war die optimale Ergänzung dazu.

»Wo hast du das alles gekauft?«

»Ich hab's per Telefon bestellt, und man hat mir eine Auswahl ins Hotel gebracht. Christiane hat mir verraten, welche Größe du hast und dass du Brauntöne besonders liebst. Sie kennt deinen Geschmack noch besser als ich. Aber warte nur, in ein paar Wochen weiß ich ganz genau, was dir gefällt und was nicht.«

»Aber ich möchte nicht, dass du mich neu einkleidest!«

»Muss ich aber.« Er wies auf ihren Bauch. »Der Junior braucht schließlich Platz!« Mit einem liebevollen Lächeln umfing er ihre immer noch recht schlanke Gestalt. »Du kannst dir nicht vorstellen, wie sehr ich mich freue!« Er küsste sie. »Du machst mich glücklich, Hexlein, weißt du das?«

Sie antwortete nicht, doch das Leuchten in ihren Augen sagte, dass sie genau wie er empfand.

Während sie in der Gondel standen, umgeben von Skifahrern, die ihre ersten Abfahrten in diesem Winter machen wollten, genoss Andrea die Aussicht auf Sankt Moritz und die Berge auf der anderen Talseite. Sie sah das imposante Hotel Badrutt's Palace direkt am See, das Carlton und etwas abseits gelegen in einem großen Park das Suvretta House.

Doch noch lieber als auf all die Luxushotels schaute sie auf die schneebedeckten Berge, die in der Sonne glänzten und einfach märchenhaft schön aussahen.

»Johannes Badrutt hat vor mehr als hundert Jahren genau gewusst, wohin er seine Gäste locken musste«, sagte sie. »Ich hab die Geschichte, wie er mit Engländern gewettet hat, dass sie sich im Engadin wohl fühlen werden und sonnengebräunt nach Hause fahren können, nachgelesen.«

Julian nickte. »Es waren genau sechs Engländer, die er eingeladen hat, bei ihm zu wohnen – und diese sechs haben die Schönheit des Engadins in ihrer Heimat publik gemacht.« Er nahm Andreas Hand und hielt sie fest, als sie die Gondel verließen und erst einmal einen kleinen Rundgang machten.

»Weit können wir hier nicht gehen, es ist ein reines Skigebiet. Aber ich hab einen Tisch auf der Restaurantterrasse reservieren lassen. Dort sitzt man geschützt und kann das Panorama genießen.«

Der Radius, in dem sie sich bewegen konnten, war wirklich recht klein. Immer wieder fuhren Skiläufer, die vom Piz Nair herunterkamen, auf sie zu und schwenkten erst im letzten Moment ab.

»Das ist wirklich nicht ganz sicher hier.« Im letzten Moment konnte Andrea drei kleinen Jungs ausweichen, die in voller Fahrt auf sie zuschossen. Um ein Haar hätte der kleinste von ihnen sie erwischt.

»Bremsen!«, rief Julian und konnte einen der Jungen gerade noch am Anorak festhalten.

»Kann ich noch nicht!« Der Junge lachte, fuhr an ihnen vorbei und ließ sich ein paar Meter weiter in den Schnee plumpsen. Lachend saß er da und wartete darauf, dass Julian ihm wieder auf die Füße half.

»Macht ihr denn keinen Skikurs? Du kannst von allein ja noch nicht mal aufstehen!«

»Klar sind wir in der Skischule! Aber die anderen sind so langsam. Da sind wir schon mal vorgefahren.«

»Das geht aber gar nicht. Es ist viel zu gefährlich, wenn man nicht mal das Abbremsen beherrscht.« Julian sah hinüber zu einer jungen Frau, die rasch auf sie zusteuerte. Der rote Skianzug mit dem Schriftzug einer Skischule hob sich von allen anderen Personen ab.

»Verflixt noch mal, Ulli, ich hab euch doch verboten, allein loszufahren!« Sie sah Andrea und Julian besorgt an. »Ist etwas passiert?«

»Nein, nein, keine Sorge.« Andrea lächelte beruhigend.

»Den kleinen Rennläufern hier solltest du aber besser mal das Bremsen beibringen«, warf Julian ein. »Sonst gibt's noch ein Unglück.«

»Tut mir leid, ich werd gleich mal ein ernstes Wort mit ihnen reden. Die können zwar ganz gut laufen, sonst wären wir ja nicht hier oben, aber sie machen sich einen Spaß draus, die Dummen zu spielen und Leute zu erschrecken.«

»Dann schau zu, dass du die Rasselbande in den Griff kriegst.« Julian hob kurz die Hand, dann hakte er Andrea unter und führte sie auf die Terrasse. »Das ist ein harter Job«, meinte er. »Skilehrer bei solchen Rackern – ich möcht's nicht machen.«

»Ich auch nicht.« Andrea sah kurz hinüber in das Lokal des bekannten Kochs. Alle Tische waren besetzt, und auch auf der Terrasse gab es nur noch wenige freie Plätze.

»Hier muss man im Winter reservieren, sonst kriegt man keinen Tisch«, sagte Julian. »Der Reto Mathis ist eine Institution hier, und seine Trüffelgerichte sind einmalig gut.«

»Ich hab noch nie Trüffel gegessen«, gestand Andrea und nickte dem Kellner, der ihr den Stuhl zurechtgerückt hatte, dankend zu.

»Dann wird's höchste Zeit!« Julian ließ sich ihr gegenüber nieder. Alle Stühle waren mit weißen Schaffellen belegt, der optimale Schutz gegen die Kälte. »Ich mag seinen Flammkuchen mit Trüffeln besonders gern.«

»Flammkuchen mit Trüffeln?« Andrea schüttelte den Kopf. »Das ist dekadent.«

Julian lachte. »Nein, lecker.«

Andrea biss sich kurz auf die Lippen. »Ob ich mich je an dieses Leben gewöhnen werde … ich weiß nicht«, sagte sie leise. »Ich bin da einfach zu bodenständig.«

»Und ich bin kein Playboy, der unbekümmert in den Tag hinein lebt.« Julian griff über den Tisch hinweg nach ihrer Hand. »In den nächsten drei Tagen kann ich mit dir Urlaub hier machen, dann muss ich mich ums Hotel kümmern. Ein paar wichtige arabische Gäste werden erwartet, da muss ich präsent sein.« Er zog seine Sonnenbrille aus der Jackentasche und setzte sie auf. »Du wirst bald merken, dass wir hart arbeiten müssen in unserer Branche, um ganz oben zu bleiben.«

»Das glaub ich dir gern. Und ich wäre froh, wenn ich dich irgendwann unterstützen könnte.« Auch Andrea setzte ihre Sonnenbrille auf. »Puh, das wird richtig warm jetzt. Und der Schnee blendet.«

»Ja, hier oben muss man vorsichtig sein. Du solltest dich auch eincremen.«

»Lenk nicht ab.« Andrea sah ihn ernst an. »Ich möchte wirklich arbeiten. Auch, wenn das Baby da ist.«

»Das sollst du auch. Ich wäre stolz, dir alles beibringen zu können, was man braucht als gute Hotelchefin.«

»Danke.« Andrea hauchte ihm einen Luftkuss zu.

»Wofür?«

»Dafür, dass du mich ernst nimmst.«

Der Kellner kam und fragte nach ihren Getränkewünschen.

Julian bestellte für sich einen trockenen Fendant, den bekannten Schweizer Weißwein aus dem Wallis, und eine große Karaffe mit Wasser. Dann studierten sie gemeinsam die umfangreiche Speisekarte.

Nach wenigen Minuten, sie hatten sich gerade entschieden, was sie bestellen wollten, wurden sie auf eine erregte Diskussion am Eingangsbereich aufmerksam. Dort stand eine Gruppe von acht Männern zusammen, alle redeten aufgeregt auf den Restaurantleiter ein, der immer wieder den Kopf schüttelte.

»Was ist denn da los?«, murmelte Julian.

Auch Andrea schaute zu den laut diskutierenden Männern hinüber. »Da ist ja Norbert dabei«, murmelte sie und kniff die Augen hinter der dunklen Brille ein bisschen mehr zusammen.

Tatsächlich stand Norbert Zauner einen Schritt abseits und sah leicht verlegen in die Runde. Der Auftritt war ihm sichtlich unangenehm.

Jetzt hatte er Andrea erkannt! Er zog sich die dicke Fellmütze vom hellen Haar, sah noch einmal zu seinen lauten Bekannten, dann kam er auf den Tisch von Andrea und Julian zu.

»Hallo.« Etwas verlegen stand er neben Andrea. »Wie geht's dir? Wir haben gar nichts mehr voneinander gehört …«

»Mir geht's gut, danke. Und dir?«

Norbert zuckte mit den Schultern. »Es geht. Im Moment haben wir etwas Stress, wie du siehst. Sorry, das alles ist mir ziemlich peinlich.« Er wandte sich an Julian. »Ich will auch nicht länger stören, ich wollte Andrea nur kurz begrüßen.«

»Schon gut.« Julian machte keine Anstalten, Norbert einen Platz anzubieten. Er hatte den Architekten noch nie gemocht, und daraus machte er keinen Hehl.

Andrea streckte die Hand aus. »Es war nett, dich zu sehen, Norbert. Mach's gut.« Sie fragte nicht, warum er sich nie mehr gemeldet hatte. Das interessierte sie jetzt nicht mehr.

»Du auch.« Verlegen ging er zu seinen Bekannten zurück.

Andrea sah ihm nach. »Schlecht sieht er aus«, stellte sie leise fest.

Hinter ihr wurde ein Stuhl gerückt. Ein älterer Herr, der sich an der Gruppe am Eingang vorbeigedrückt hatte, nahm am Nebentisch Platz.

»Das war doch der Zauner«, sagte er laut. »Der ist ja in eine feine Gesellschaft geraten. Aber kein Wunder, der ist mehr im Spielcasino als in seinem Büro. Und seine Bekannten da vorn ... das sind Russen. Hoffentlich kriegt er mit denen keinen Ärger.«

»Spieler unter sich, das geht nie gut«, warf ein anderer ein. »Ich hab diese feinen Herren vorgestern gesehen, als sie aus dem Casino kamen. Ich war mit Geschäftsfreunden in der Hotelbar, da kam die Gruppe rein. Der Zauner war total von der Rolle.«

»Wenn er sich von seinen neuen Bekannten Geld geliehen hat, ist sein Ärger vorprogrammiert«, erwiderte ein anderer.

Andrea sah Julian an. »Ob das stimmt?«, fragte sie leise.

»Kann gut sein. Aber er ist alt genug, um zu wissen, auf was und wen er sich einlässt.«

»Du hast recht.« Andrea hielt das Gesicht in die Sonne. Vorn am Eingang wurde es still, und die Männer gingen, ohne einen Platz auf der Terrasse bekommen zu haben.

* * *

In den nächsten Tagen schneite es heftig, und die Landschaft verwandelte sich in eine weiße Märchenwelt.

»Endlich mal wieder Schnee zu Weihnachten«, sagte Andrea und schaute aus dem Fenster, wo die dicken weißen Flocken einen übermütigen Tanz vollführten. »Das hab ich lange nicht erlebt.«

»Darum bin ich zur Weihnachtszeit so gern hier.« Julian stellte sich neben sie. »Zwar ist dann viel zu tun, aber es gibt immer mal wieder eine gemütliche Stunde, in der man die Landschaft, die Sonne und das herrliche Klima hier oben genießen kann.«

Andrea lehnte sich an ihn. »Wann musst du wieder runter ins Büro?«

»Leider schon bald. Aber bevor ich mich mit dem Küchenchef zusammensetze und die letzten Menüvorschläge bespreche, wollte ich noch mal schnell nach euch sehen.« Er legte kurz die Hände auf Andreas Bauch. Und so, als spürte das Baby die Geste, trat es ein paarmal übermütig gegen die Bauchdecke seiner Mutter. »Hallo, Sohn«, lachte Julian. »Du willst wohl Fußballer werden.«

»Es fühlt sich zumindest so an.« Andrea lächelte, drehte sich halb zu ihm um und fragte: »Wann kannst du dich frei machen? Du weißt, wir müssen am Abend rüber nach Pontresina ins Hotel Walther.«

»Kein Problem, bis dahin ist alles erledigt. In einer knappen Stunde fahr ich mit dem großen Wagen rüber nach Samedan. Sieben neue Gäste kommen mit dem Privatjet aus Dubai.«

»Falls der überhaupt landen kann bei diesem Schneegestöber.«

»Das will ich doch sehr hoffen! Die Familie war schon dreimal hier, es sind sehr angenehme Gäste. Der älteste Sohn studiert in London, er kommt erst übermorgen und bekommt, zusammen mit seinem Bodyguard, eine eigene Suite.«

»Haben die alle Bodyguards?«

»Ja. Sie gehören zur Regentenfamilie, machen aber kein Aufhebens davon. Prinz Jussuf hat in Oxford studiert und ist ein sehr kultivierter Mann. Seine drei Frauen kenne ich natürlich nicht näher«, fügte er lachend hinzu. »Du musst also nicht eifersüchtig sein.« Er nahm Andrea kurz in den Arm. »Ich schau noch mal kurz nach, ob in den Suiten alles in Ordnung ist.«

»Musst du nicht, das hab ich mit der Hausdame gecheckt. Ich wusste nur nicht, dass die Suiten alle für ein und dieselbe Familie reserviert sind.« Andrea lächelte ihn an. »Frische Blumen sind arrangiert, das hab ich selbst gemacht, Obstkörbe stehen bereit, und auch das Kinderbett ist in einem der Zimmer aufgestellt. Samt Kuscheltier und Spieluhr.«

»Du bist fantastisch!«

»Ach was. Ich bin doch froh, wenn ich was zu tun habe. Frau Cramer ist zudem eine sehr gute Lehrmeisterin. Sie hat mir schon viel gezeigt. Und vom Blumenstecken und Dekorieren versteh ich wenigstens was, da kann ich sie entlasten.«

»Vor allem verstehst du es, mich glücklich zu machen.«

»Danke, dito.« Sie lächelte ihn an, dann schob sie ihn von sich. »Und jetzt mach, dass du an die Arbeit kommst.«

»Jawohl, Frau Chefin.« Er verbeugte sich lachend, gab ihr noch einen schnellen Kuss, dann verließ er die Suite und ging noch für eine halbe Stunde ins Büro, ehe er sich mit dem Kleinbus, der das Logo des Hotels trug, auf den Weg nach Samedan zum Flughafen machte.

Während sich Julian um die Gäste aus dem Orient kümmerte, sortierte Andrea ihre neue Garderobe in den breiten Einbauschrank. Wann immer Julian die Möglichkeit fand, brachte er ihr etwas mit. Mal eine weite Seidenbluse, dann ein wunderschönes Halstuch. Oder, so wie gestern, den herrlich weichen Poncho mit Pelzbesatz, der ebenso modisch wie praktisch war.

Wieder einmal gingen ihre Gedanken zurück zu der Zeit

mit Markus. Auch er hatte großen Wert auf Garderobe gelegt, doch ihm war es in erster Linie darum gegangen, bei seinen Freunden und Kollegen damit zu protzen, dass er sich und seiner Freundin angesagte Designerstücke kaufen konnte. Ob Andrea die Sachen gefielen, die er aussuchte, interessierte ihn nicht.

Wie oft hatten sie sich deshalb gestritten!

Im Nachhinein wurde ihr bewusst, dass sie in der Beziehung mit Markus mehr traurige als glückliche Stunden erlebt hatte. Ob er sich wieder mit seiner Frau versöhnt hatte? Oder gab es inzwischen eine neue Geliebte, die sich seinen Launen beugte und alles ertrug, was er ihr antat?

Das Baby trat empört gegen ihre Bauchdecke, so, als wollte es gegen die trüben Gedanken seiner Mama protestieren.

»Hast recht, mein Kleiner. Das ist Vergangenheit. Ich sollte sie endgültig abhaken.«

Sie schaute im Schrank nach einer dunkelblauen Hose und war froh, dass sie noch passte. So konnte sie das königsblaue Seidentop mit der passenden Jacke anziehen, das sie erst vor drei Tagen in einer kleinen Boutique in Sils Maria erstanden hatte. Die kleinen Rüschen am Kragen der Jacke schmeichelten dem Gesicht, und Andrea war mit ihrem Aussehen zufrieden.

Dass sie Julian gefiel, sah sie am Aufblitzen seiner Augen, als er am späten Nachmittag in seine Privaträume kam, wo Andrea schon fertig umgezogen in ihrem Lieblingssessel am Fenster saß und hinausschaute auf die schneebedeckten Berge, die im letzten Licht der untergehenden Sonne einen roten Schimmer angenommen hatten.

Je länger sie sich im Engadin aufhielt, umso wohler fühlte sie sich hier. Heimweh nach Köln, wo sie so lange gelebt hatte, empfand sie gar nicht mehr.

»Woran denkst du?« Julian beugte sich über sie.

»An früher. An Köln, an meinen Job ...« Lächelnd sah sie zu ihm auf. »Und daran, dass mir nichts von alledem mehr fehlt.«

»Das ist wohl so was wie eine Liebeserklärung, oder?« Er zog sie zu sich hoch.

»Hmm, kann man so sagen.«

»Gibt es eine Einschränkung?« In gespieltem Ernst schob er sie von sich. »Das müssen wir sofort ausdiskutieren. Ich wüsste auch schon, wo und wie.«

»Nichts da!« Lachend schob sie ihn von sich. »Ich bin schon fertig umgezogen. Und es ist höchste Zeit, wenn wir Christiane und Bernd nicht warten lassen wollen.«

Christiane und ihr Mann waren seit drei Tagen in der Schweiz. Sie würden nur bis zum vierten Advent im Chalet bleiben und danach wieder heimfahren, um mit Herrn Altmann Weihnachten zu feiern. Der Hotelier hielt es, so wie Julian und sein Vater, für seine Pflicht, zu den Feiertagen im besten seiner Hotels präsent zu sein und für das Wohl der Gäste zu sorgen.

Auch die Walthers mit ihrem Hotel waren perfekte Gastgeber. Sie kannten sowohl die Altmanns als auch Julian Steinhäuser und hatten für die vier Freunde den besten Tisch in ihrem Restaurant *La Stüva* reserviert.

»Endlich sehen wir uns wieder!« Die Begrüßung war herzlich, und obwohl sich nur Christiane und Andrea wirklich gut kannten, verstanden sich alle auf Anhieb ganz hervorragend. Sie unterhielten sich fröhlich, genossen das ausgezeichnete Essen und gingen danach hinüber in die Bar des Hotels.

Leise Klaviermusik klang ihnen entgegen, und die junge dunkelhaarige Kellnerin, die hinter der Bar stand, begrüßte die neuen Gäste herzlich.

Erst jetzt, als sie nach ihren Wünschen gefragt wurden, fiel Andrea auf, dass ihre Freundin beim Essen keinen Alkohol getrunken hatte.

»Keinen Mai Tai? Keinen Rotwein?« Sie griff nach Christianes Hand. »Wenn du nicht mal ein Glas Champagner trinkst, ahne ich was. Sag sofort, ob ich recht hab!«

Lachend nickte Christiane. »Ja, es stimmt!«

»Das ist ja irre! Gratuliere euch!«

Sie umarmten sich alle, und obwohl die beiden jungen Frauen nur Wasser oder Saft tranken, wurde es ein langer, fröhlicher Abend, in dessen Verlauf die beiden Männer viele Gemeinsamkeiten herausfanden.

Sie trennten sich als die besten Freunde.

Als sie das Hotel verließen, schneite es wieder. Tausende und Abertausende von kleinen Flocken tanzten durch die Luft, setzten sich auf die mit Weihnachtskerzen geschmückten Tannen vor dem Hotel und ließen sich auf den vereisten Sträuchern des kleinen Parks nieder.

»Vorsicht, es ist glatt.« Julian nahm Andreas Arm fester und führte sie zum Wagen.

»Fahrt vorsichtig!«, rief Bernd ihnen noch zu, dann ging er mit Christiane zu seinem Wagen, den er schräg gegenüber auf der anderen Seite der Straße geparkt hatte.

»Ihr auch.« Julian hob winkend die Hand. »Bis morgen bei uns!«

Andrea lehnte sich entspannt in den weichen Polstern zurück.

»Das war ein netter Abend«, sagte sie. »Aber jetzt bin ich hundemüde, ehrlich gesagt.«

»Morgen kannst du ausschlafen. Ich muss arbeiten, aber am Nachmittag hab ich frei, dann stehe ich ganz zu deiner Verfügung.«

Andrea lachte. »Versprich nichts, was du nicht halten kannst. Ich weiß inzwischen, wie sehr man als Hotelier beansprucht ist.«

»Magst du es nicht?«

»Doch. Sehr sogar. Und ich hoffe, dass ich nach und nach so viel vom Metier lerne, dass ich dich ein bisschen entlasten kann.«

»Das tust du doch jetzt schon. Ich bin ...« Er brach ab. Schräg vor ihnen, hinter einer scharfen Kurve, blinkten die blauen Warnlampen von Polizei- und Notarztwagen auf. Ein Taxi stand am Straßenrand, und zwei Männer unterhielten sich mit einem Polizeibeamten.

»Da ist wohl jemand zu schnell gewesen«, konstatierte Julian. »Schau lieber nicht hin, Liebes.«

Andrea nickte nur und sah starr geradeaus auf die schneebedeckte Straße.

Julian drosselte das Tempo noch mehr und passierte im Schritttempo die Unfallstelle. Nur flüchtig registrierte er, dass ein schwarzer Sportwagen frontal gegen einen Baum gerast war. Der Fahrer musste ein höllisches Tempo draufgehabt haben, denn die Kühlerhaube war total zusammengedrückt.

»Ich halte mal kurz und frage, ob ich noch was helfen kann«, sagte er zu Andrea.

»Ist gut.« Nur flüchtig schaute Andrea zur Unfallstelle hinüber.

Und so sah sie nicht, dass in diesem Moment Norbert Zauner aus dem Wrack seines Wagens gezogen wurde. Dem Notarzt, der den Verunglückten kurz untersuchte, blieb nichts anderes übrig, als ihm die Augen zu schließen.

Schon wenige Minuten später kam Julian zurück. »Der Fahrer wird versorgt«, log er, um Andrea nicht aufzuregen.

Sie würde noch früh genug erfahren, wer in dieser schneereichen Nacht den Tod gefunden hatte.

Langsam und noch behutsamer als zuvor fuhren sie zurück nach Sankt Moritz. Andrea kuschelte sich, den Kopf an Julians Schulter gelehnt, entspannt in ihren Sitz und sah hinaus in die Nacht, durch die das weiße Flockenballett tanzte.

Und dann, von einer Sekunde zur anderen, riss die Wolkendecke über dem Piz Nair auf, und sie sah hoch zum Sternenhimmel. Wie ein Gruß aus einer anderen Welt kam es Andrea vor, als sich eine kleine Sternschnuppe ihren Weg ins unendliche All bahnte.

* * *

Gemächlich zogen die beiden Braunen die Kutsche den breiten Weg entlang, der sich durch das wildromantische Rosegtal zog. Der frisch gefallene Schnee glitzerte in der Sonne, die von einem Bilderbuchhimmel schien.

Dennoch war es kalt, und Andrea war froh, dass der Kutscher ihr und Julian zwei warme Decken über die Knie gelegt hatte. Die Sitzbänke waren mit dicken Schaffellen ausgelegt, die nicht nur weich waren, sondern auch gut wärmten.

Die kleinen Glocken am Geschirr bimmelten lustig, und außer dem Schnalzen des alten Kutschers, dem Schnauben der Pferde und hin und wieder dem Krächzen eines Raubvogels war nichts zu hören.

»Da, schau!« Julian wies hinüber zu einem der Vorgipfel des Piz Roseg, auf dem noch vereinzelt Krüppelkiefern wuchsen. Von einem der Felsvorsprünge schwang sich gerade ein Raubvogel in die Luft und zog majestätisch seine Kreise am Himmel – um sich dann in Sekundenschnelle zur Erde zu stürzen und seine Beute zu greifen.

Das Tal öffnete sich noch weiter, und in der Ferne wurde das Hotel *Roseggletscher* sichtbar, das Ziel vieler Wanderer und Kutschen. Die Pferde fielen in raschen Trab, denn sie wussten, dass sie dort ausspannen konnten und Futter bekamen.

»Wunderschön ist es hier.« Andrea schaute sich begeistert um. Die warme Mütze schützte vor dem Wind, der von der Berninagruppe herabwehte und sich auf den Wangen eisig kalt anfühlte. »Mir gefällt es hier noch besser als auf dem Corviglia. Es ist natürlicher, ursprünglicher.«

»Ja, hier darf kein Auto fahren. Außer mit der Kutsche kommt man entweder zu Fuß oder mit dem Skiern hierher. Drüben siehst du die Loipe.«

»Ich kann leider gar nicht Ski laufen.« Leises Bedauern schwang in Andreas Stimme mit, als sie ein paar Langläufern zusah, die auf den gespurten Loipen dahinglitten.

»Das lernst du schon noch. Nächstes Jahr kriegst du Privatstunden. Vom nettesten, charmantesten Skilehrer des Engadins.«

»Darauf freu ich mich jetzt schon.« Andrea lachte. »Ich bin gespannt auf diesen tollen Mann.«

»Du, nicht frech werden!« Julian bestrafte sie sofort mit einem langen Kuss. »Du weißt es vielleicht noch nicht, aber ich bin eifersüchtig wie Othello.«

Zärtlich sah sie ihn an. »Musst du nicht sein. Für mich gibt es nur noch dich.« Sie legte kurz die Hand auf ihren Bauch. »Und natürlich diesen kleinen Mann hier.«

»Und für mich gibt es nur noch dich.« Er nestelte an seiner Jacke und rief nach vorn: »Fahr mal ein bisschen ruhiger, Gian!«

Der Kutscher tippte sich kurz an seinen alten Filzhut, dann zügelte er das Gespann, und die Pferde gingen wieder im langsamen Schritttempo.

Julian zog eine kleine Schachtel aus seiner wattierten Jacke und öffnete sie.

»Ich hab mir gedacht, hier kannst du mir nicht davonlaufen, hier musst du ja sagen.« Er nahm einen der schmalen Ringe und griff nach Andreas Hand. »Willst du mich heiraten?«

Nur kurz hielt Andrea den Atem an. Ihre Augen leuchteten auf, als sie nickte. »Ja. Ja, ich will!«, lachte sie dann.

»Na prima! Übermorgen warten der Standesbeamte und der Pfarrer von Pontresina auf uns.«

»Was sagst du da?«

»Na ja, die Zeit drängt. Christiane und Bernd müssen zurück nach Deutschland, wir auch bald … Und ich hab mir gedacht, dass du sicher lieber in einer kleinen, romantischen Dorfkirche heiratest als in der Stadt.«

»Aber das geht doch nicht!« Andrea schüttelte den Kopf. »Ich hab doch noch gar nichts vorbereitet. Meine Papiere, ein Kleid … Nein, Julian, das ist unmöglich!«

Zärtlich zog er sie an sich. »Kennst du mich denn immer noch nicht? Es ist schon alles arrangiert. Christiane hat ein wundervolles Trachtendirndl für dich ausgesucht, die Papiere sind komplett, und sogar mein Vater fliegt ein.«

»Ich bin sprachlos!«

»Wunderbar. Das muss ich gleich ausnützen.«

Lachend zog er sie noch fester an sich und küsste sie.

ENDE

Deutschlands größte Testleser Community
Jede Woche präsentieren wir Bestseller, noch bevor Du sie in der Buchhandlung kaufen kannst.
Finde Dein nächstes Lieblingsbuch
vorablesen.de
Neue Bücher online vorab lesen & rezensieren
Freu Dich auf viele Leseratten in der Community, bewerte und kommentiere die vorgestellten Bücher und gewinne wöchentlich eins von 100 exklusiven Vorab-Exemplaren.
© PIKSEL - istockphoto